U0871194

漫娱文化
名家经典系列

民国异闻录

妖僧

无心法师姐妹篇

尼罗◎著

长江出版社
漫娱文化

爱无量，欲无量，众生无量，情仇无量。

民国异闻录·妖僧

【目录】

妖僧

第一章

真假妖僧

民国十七年，河北某县，吴家大院。

吴家大院的主人，是本县有名的大人物吴旅长。吴旅长是有一点出身的，在未发迹之前，也是本县有名的吴少爷；而自从貌美如花的吴家大小姐嫁给霍督军做五姨娘之后，吴少爷因为实在是念书念不出名堂，连到京城读个野鸡中学都费劲，于是索性投笔从戎，逼着他大姐给自己另辟了一路前程。而吴家大小姐哪有什么开天辟地的本领，无非是将霍督军捕捉过来揉搓一顿，逼着他给自家弟弟放个差事罢了。

于是，吴少爷摇身一变，成了一位旅长。旅长的战功是完全没有，一个旅有多少兵多少枪，旅长也是不甚清楚。旅长只知道搂钱，现大洋到手之后，他主要办了两件大事，第一是盖房子，把吴家小院扩张成了吴家大院；第二是娶姨太太——十七岁那年他娶过一房媳妇了，这媳妇生得身高体壮，略咳嗽一声，嗓音也如龙吟一般，面貌倒是不坏的，称得上是脸若银盘眼如水杏，仿佛是猛张飞与薛宝钗的后代。

单从相貌论，吴旅长和正房吴太太处在了两个极端。吴旅长生得身量苗条，一张瓜子脸，夏天黑点冬天白点，当年读书读狠了，略微有点近视眼，看谁都是微眯着眼睛，眼珠子一瞄一瞄的，并且未语先笑，一笑就露出一颗雪白的小虎牙，小虎牙后面的牙齿包了一层金，让他口中常有富贵光芒闪烁。

吴旅长这样一位佳人，和吴太太那样一位佳人，自然是过不到一起去。所以吴旅长自从成为旅长之后，就开始大肆纳妾，吴太太像抓小鸡一样抓着他揍了无数顿，然而吴旅长铁了心，真死在太太拳下也就罢了，只要是胸中留得一口气在，就必定要继续讨小老婆。

吴太太不好真把他活活打死，久而久之，无可奈何，只好由着他去。于是不过一两年的工夫，吴家大院之内就住满了莺莺燕燕，还都不是正经人家的莺燕，全是吴旅长从窑子里划拉来的，仔细算起数目，有名有分的佳丽共有七位——本来从二姨太到九姨太，一共是八位，但是其中的三姨太前些日子服毒自了尽，故而吴旅长目前手中只剩了七仙女。

七仙女也够吴旅长用的了，到了夏日傍晚，大院里拉电线吊电灯，照得各房各舍通亮，吴旅长在自家大院里东一钻西一钻，怎么钻都能钻到美人怀里，真是乐得昏天黑地。

然而花无百日红，兴许是吴旅长这日子太赛神仙了，这年的七夕一过，吴家大院忽然闹起了怪事——起初是五姨太半夜从六姨太的房里往回走，走到半路，忽然看到甬路边的花草丛中伸出了个拳头大的蛇脑袋，那蛇脑袋表面疙疙瘩瘩，已经是类似癞蛤蟆了，偏偏还圆睁了一双怪眼，对着五姨太"咝咝"地吐信子，吓得五姨太惊叫一声，当场向后跌坐在地。一个十来岁的小丫头跟着她，还不明所以，想要弯腰去搀扶她，结果未等两只手碰到五姨太的胳膊，小丫头忽觉脚踝一凉，借着星月光芒低头看时，只见一条亮晶晶的大蛇尾巴从自己小腿上滑了过去。

小丫头忘记了地上还坐着五姨太，当场哭喊着就向后狂奔逃了。

不出片刻的工夫，吴旅长披着睡衣下了九姨太的床，拎着一把手枪赶了过来。家丁卫兵跟在他的身后，正是浩浩荡荡的一大队人马，另有个哭天抹泪的小丫头走在前方领路。及至到了那大蛇出没的场所，吴旅长"哎呀"一声，只见五姨太直挺挺地躺在地上，身上本是穿着一件水绿旗袍，现在袍子下摆已经被撕成了碎片，穿在里面的丝绸衬裤也不知被什么东西扯开了，露出了白花花的屁股大腿——天黑，第一眼看见的是屁股大腿，第二眼就看见了双腿之间的鲜血，那血顺着身下的石板纹路流淌，经纬分明地一直淌进了路边的花草丛中。

小丫头见此情形，二话不说，直接躲进了人群之中；而人群中的壮年男子们胆子大些，此刻便都纷纷地伸了脖子，明里暗里地想要偷窥艳尸，又有个比较忠诚的老管家，见五姨太不是好死，便惊慌失措地呼喊道："少爷，快退后啊，不是说地上有蛇吗？"

吴旅长一听此言，才想起了小丫头报信之时所哭喊的话——草里出了大蛇了！

大蛇当前，吴旅长娇花一般，虽然手里有枪，但也是抵挡不住的。打着寒战向后连退三大步，他带着哭腔下了命令："快，快去给我找根杆子来，打草惊蛇没听过吗？咱们先把那长虫吓走了再说！"

他一发话，立刻有人小跑离去，飞快地扛回了一捆木棍竹竿。众人各自得了一根，分头拨弄花草，口中又是吆喝不止，惊得夏虫纷纷飞舞跳跃。及至感觉草地里的确是干净了，这帮人才收了手，而吴旅长看五姨太死得赤身露体，不好让旁人过去检验，便自己接过一根竹竿，对着五姨太的手臂远远一戳："小玉？"

五姨太——小玉——一动不动，若不是彻底地昏死了过去，那就是完全地断了气。吴旅长握着竹竿傻在了当地，同时听得后方一阵骚动，正是九姨太和邻院的八姨太结伴赶了过来看热闹。这两位女眷都是二十不到的年纪，身体健壮，且是天足，所以能跑能跳。她们近来和五姨太有些不睦，听那小丫头说五姨太在园子里遇到了大蛇，便打算过来瞧一瞧，一是出出气，二是给五姨太留几句风凉话。

因为这两点原因，她们二人一路行走如飞，未等旁人阻拦，她们已经一路扭到了吴旅长身边。这回看清了地上的五姨太，两位姨太太登时瞪了眼睛张了嘴，全哑巴了。

半分钟后，九姨太缓缓地抬手捂了嘴，同时从鼻子里哼出一声哀鸣；八姨太也抬了手，但她那手是向前指的。尖尖食指对准了地上的五姨太，她颤声说道："哪有蛇是这样咬人的？你们看她下身的血……她会不会是……是……是着了邪祟的道？"

此言一出，后方众人静了一静，吴旅长脑筋一转，却是随即变了脸色："胡说八道！本旅长是讲究科学的人，最听不得你们这些愚昧妇女的鬼神之说！再说蛇咬人是很正常的事情，你们听谁说邪祟也会咬人的？"

八姨太嗫嚅着还想争辩，要说蛇咬人也不是这样一个咬法，然而未等她开口，在众人骤然爆发出来的惊呼声中，前方地上的五姨太竟是猛然站起了身！

她是直挺挺地一跃而起，又直挺挺地转向了众人，然而一动不动、一言不发。破衬裤缠在双腿之间，腿间还不利索，不知道是有什么东西垂垂累累地耷拉了下来。

这一回谁都不敢动了，八姨太方才还能说两句话，这回也效仿九姨太，抬手紧捂了嘴。吴旅长身为一名拎着枪的男子汉兼主人翁，这时自知没有临阵脱逃的道理，便硬着头皮向后伸手，从一名家丁手中夺过了一盏马灯。

然后他拎着马灯颤颤巍巍地抬起了手，灯光自下向上地照过去，众人一起又伸了脖子观望，只见五姨太腿间的垂累物事赫然正是一串内脏；而顺着身躯再往上看到面孔，吴旅长没言语，只有马灯在他手中晃出了"咣当"一声。

五姨太青白着一张面孔，双目圆睁，原本黑白分明的大眼睛如今变成了土黄颜色，黑眼珠也收缩成了两条竖线，乍一看正是一双蛇眼。眼睛成了如此恐怖的模样，一张嘴咧开来，倒像是她还带着笑意，只是那嘴咧得极大，嘴角将要豁到耳根，看着也是异乎寻常。定睛面对了吴旅长，她忽然发出了"咭"的一声，随即张开了嘴巴，露出了上下两排尖细锋锐的长长利齿，对着吴旅长就扑了上去。

吴旅长吓得大叫一声，连开枪都忘了，丢了马灯扭头就跑。他跑，旁人自然也没有坐以待毙的道理，狂呼乱叫地跟着跑。姨太太们的房舍都设在吴家大院的后花园子里，花园是个游览怡情的地方，并没有几条通达大路，所以这些人一路跑得人挤人人踩人，跌跌撞撞好容易才出了花园子地界。

回头见五姨太已经被自己甩没了影子，吴旅长气喘吁吁地站定了，见八姨太和九姨太花容失色地都跟住了自己，这才略略地安了心。重新掂了掂手中的手枪，他清清喉咙定定神，高声大嗓地发了话："不要怕！不要乱！有本旅长在，那东西若敢再来，老子一枪就崩了她！"

话音落下，八姨太九姨太嗷一嗓子，迈开大步又开始狂奔。而吴旅长往前一望，心里猛地一哆嗦——那五姨太竟然真的追过来了！

追也不是好追，那身体直挺挺地站立了，也不跑也不跳，单是一步一步地向前走，每一步都迈得极大。吴旅长眼看她离自己越来越近，也顾不得她是自己的五姨太了，抬手对着她的脑袋就是一枪！

一声枪响过后，五姨太站着不动了，额头被子弹打出了一个碗口大的血坑。而众人看得分明，五姨太先是不倒，及至一道黑影从她身后猛然蹿出去了，她晃了晃，这才颓然向后仰了过去。

死了的五姨太安静了，活着的吴旅长一群人因为全吓傻了眼，所以也安静了。

翌日清晨，吴家大院上下人心惶惶，虽然吴旅长严禁家里人说长道短谈鬼论神，但是纸包不住火，况且五姨太无缘无故地说死就死，也不是一件撒个谎便能混过去的事情。

吴旅长干过几件上不得台面的亏心事，正所谓做贼的心虚，所以他是坚决不承认家里闹了邪祟。然而他不承认归他不承认，不出半天的工夫，连正房吴太太都知道死去的三姨太作了祟，昨夜化为蛇形，把五姨太咬了个肠穿肚烂。但吴太太毕竟是个有分量的妇女，听闻此言，岿然不动，心想那帮小狐狸精们一个个都死绝了才好，省得老娘哪天按捺不住，还得亲自出手宰了她们。

吴旅长让人用一口棺材把五姨太草草地装了，因为心中恐惧，所以也不声张，只将棺材停在院后的一间空房子里。白天就这么人心惶惶地过去了，到了傍晚时分，花园子里尚存的四六七八九五位姨太不敢独处，其中八九两位姨太在吴旅长那里是正当红的，这时便联袂出马，硬把吴旅长拖到了九姨太房中，要让他留下来给自己二人壮胆。四六七三位姨太不是八九两位姨太的对手，故而也就不去费那个事，直接自己凑做了一堆。人一多，势就重，阳气也旺，那邪祟纵是还在，想必也不敢在人堆里现形了。

四六七三位姨太如何相处，姑且不提，只说八九两位姨太换了睡衣，在临睡之前还要揽镜自照一番。两人挤在一座大梳妆台前坐下了，因吴旅长此刻不在卧室内，九姨太便小声问道：“八姐，那个老三当真是被冤枉的吗？”

八姨太对着大镜子抬起手，托了托新烫的头发卷子：“还不是那个老五——

老五没都没了，我也不想多说她的不是，可是对待老三，她也真是太狠了点。老三有钱，是她刚来的时候样子漂亮，旅长偏疼她，对她特别大方嘛！她有了钱又不花，当然要比咱们阔，因为这个就冤枉她偷钱，真是老五不对。”

说完这话，八姨太把声音压到了极低：“旅长那时候也糊涂，丢了钱就丢了钱嘛，非要吵得全天下都知道，结果也没个证据，就又怀疑人家老三。老三一生气，就服了毒了。”

九姨太一皱眉头一撇嘴：“咱们旅长耳朵根子太软。”

八姨太笑道：“那他现在也是对你软。”

九姨太对着镜子，也用梳子挑了挑自己的发卷，同时不以为然地一噘红唇：“看他能软几天吧！”

说完这话，她一斜眼睛，对着镜子又做出了批评：“八姐，你这头发是怎么烫的？怎么说直就直了——”

一句话没说完，她忽然瞪着眼睛哑巴了！

因为在前方的镜子里，她身边的人蓬头青面，长发垂肩，黄眼血口，竟然变成了死去的五姨太。

大叫一声站起身转过头，她再看身边凳子，凳子上坐着个瑟瑟发抖的人，却又确是八姨太无疑。脖子僵硬地转了过来，八姨太对着九姨太带出了哭腔：“九妹，叫人，快，我动不得了！”

九姨太哇呀呀怪叫出声，一路张牙舞爪地就跑了出去。吴旅长正在门口院子里嗑瓜子看月亮，被她硬是没死没活地拽了进去。而吴旅长穿过堂屋一进卧室，卧室内的电灯光骤然灭了！

借着窗外清冷的月光，八姨太面朝镜子背对了他们，从腰往下纹丝不动，只缓缓地转动了上半身。将上半身端端正正地转向一侧了，在喀啦啦的关节活动声中，她继续转动脑袋，最后将个脑袋正对了吴旅长和九姨太。黑暗之中，她似笑非笑，同时从七窍之中缓缓流出浓黑液体，仿佛是血，可是腥臭难当，赛过腐尸。

吴旅长一贯自诩为男子汉大丈夫以及儒将，然而望着眼前情景，他猛一哆嗦，终于露了本相。

他的本相就是原地做了个向后转，然后甩开九姨太的手，一路张牙舞爪地逃出卧室，哭爹喊娘地直奔了前院吴太太处，且行且号："太太呀，救命啊！真闹邪祟了！"

他在前方逃，九姨太在后方追。因为花园子里地势不平，所以吴旅长抡着细胳膊，颤着小细腰，一路跑得十分袅娜。袅娜到了半路，他忽然脚下一绊，一个踉跄扑倒在地。爬起来回头看时，他只看见有黑影往草丛中一缩，若是没有看错的话，那影子正是一条大蛇尾巴的形状。

吴旅长愣了一瞬，随即像只待宰的小母鸡一般，一路拍着翅膀，咕咕哒哒地就又跑了。至于他的心肝宝贝九姨太，他则是连想都没想。

吴旅长一路逃到了吴太太房中，吴太太已经有日子没有见到丈夫了，如今看到丈夫这般狼狈，她既有一点心疼，也有一点幸灾乐祸。直到她听吴旅长讲述了他方才的历险记，她心中一凛，才又怕了起来。无论是什么人家，也没有接连着死姨太太的，纵是正常的死，听着也够邪性。将两只大白手拍在胖膝盖上，吴太太沉吟着说道："秀斋，不要慌乱，我弟弟的中学同学的舅舅的老太爷，常年是在青云山上修身养性的，说是青云山青云观里的老道，最有神通。等明天我亲自出马，请个有法力的老道回家，给咱们禳治禳治。"

吴秀斋旅长听闻此言，含泪点了点头。正当此时，一名家丁慌里慌张地闯进来，说是九姨太也出事了！

九姨太倒伏在花园子里，死状和昨天的五姨太一模一样，只是没有诈尸吓人。吴旅长听闻此言，一点过去看看的意思都没有，只把事情扔给管家，自己则是难得地上了太太的床。上床之后他也没有和太太温存，只瑟缩着蜷在太太身后，像要拿太太当掩体一般，睁着眼睛熬过了一夜。

如此到了天色要明未明的时候，吴太太先起了床。她如同西太后一般，先在丫头们的伺候下洗漱更衣，然后吃了一锅清粥小菜的早餐，末了登上一辆花团锦簇的大马车，她直奔青云山去了。

吴太太凌晨出门，因为青云山不是很远，所以她傍晚便回来了。吴旅长在家中苦盼一天，总算盼得她现了身，然而往她身边一瞧，却又并未见到老道。正在他疑惑之时，吴太太横挪一步，露出了站在身后的陌生人物："秀斋，这位就是青云观出尘子道长的俗家大弟子，叫……叫什么玩意儿来着？"

陌生人物低声答道："皓月。"

吴旅长将此人上下打量了一番，随即开口说道："太太，你是在跟我扯淡呢吧？这位会是老道？"

吴旅长此言是有缘故的，因为陌生人物无论怎么看，都和老道二字没有一分钱的关系。此人看年纪不会超过三十岁，身高面白，相貌清俊，剃了个很摩登的小分头，头发偏分梳开，还抹了一点生发油，除此之外，他还是西装革履的打扮，裤线笔直、皮鞋锃亮，仅从服装而论，比吴旅长还要讲究许多。

吴旅长活了二十几年，第一次见到如此富有西洋风格的本地老道，所以怀疑太太也患了失心疯。吴太太却是保持了一贯的风度，心平气和地问吴旅长："你说谁扯淡？"

吴旅长怕挨捶，不敢正面和太太交锋，直接转向了摩登老道。一团和气地笑问："皓先生，咱不开玩笑啊，您真是道家弟子？"

皓月云淡风轻地一笑："我刚随我的师父云游归来，所以穿成了这个样子。"

吴旅长又问："哟，云游去啦？看您这个形象……您是不是游到天津卫上海滩去了？"

皓月的脸上没有表情，只一摇头："非也，是美利坚合众国。"

吴旅长听闻此言，因为太过惊讶，所以只对着皓月一呲虎牙："哟……"

这时候，吴太太又开了腔："道长，麻烦您给我们瞧瞧，这刚两天的工夫，死了三个臭不要脸的骚狐狸精了，全家上下吓得日子都过不成，您看是不是家里有了什么不干净的东西？"

吴旅长听闻此言，也立刻帮腔道："对，对，只要您能把那邪祟抓出来铲除了，您要多少钱，我给您多少钱！您到时候说个数目就成！"

皓月听到这里，微皱着眉毛笑了一下，也不知道对他这话是满意还是不满意。闭了眼睛仰起头，他长长地吸了一口气。吴旅长很紧张地盯着他的鼻孔，屏住呼吸没敢言语。

等到将那一口气吸进去又呼出来了，皓月重新睁开眼睛，对着吴旅长说道："府上无鬼。"

吴旅长和吴太太听闻此言，立时心中轻松了一下；可未等他们露出笑模样，皓月闭目仰头，再一次向他们展示了自己干干净净的鼻孔。呼吸过了第二口气之后，皓月低头睁眼，轻声说道："但是有妖。"

吴旅长倒吸一口冷气，喉咙里发出了"呃"的一声："妖？什么妖？内子方才所说的狐狸精乃是在下的姨太太，您——您是不是误会了？"

皓月微微一笑："非也，我说的妖，乃是真妖。"

他的声音堪称清越，说起话来抑扬顿挫，也很动听。吴旅长听在耳中，因为看他神情自然，并没有如临大敌的严肃模样，就有些摸不清头脑："真妖？我这房子也是老房子了，原来一直太太平平，难道这妖是新来的？"

皓月对着他一点头："现在还不便早下定论。我只嗅到了妖气，却没有见过妖形。所以这妖到底是什么来头，还得等我见了它的真身，才能说得清楚。"

吴旅长看了太太一眼，随即又问："那么，您打算如何找到它的真身呢？"

皓月答道："等！"

一个"等"字说出来，便表明这位摩登道长是要留下来打一场持久战。吴旅长如今也是真怕了，便看皓月是个救星。用好酒好菜招待皓月吃了一顿晚饭，他因为吃得太饱，所以打着哈欠问道："道长，接下来怎么办？您是直接进花园子里捉妖，还是做法烧几道符，先保护保护我？"

皓月吃得满嘴是油。此刻抄起餐巾擦了擦嘴，他静静地想了想，随即望向吴旅长答道："我想和你睡觉。"

吴旅长对着皓月眨巴眨巴眼睛，然后抬手一指自己鼻尖："我啊？"

皓月点了点头："那妖既是新来的，又连着杀了三个人，必是有所图。你是一家之主，无论那妖有何用意，你都脱不开干系，所以，我打算守在你的身边，等那妖物自行送上门来。"

吴旅长恍然大悟，长长地"哦"了一声，口中同时金光一闪，抬手一抹额上的冷汗。

吴旅长命令家丁给自己和皓月收拾出了一间卧室，然后一屁股坐到床边，命令大丫头给自己端水洗脚。他这人各方面都长得比较秀气，此刻脱了鞋袜，他露出两只小白脚丫，试探地要往盆中热水里落，同时斜了眼睛，瞄着前方的皓月。皓月脱了外面的西装上衣，露出里面的青缎子马甲和雪白衬衫。背对着吴旅长站立了，他微微地向前弯了腰，全神贯注地透过玻璃窗往外看。

吴旅长不知道他在看什么，低头望着踩进水中的两只脚，他动了动脚趾头，心想这家伙来一趟，怕是不能少要钱了，可惜了，早知道这钱是非花不可，不如早点把他请来，还能救老八老九两条小命。老八倒也罢了，老九那小模样长得真好看，自己对她还没有喜欢够，死得真是太可惜了。

思及至此，他又动了动脚趾头，同时不耐烦地骂道："蠢货！连脚都不会洗了吗？"随即他又发现这丫头是个陌生面孔，便立刻又道，"抬头，我看看你是谁？春兰呢？让春兰过来！"

话音落下，那一直低头忙碌的大丫头缓缓扬起了脑袋，而吴旅长与她目光一对，登时感觉周身一冷，定在原地动弹不得。而那大丫头双手抓住了吴旅长的左右脚踝，吴旅长眼珠子向下一转，只见那丫头的手不知何时，已经变成了滑腻斑斓的爪子！

吴旅长心中大惊，叫也叫不出动也动不得，正是绝望之时，前方的皓月忽然转了身。随即一道黄光直飞而来，"唰"的一声正击中了那陌生丫头的后脑勺。吴旅长睁大眼睛，只见那丫头中弹一般向前一扑，一头栽到了自己的裤裆前。而她后脑勺上黑鸦鸦的头发上赫然贴了一道纸符。那符上画着龙飞凤舞的字样，贴在头发上微微地颤，颤了没有两三秒钟，一团火球忽然腾起，只听"呼"的一声，陌生丫头那满脑袋头发立时起了火！

这一场火着成了个火烧连营，一瞬间就燎上了吴旅长的裤裆。吴旅长大叫一声，下意识地抬腿一脚，把大丫头向后踹了个倒仰，随即弯腰端起洗脚水，对着自己的裤裆就是哗啦一倒。倒完之后他又一愣，这才发现自己恢复了力量知觉。低头再看地上，他吓得端着盆一哆嗦，因为地上已经没了大丫头的影踪，只留了一身粗布衣裤，上衣领口处伸出了个小脑袋，正是个焦糊了的蛇头。

皓月大踏步地走了过来，蹲下去捏住那枚蛇头，也不嫌脏，向外便是一拽，结果抻出了一条半人多长的大四脚蛇。这四脚蛇周身覆着鳞甲，四只爪子还在微微地抽动。

皓月用地上的衣服把那大四脚蛇裹成一卷子，抱着它站起了身，自顾自地说道："这东西虽然看着可怕，其实力量不强，不是什么了不得的妖精。就算是它想吃人，荒山野村里处处有机会，也没有跑到深宅大院里吃的道理。我看这东西是别有用心，恐怕背后另外有人或者妖，在控制它。"

吴旅长穿着新烧成的开裆裤，又向上缩起两只小白脚丫，惶惶然地对着皓月一呲小虎牙："那……怎么办呢？"

皓月转身向外走去，同时头也不回地答道："继续等。"

皓月在外面点了一把火，连衣服带四脚蛇一起烧成了灰。然后转身回了来，他见吴旅长已经惶惶然地钻进了被窝里，便也脱下外面长裤，露出两条长腿。一言不发地抬腿上床，他在暗处角落中盘腿坐了，吴旅长低头看了看他，小声问道："道长，您不睡啊？"

皓月一摆手，只轻声说了一句："关灯。"

吴旅长直到现在，才看他有了一点修道之人的气质。伸手一按床头墙壁上的电机，房内的电灯立时灭了。

与此同时，远在三里地外的一棵老槐树下，凭空忽然腾起了一团火光，在一瞬间，照亮了一张人脸。人脸是浓眉大眼的，皮肤光滑，鼻梁很高，微微的有点鹰钩，是个阴鸷而又英俊的相貌。然而火光只亮了一瞬间，一瞬间过后，树下恢复黑暗，槐树周遭是一片破败房屋，没有人声，也是黑暗。

一个公鸭嗓子响起来，语气轻快地说了话："九嶷，怎么了？那条蠢蛇的招灵幡怎么起了火？难道蠢蛇被人杀掉了？"

被唤作九嶷的人做了回答，声音类似相貌，也是低沉阴鸷："招灵幡成了灰，说明那条蛇确实是已经遇了不测。"

公鸭嗓子嘎嘎嘎地笑了几声："不测就不测嘛，我早说过那条蛇又丑又笨，只会杀人不会吓人的。九嶷九嶷，以后你不要再乱捉那些蠢妖精了，有我一个就够了，你看我哪次装神弄鬼不把人吓个屁滚尿流？"

老槐树下安静了片刻，然后响起了很轻微的咔咔声响，响过片刻之后，忽然起了一声“呸”，随即九嶷又开了口：“吃了个臭子儿。”

槐树下面起了动静，一条一尺多长不到两尺的四脚蛇在月光之下现了身。很伶俐地原地转了一圈，它随即又爬回树下，用两只前爪扒住了九嶷的大腿，继续张开大嘴说了人话：“蠢货死了，你怎么办？”

树下的九嶷也动了动，行动之间光头反射月光，原来他是个苦行僧的潦倒形象。专心致志地嗑了一顿瓜子，他末了背过手往身后一掏，不知道从哪里掏出了两只冷包子。这包子外形类似，其实馅子不同，一个是红豆馅，另一个是猪肉馅。九嶷掰开了红豆包，仰起头伸出一条奇长的舌头，将红豆馅全勾进了自己口中，然后把包子皮一扔，又掰开了猪肉包。这回把猪肉馅甩出去，他只吃了包子皮。

会说人话的四脚蛇转动两只鼓泡眼，见此情形，就很惋惜地说道：“九嶷，你这么馋，我以后是不是得永远装神弄鬼下去，好给你骗钱买东西吃了？”

在吧唧吧唧的咀嚼声中，一双大眼睛在树下阴影中对着四脚蛇一转，四脚蛇立刻抬起一只前爪捂了大嘴：“我没有嫌弃你。”

九嶷哼了一声，随即却又叹了一口气：“阿四，我看起来是不是很差劲，这么多年了，一直只会骗吃骗喝？”

四脚蛇向前一趴，把个扁扁的蛇脑袋搭上了九嶷的大腿：“没有，虽然当初是你从河边把我捉去的，我也连着逃了六七年，每次被你发现都要挨一顿暴打。可是现在我已经不想逃了，我会陪着你的。那条蠢蛇死了，我就去接它的班，等我把那个院子里的人都吓傻了，你就可以去捉妖要钱了。”

九嶷一摇头:“不,那条蛇虽然蠢,但也成了精,不是轻易能死的。它既然死了,就说明那吴家大院里出了一位劲敌。”

四脚蛇一听这话，立刻提了建议：“劲敌？那我们换一家吧？往前走十里地，城外镇上的朱老爷家里也很阔呢，咱们吓谁不是吓呢？”

九嶷却是一摇头：“不，我不能白白牺牲一条成了精的四脚蛇。”

四脚蛇听了这话，有点不高兴，因为感觉九嶷对那条送了命的大四脚蛇太好了。同样都是四脚蛇，自己常年的为他赴险，也没听他夸过自己半声好。但四脚蛇先前也是一只孤独的小妖精，现在又和九嶷在一起过惯了，不管九嶷对它怎么样，它对九嶷是真有感情的。

九嶷比它还要来历不明，四脚蛇只知道他是个精通妖法的行僧。他为什么会精通妖法，四脚蛇不知道；他为什么有了一身的法术却只是得过且过地混日子，四脚蛇也还是不知道。四脚蛇只知道自己跟了他十几年，他始终都是同样的模样，完全没有衰老。

也许是因为他时常在山林之中生吞妖精的缘故，他虽然还是个人，但是已经比任何妖精都更凶恶。连骨带肉的吞食过一只小妖精之后，他的眼睛会亮一些，皮肤也会透出细腻的光，整个人能一下子年轻好几岁。

而他身上的妖气也会更重一些，连续十几天缭绕不散，嗅起来似乎比四脚蛇更像一只妖精。四脚蛇很爱吃醋，有时候看他对旁的妖精友好了，就要嘀嘀咕咕地骂他是个人妖——本来是个人，结果修行成了妖，不就是人妖吗？

这话他一般都是偷着骂，因为人妖九嶷的脾气相当不好，一旦听见了，会把它的长尾巴齐根揪掉，让它疼得吱哇乱叫一场。上次揪它尾巴是在一年前的荒山里，因为它对着一只黄鼠狼精大吹大擂，自称九姨夫。结果吹得一时忘情，被九嶷逮了个正着。九嶷并不在乎自己的名字听起来像九姨，但是不能容忍一只不到二尺长的四脚蛇冒充九姨夫。掐掉的蛇尾巴被他塞进嘴里咯吱咯吱地咀嚼吃掉了。而四脚蛇含着眼泪趴在他的肩膀上，当时是一声没敢出。

四脚蛇对九嶷是忠心耿耿。九嶷坐在大槐树下打盹儿，它就趴在九嶷的大腿上充当卫兵。及至天色微明了，九嶷睁开眼睛，抓起身后的破褡裢站起了身。四脚蛇慌忙向上爬去，一直爬到他的肩头。两只前爪扒开他那身破僧袍的破领口，它“刺溜”一下子，钻进了九嶷的袍子里。

而九嶷向前又走了几步，走出槐树下的阴影，彻底在晨光之中显出了全貌。

他很高，因为嘴不闲着，所以也偏于壮，光头剃得很亮，后脑勺生有反骨。微微低头看了路，他一手将个褡裢往肩膀上一搭，另一只手拖着只油渍麻花的铁钵，钵底积着一层白花花的荤油，油上躺着半只啃剩下的烀猪蹄。四脚蛇爬到了他的腋下，身体蜷缩着弯曲了，它前爪扒着九嶷的胸膛，后爪扒着九嶷的后背，倒是十分的稳当。

九嶷边走边啃猪蹄，二里地的路途，他溜溜达达的便走完了。而在他敲开吴家大院的正门之时，吴旅长腆着他白白净净的小肚皮，正在对着镜子给自己上药——此刻屋里没有旁人，正是他疗伤的好时机。

皓月在床尾打坐一夜，吴旅长不知道他睡没睡，反正看他早早起床，在院子里扭扭脖子扭扭腰，仿佛是精神十分健旺。本来吴旅长是离了姨太太就睡不着觉的，如今因为受了惊吓，所以收敛了色心，紧跟着皓月不敢远离。

早饭摆在了厢房之中，吴旅长刚把皓月请进房中落座，门外就跑来了一名勤务兵："报告旅座，大门口来了个穷和尚，说是咱们家闹妖精，问您要不要找人收妖，换个太平？"

吴旅长一听这话，立刻就感觉对方是来敲诈的；这若是换了其他事情，吴旅长早就跑出去一枪毙了对方；可鬼神精怪之事不同寻常，吴旅长望向了皓月，心想家里若不是有这么一位活神仙，自己还真得求那个穷和尚进门不可。

皓月洗了脸，刷了牙，梳好了小分头，乍一看像个洋派的大少爷。端起细瓷碗喝了一口白米粥，他不看人，垂着眼帘说道："让那人进来，这样伤天害理的和尚，我倒是很想会他一会。"

此言一出，吴旅长立刻向勤务兵挥了挥手："没听道长发话了吗？快去快去，把那个穷和尚给我叫进来，半路不许乱说话，听见没有？"

小勤务兵答应一声，扭头便跑。而吴旅长搬着身下椅子，向皓月身边挪了挪，又小声问道："道长，要不要提前预备几个人几杆枪，一旦谈崩了，就把他堵在屋子里突突了！"

皓月摇了摇头："这人既然是敢单枪匹马地来，就必定是有他的胜算。你也不必多做准备了，妖法真是厉害的话，你纵是准备，也未必有用。"

吴旅长听了这话，一张小瓜子脸仿佛忽然瘦了一圈，几乎有些可怜巴巴："那我就全靠你了。只要今天你能把这后患给我解除了，我旁的不敢说，钱——绝对不会亏待了你！"

他这话刚说完，门外由远及近地传来了脚步声音。房门随即一开，小勤务兵率先迈步进了门："报告旅座，和尚我带过来了！"

吴旅长与皓月一起抬头向外望去，结果全愣了一下。

门外的青石台阶上，站着个高大的和尚。这和尚披挂着一身百衲衣一般的破僧袍，下面光着两条腿，双脚趿拉着破布鞋。一手拎着个褡裢，一手拖着只铁钵，他微微地低着头偏了脸，显出了两道浓眉和笔直的高鼻梁。静静地向前一抬眼，他没说话，只沉默着先看了看吴旅长，又看了看皓月。

吴旅长有些紧张，但是见皓月不言不动，他只好硬着头皮也起了身。赔着笑绕过餐桌走到门口，他这回离得近了，仔细一瞧，越发感觉这和尚比济公还脏，让人见之不能靠近。干巴巴地笑了一声，他开口说道："请问大师，怎么称呼哇？"

大师——九嶷略一思索，决定随便诌个假名字敷衍一下，故而低声答道："一切有为法，如梦幻泡影，如露亦如电，应作如是观。贫僧的法号，就叫梦露。"

吴旅长一张嘴："噢……原来是梦露师父，久仰久仰，失敬失敬。听说您能降妖除魔，而且还瞧出我这宅子里不太平，那么想必您是愿意帮助我了？"

九嶷对于吴旅长一点兴趣也没有，倒是格外留意地看了皓月一眼，随即答道："你出钱，我出力。一千块现大洋，不讲价。"

吴旅长嘿嘿一笑："恕我直言，你这价钱要得也真是太高了点，再说你怎么知道我家里闹了妖精？还主动找上门来看，要为我除妖？怎么着，难不成你和这妖精还是一家的不成？"

九嶷转向吴旅长，一点头："是。"

吴旅长没想到他这么坦白，当即有些害怕。向后退了几步之后，吴旅长转向了皓月："活神仙，活神仙，您看……"

皓月端坐在桌旁，不言不语地闭了眼睛仰起头。洁净的鼻子微微翕动了，他开始深呼吸。

一口气吸进去，他屏住呼吸静止半晌，末了一边呼气一边睁开眼睛，他起身走到门前，正对了九嶷。这回双方距离近了，他仰起头，又做了个深呼吸。

然后睁开眼睛平视了前方，他开口问道："你这和尚一身的妖气，是人是妖？"

九嶷定定地凝视着皓月，良久不言语。而吴旅长见他二人大眼瞪小眼，不禁疑惑至极，忍不住开口问道："我说二位……"

话未说完，九嶷忽然笑了一下。他是棱角分明的薄嘴唇，笑的时候嘴角向上一翘，会显出两道淡淡的法令纹。笑过之后抬手一指皓月，九嶷低声说道："吴旅长，妖，我已经捉到了。"

吴旅长莫名其妙地望着他："捉到了？不可能啊，昨晚儿——你是什么意思？"

九嶷缓缓地放下了手，然后轻声答道："妖，在你身边。"

吴旅长慢慢地扭头望向了皓月："活神仙，他是不是说你呢？"

皓月转身面对了吴旅长："你看我像妖精吗？"

吴旅长立刻真心实意地摇了头："不像不像，一点儿也不像。"

九嶷这时却又说了话："吴旅长，那你看我像妖精吗？"

吴旅长听了这话，十分为难，抿着一颗虎牙笑也不是不笑也不是："你……哈哈……有点儿像……开玩笑的，也不是很像……"

九嶷点了点头，然后答道："我像，但我不是。他不像，但是他是。"

话音落下，他骤然起身而上，伸出二指直戳向了皓月的鼻孔。皓月躲闪不及，被他戳了个正着，当即发出"哇"的一声惨叫。纵身一跃向后退了好几米，他落地之时一屁股撞到了餐桌边沿上，撞得桌子咯吱一声，平地挪了好几寸。

吴旅长见此情形，越发地摸不清头脑："大师父，有话好说，不要见面就动手嘛。"随即他回头去看皓月："活神仙，您——您还好吗？"

活神仙捂着鼻子低了头，缓缓地蹲了下去。而九嶷见状，淡然说道："你是自己走，还是跟我走？"

皓月猛然抬头，依然捂着鼻子："妖僧，你还真是大言不惭！若不是我方才一时不慎着了你的道，你以为你能轻易讨到我的便宜吗？"

九嶷冷笑一声："谁讨你这狗养的便宜。"

吴旅长一听这话，心想和尚这分明是要挑衅，便想出言劝解，然而未等他开口，家中的老管家忽然惶惶地跑了过来，一路跑一路嚷："大少爷，加急电报！京城来的！"

吴旅长出门露了面，只见老管家一路跑得气喘吁吁。将一张译好的电文送到吴旅长手里，老管家气喘吁吁地说道："大少爷，您快瞧瞧吧，说是督军没了！"

老管家口中的督军，乃是吴旅长的姐夫霍督军。霍督军是吴家荣华富贵的源泉，霍督军一没，霍家如何姑且不提，吴家第一个就失了靠山。吴旅长接过电文读了一遍，吓得双腿一软，当场瘫坐在地。愣怔怔地坐了一分多钟，他忽然又扯着老管家的长袍爬了起来，转身对着九嶷和皓月说道："你们二位的官司，你们二位自己打吧！闹妖精也好闹鬼怪也好，我全顾不上了，我得去京城给我姐夫奔丧去！"

说完这话，他东倒西歪地拔腿就跑。老管家见状，也提了袍子慌忙去追。而九嶷和皓月站在院子里，身边一时间连个大丫头都没留，厢房开着门，就只剩了他们两个。

这时，九嶷迈步进了厢房。

皓月紧盯着他，双手依旧捂着鼻子，只见他走到桌旁，抄起一柄长勺就去舀米粥喝，喝了几口米粥之后，又伸了手去抓碟子里的小菜吃。如此狼吞虎咽了一顿之后，他一边用肮脏袖子擦嘴，一边抬起头说道："你是狗吧？"

皓月瞪着他，不言语。

九嶷笑了一下，又将盘子里的肉包子一个接一个地往自己的铁钵里放："奇怪，没有见过你这样的妖精。想做人想疯了？"

皓月终于放下了手，小心翼翼地又抽了抽鼻子，他随即正色答道："贫道皓月，并非妖精。"

九嶷把铁钵装满了，开始掰开盘中余下的包子吃包子皮："你是狗还是狼？白天我看不大出，夜里阴气盛，大概能看得清楚一点。妖捉妖，有意思，不过你不该给我捣乱。"

皓月缓缓地瞪圆了眼睛："妖僧！我不会坐视你害人性命谋人钱财的！"

九嶷抬眼看他，嘴里嚼着包子皮："想咬我啊？"

皓月冷哼一声："我不会咬你的。你我之间，未必你是人，别人就承认你是人；未必我是妖，别人就相信我是妖。信不信我把你当妖收了，放到火中烧死？"

九嶷不置可否地吃光了盘中所有包子的包子皮，然后自言自语似的说道："你的力量不小，但是妖气很淡，和平常的妖精大不一样。吴家的钱，看来我是赚不到了，那我捉一个你，权当是补充昨夜那死鬼的空位吧！"

此言一出，皓月对着九嶷劈面便是一掌，九嶷猝不及防，只听"啪"的一声脆响，正是皓月以打耳光之姿，将一张纸符拍到了九嶷脸上。四脚蛇闻声从领口中弹出了个三角脑袋，见状便是骂道：“你敢打我的九嶷！”

皓月听闻此言，当即笑了一声：“九姨？我还九姨夫呢！”

九嶷一直是心平气和地连吃带喝带说，直到听了这句话，他才真是生气了。他身上妖气极重，几乎成了半人半妖的体质。骤然受了皓月用来灭妖的纸符，他只觉脸上一烫，竟然会有痛感。抬手揭下纸符揉进嘴里，他恶狠狠地瞪了皓月，三口两口地嚼碎纸符咽了下去。

“好小子！”他声音极低地说道，“既然你敬酒不吃吃罚酒，那么就别怪我要收了你了！”

说完这话，他伸手就往褡裢里摸。可是皓月动作极快；未等他摸出什么来，厢房之中人影一晃，正是皓月夺门而出。等他追到门外再看时，院内空空荡荡，哪里还有皓月的影子？

九嶷发了怒，气得站在原地呼哧呼哧直喘。四脚蛇缩在他的袍子里，见状就伸了爪子要给他顺顺气。揉了半天，它伸出脑袋察言观色：“还气啊？”

九嶷咬牙切齿地说道：“这个混蛋妖精，我非把他捉住炮制一番不可！”随即他又低下头怒道：“不要摸我！”

四脚蛇吓得立刻一缩爪子，同时直觉身下腾云驾雾，正是九嶷一路狂奔向前，要去捕捉那逃之夭夭的皓月了。

九嶷一路跑得脚下生风，没跑出多远，脚上的破鞋就被他甩到了九霄云外。幸而那皓月虽然看着气派不凡，然而尚未精通移形换影之术，更没有御风飞行的本领，逃得虽然极快，但毕竟也还是凭着两只脚在地上跑，再快也快得有限。九嶷那两只赤脚并不娇贵，没了鞋也照样能狂奔，紧追着前方人影出了吴宅大门，皓月与他成了个一前一后之势，离弦箭般蹿出胡同上了大街，又一溜烟地穿过大街直奔了县城外。街上行人只觉眼前一花，也看不清九嶷与皓月的具体面貌，只感觉鼻子尖上有风吹过，并且还是疾风。

一鼓作气的，九嶷奔到了城外的庄稼地里。此时正值初夏时节，庄稼地里既有庄稼，也有闲花野草滋生，目光所及之处，皆是一片郁郁葱葱的青翠风景。

九嶷跑着跑着不跑了，因为前方道路越来越狭窄崎岖，而皓月的身影，也在高高低低的草丛中消失了。

就近在一块大石头上坐下了，九嶷忍不住自言自语道："这个东西有意思，明明自己就是只妖，却要帮着人去捕杀同类，他这是要赚钱，还是要赚名？"

四脚蛇从他的领口中伸出了一张大嘴："一个想做人想疯了的沽名钓誉之徒，你就不要理他了。吴家的钱肯定是敲不到手了，我们换一家试试好了。这回我去装神弄鬼，不吓出他们的尿来我就不是你亲亲乖乖的小可爱阿四。"

九嶷眼皮一耷拉，斜着眼珠去看四脚蛇："滚。"

四脚蛇当即"噢"了一声，很沮丧地缩回了袍子里去。而九嶷若有所思地起了身，却是悄悄地藏进了一片庄稼地里。地上长的是什么庄稼，九嶷和四脚蛇都不知道，反正能有半人来高，足够他们藏身的。

九嶷找了个僻静地方，很有耐心地抱着膝盖蹲了下去。两只耳朵微微地动了动，他想要捕捉周遭的声音。皓月和他之间一直是距离有限，此刻想必也一定没有逃远，否则的话，无论他逃向了哪个方向，他方才都会有所察觉。皓月是在一瞬间消失在了草丛里，九嶷料定他是就近躲藏起来了。

九嶷对于妖是最有兴趣的，尤其是对于与众不同的、妖术高强的大家伙，他更要忍不住前去挑战一番。一只四脚蛇目前似乎是有点不大够用，为了能让自己过上更好的日子，他决定把皓月也捕捉过来。

九嶷一蹲就是一天，其间连个屁都不肯放。及至到了入夜时分，他屏住呼吸低下头，整个人缩成了一块冷硬的石头，只有两只耳朵还在微微地动。

不远处开始有动静了。

四脚蛇有些躁动，但是它不敢乱动。忽觉九嶷一动，悄悄地伸出脑袋向外看了看，它就见九嶷不知从何处摸出了一张纸符，此刻低头咬破了手指尖，正在用鲜血描那纸符上的符文。

四脚蛇吓了一跳，立刻把脑袋又缩了回去。那纸符它认识，是专门用来对付妖精的镇妖符。这东西若是贴上了妖物的身，对方立刻就能动弹不得；另有一种更厉害的锁妖符，四脚蛇当年吃过它的苦头——只要被它贴上了，就会立刻变得目不能视口不能言耳不能听，偏偏意识却还存在，冷热疼痛全都知晓，那种滋味，真比坐牢还要痛苦许多。

九嶷亲手所画的符咒，力量已然很大，如今又加上了九嶷的鲜血，法力越发要倍增。降妖除魔的法术也是分成许多派的，别的门派如何，四脚蛇不知道，它只知道九嶷是真有两把刷子，可惜胸无大志，就知道吃。

九嶷用指尖鲜血连着描了好几张符，然后轻轻地起身，弯着腰开始在夏虫声中走动。既然那个皓月也能有法子制妖，可见他与众不同，平常的符咒大概镇不住他；所以九嶷忍痛咬破了自己的手指尖，决心要提前给对方加点料。

九嶷走得很谨慎，每走几步便要停上一停。四脚蛇渐渐大了胆子，好奇地想要伸出脑袋看热闹，然而就在它见到星月的一刹那间，九嶷忽然向前一挥手，一张纸符从他指间平平飞出，竟如刀片一般截断了几根鲜嫩草茎。同时草丛之中响起一声哀鸣，果然就是那皓月的声音。九嶷大喜过望，直起腰迈开大步就往前跑，而草丛之中骤然蹿出一道人影，正是皓月后脑勺贴着一张镇妖符。可惜那镇妖符显然是对皓月的作用不大，因为皓月东倒西歪地迈了步，居然还能向前快跑。跑着跑着他猛然向前一扑，乍一看仿佛是失了足，其实在他扑倒在地的一瞬间，一张纸符贴着他的后脑勺平飞过去，他是逃过了一劫。

眼看纸符落地了，皓月一挺身爬起来，挣扎着继续往前跑，速度依然不慢。九嶷见势不妙，正想发出第三道符咒，哪知在他要发未发之际，前方人影忽然惨叫一声，原地蹿起了老高。九嶷见状，想都不想，直接向前一挥手，让第三张纸符平平展展地贴上了皓月的后腰。

两道镇妖符合力，终于镇住了一个皓月。九嶷快走几步到了到了对方跟前，低下头狞笑道：“降妖除魔的活神仙，你怎么不跑了？”

皓月姿态扭曲地仰卧在他面前，眼中含着一点晶莹的泪。眼珠转向上方的九嶷，他的身体正在符咒的作用下迅速僵硬，只能勉强调动舌头答道：“我……踩到了屎……”

九嶷听闻此言，立刻低头，随即横挪一步，将脚底板在草地上蹭了蹭，同时很坦然地答道：“是啊，我也踩到了，那又怎么样？”

皓月慢慢闭了眼睛，同时艰难地吐出了最后一个字："脏……"

九嶷哑然失笑，没想到这个假冒活神仙的妖精居然还有洁癖。在皓月面前蹲下来，他拼命地又挤出了指尖一点血，然后在皓月的额头上画起了符，同时口中念念有词："天地自然，秽气分散，斩妖缚邪，道气长存，急急如律令！"

最后一句话说完，他对着皓月的额头狠狠拍下一掌。而皓月一声不吭地蜷缩身体，西装的裤管衣袖迅速变成了空空荡荡，只有身躯部分隐隐隆起还有内容。九嶷解开了衬衫的小纽扣，然后把手从领口伸进去，抱出了一只雪白的小东西。四脚蛇伸了脑袋向外一看，随即惊叫一声："真是狗哇？！"

九嶷站起身，一手抱住了这条小白狗，另一只手将一张锁妖符贴到了软绵绵的狗肚子上。小白狗一动不动地瘫软在他的臂弯中，偶尔鼻子里呼噜几声，可见这张锁妖符，对他也是锁得勉强。

九嶷很得意，一边低头欣赏小白狗，一边信步往前走。手指头逗了逗小白狗的下颌，他逗出了小白狗的一串呼噜噜。显然，小白狗此刻应该是心急如焚，只是身不能动、口不能言罢了。

四脚蛇很嫉妒地望着小白狗，因为小白狗生着一对耷拉耳朵和一个黑鼻头，看着实在是很可爱，起码比它这条四脚蛇可爱。它很怕自己会因此失宠，可是在吃醋之前，它忽然想起了一个大问题："呀！九嶷，你的铁钵落在吴家了！"

九嶷光着脚丫子，很潇洒地向前大步走去："没关系！一只破钵算不得什么！等我把这狗东西调教好了，另选一户人家重新下手就是了！"

四脚蛇问道："能调教好吗？"

九嶷自信的笑道："没有问题！治妖，我素来是一治一个准！狗东西若是敢不听我的话，我就把他扔到粪坑里去！哈哈哈哈哈！"

四脚蛇听了这话，没出声，小白狗则是又哼出了一串呼噜噜。

如此过了三天，在午夜时分九嶷呼呼大睡之时，小白狗冲破了身上的锁妖符，重新化为了人形，恢复了他皓月的身份，唯一的美中不足，便是没有衣服可穿。于是他无可奈何，只得是光着屁股逃了。

九嶷浑然不知，还在沉睡，四脚蛇倒是早醒了，但是不睡装睡，任凭皓月逃了个无影无踪。

如此到了第二天，九嶷发现小白狗逃走了，气得指天骂地，呼哧呼哧直喘。而四脚蛇就得意地在他身上爬来爬去，又摸着他的光头哄道："不生气噢，九嶷，不生气。"

九嶷一晃脑袋，咬牙切齿地怒道："老子降妖除魔这么多年，从来只有我欺妖，没有妖欺我，没想到今天竟会治不住一条破狗！哼！你看着吧！老子先去找点东西垫垫肚子，然后就把那条破狗捉回来生吞活剥！我不把他啃成一堆狗骨头，他就是我九姨夫！"

第二章
吴秀斋巧扮俏姑娘

在大雨滂沱的天气里，九嶷走在城外的荒山野岭之中，因为无处可躲，坐到树下又怕被雷劈死，所以把心一横，干脆就蹲在了荒草丛中。四脚蛇被他打发进城当探子去了，他孤身一人候在此处，因为四脚蛇始终是不回来，所以他仿佛被困住了一般，是哪儿都没法去。

他身上只有一件旧僧袍蔽体，此刻长久地蹲在大雨之中，僧袍早被雨水浇透了，沉甸甸地贴在肩膀后背上，很不舒服。九嶷先是闭目强忍，忍了片刻之后他灵机一动，却是起身脱下僧袍，光着屁股站在了雨中。把僧袍当成毛巾揉作一团攥在手里，九嶷开始借着天降的雨水洗澡，一边洗，一边还惬意地吹起了口哨，唯一的遗憾之处是雨水太急，他略一抬头，雨水就要往他的嘴里灌。

九嶷也曾经是干净过漂亮过的，也曾经是一名虔诚的真僧。然而年轻的真僧爱上了寺后山中的一只黄鼠狼精。那黄鼠狼精外表妖娆、内心清纯，而且单是自顾自的修行，从来不肯放屁害人。九嶷爱她爱得死去活来，然而佛子与妖精又怎么能结姻缘？

于是年轻的僧人离开寺庙，心甘情愿地混迹到了妖的世界，一混就是不知多少年，黄鼠狼精都死了，他却还在。花草虫兽成了精，寿命全要比先前长出许多；九嶷已经记不清自己已经活了多少年，有时候他想自己大概也要成妖了，堪称是一名人妖。

九嶷洗得很痛快，就是肚子饿，而他之所以肚子饿，当然要全怪那只小白狗。那个东西让他在吴宅白白浪费了一只大四脚蛇，还让他不小心丢了他的大铁钵，他为了追狗，脚上的一双破鞋也跑飞了，最后还在庄稼地里踩了一脚屎，这笔旧账细细地算起来，真是要让九嶷怒发冲冠，虽然九嶷常年晃着个大光头，并没有头发。

抬起一只脚登上面前的老树干，九嶷用僧袍缠了手，一边暗恨白狗，一边吭哧吭哧地搓老泥，正是卖力气之时，他眼珠忽然一斜，发现四脚蛇不知何时，竟然是不声不响地回来了。此刻它四脚着地仰着个扁脑袋，一眼不眨地看着九嶷洗澡，同时张着大嘴，嘴里已经积了一洼雨水。

眼看九嶷发现自己了，四脚蛇立刻摇头摆尾地爬到他面前，直立起来用两只前爪扒了老树的树干，同时张着大嘴说起了人话："九嶷，你皮肤光光的，腿长长的，胳膊粗粗的，好漂亮啊！我再修炼五十年，能不能变得像你一样？"

九嶷对待妖精是一贯没有好脸色的，听了四脚蛇的赞美，他沉着脸，直接斥道："肤浅！让你办的事，你办好了吗？"

四脚蛇立刻刺溜刺溜地爬上了树，沿着一根横斜树枝爬到了九嶷面前："我已经打听清楚了，这城里最有钱的人家，是朱大帅家，可朱大帅人在北京城，这儿是他的老家，只有一座空宅子，宅子里没人住。从朱大帅往下，那还有好些家，有一位是县里保安团的团长，不过据说团长很凶恶，我们也最好不要去招惹他；我看最合适的一家，是开粮店的刘老爷，全县的粮食都归刘家卖，刘老爷有钱死了，现在，我听说啊，他正要讨第三个小老婆呢！"

九嶷收回了蹬在树上的脚，以金鸡独立之姿搓了搓脚趾缝，同时若有所思地说道："可惜那个大的死了，否则的话，这一回正好可以让它继续出马。"

四脚蛇听闻九嶷还对那条大四脚蛇念念不忘，就酸溜溜地瞪了他一眼："装神弄鬼，我也能呀！"

九嶷不以为然："你的法力太弱，顶多只能吓吓小孩子——"随即他忽然转了念头，"你说刘老爷要讨小老婆？"

四脚蛇点了点扁脑袋："是呀！我趴在刘家的房顶上听到的！"

九嶷眼珠一转，随即放下脚丫站稳了："你下来，变个女人给我瞧瞧！"

四脚蛇傻了眼："我是公的，只能变成小子。"

九嶷不耐烦了："小子也行，尽量给我变漂亮点儿！"

四脚蛇闭目低头，不言语了。沉默片刻之后，它的扁脑袋中隐隐透出了一团青光。而那青光越来越盛，光团缓缓膨胀，不但吞没了四脚蛇的头尾，而且继续扩大，渐渐变成了个人身的形状。人身形状越清晰，光芒越弱，最后待到光芒彻底消失之时，树枝上的四脚蛇消失了，一名瘦弱少年取代了它。九嶷定睛一看，只见此少年看年纪不过是十四五岁的模样，生得淡眉毛绿豆眼塌鼻子大嘴叉，并且几乎没下巴。手足并用地抱住了树枝，他抬起头对着九嶷嘻嘻一笑："九嶷，我美吗？"

九嶷见了他这个德行，失望之余怒火勃发，当即骂了起来："美你娘了个脚！我还想让你男扮女装混进刘家，到时候吓他个屁滚尿流，让我大大地干它一票！你可好，这么丑！凭你这模样还想给人家当小老婆，当使唤丫头人家都不能要……"

九嶷心中烧着一团饥火，气急败坏，越骂越凶；而四脚蛇本来法力就弱，如今害了怕，越发地乱了阵脚，夹着树枝的两条腿忽然陷入了一团青光之中，青光越来越大越来越强，很快地吞没了他。及至光芒消失，四脚蛇也恢复了原形。伸出舌头舔了舔眼珠，他被九嶷骂得六神无主，忍不住想要东张西望。

一望之下，他忽然发现了情况，不等九嶷骂完，他已经一跃而起，扑到了九嶷身上，平平地贴在九嶷的胸腹上，四脚蛇扯着大嗓门叫道："不好啦！来人啦！九嶷快把袍子穿上啊！"

九嶷莫名其妙地扭头一望，果然看到远方山路上现出了个孤零零的人影，那人扛着大伞低着头，本是在风雨之中艰难地行走，完全没有意识到荒草丛中站着个九嶷。冷不防地听了四脚蛇的嚎叫，那人闻声抬头，只见前方有宽袍大袖一闪，随即一个大光头转向了他。

隔着茫茫的雨幕，来者只能依稀看出九嶷是个和尚打扮；而九嶷耳聪目明，此刻对着那人射出如炬的目光，一眼就认出了对方的身份——吴秀斋旅长！

自打上次追着小白狗离开吴宅之后，这是九嶷第一次又和吴旅长相见。在他的记忆中，吴旅长乃是个穿绸裹缎的小白脸，而如今前方这位来者也依然是穿绸裹缎，脸也还是很白，但和他记忆中的吴旅长相比，总像是少了点什么。对着吴旅长上下又打量了一番，九嶷发现他一共缺少了两样物事：一是威风，二是随从。堂堂的旅长大人，居然一个人扛着伞在荒郊野地里走，这显然是很不对劲。

正当此时，吴旅长踩着满地烂泥，一步一滑地走到了九嶷近前。九嶷一直看着他，他莫名其妙地，也下意识地抬头紧盯了九嶷。及至双方近到一定的程度了，吴旅长收住脚步，试探地开了口："你……是梦露大师吧？"

九嶷方才已经在一瞬间裹了僧袍，此刻他拢着前襟，一边别有用心地审视着吴旅长的形容，一边答道："正是贫僧，你不是吴旅长吗？一别两个多月，你还好哇？"

吴旅长苗苗条条地站在九嶷面前，单肩扛着一把奇大的黑布大伞。对着九嶷扬起他那张白生生的小瓜子脸，他愁眉苦脸地一张嘴，露出虎牙："唉，大师，你没有听说我的事情吗？"

九嶷一愣，下意识地抬手摸了摸脑袋："你？我那天追那个狗崽子出了城，就再没回去过——你怎么啦？"

吴旅长委委屈屈地一吸鼻子一扁嘴，鼻音很重地答道："我姐夫，霍大帅，不是没了吗？我姐姐跟了他一场，结果什么遗产都没落到手，我的旅长也让人给撸了。我家那个恶婆娘看我家失了势，立刻就变了脸，让我把家里那些小的全打发出去，可是大师，你兴许也看出来了，我吴某人虽然形象俊美，性情潇洒，但是对于女流，我是最痴情的。人家都进了咱的门了，哪能说往外撵就往外撵呢？再说她们一个个都没有过二十的，要撵也至少得等她们过了三十再撵呀！大师你说，我想得对不对？"

九嶷听了吴旅长这如泣如诉的一番话，先是面无表情地眨了眨眼睛，随即暗暗地另起了一个念头。这个念头尚未成形，所以他一边思考，一边点头敷衍着答道："对对对，我看过了四十再撵也行。"

吴旅长听了这话，不由得一挺身："对呀！当今这个世道，兵荒马乱的，粮价一天一涨，没有点儿经济头脑可怎么行？可我家那个胖娘们儿，一味只知道吃醋！见我不允，她竟大发淫威，伙同她娘家哥哥一起造了我的反！不但把我那些姨太太逐出家门，甚至连我都被他们轰出来了！大师，你这修行人，不懂现在人心有多坏，正是墙倒众人推、破鼓万人捶，我那些朋友们见我如今落魄了，一个个遇了我都躲着走。”说到这里他一跺脚，“哼！我也是有志气的！我虽然现在是没吃没住没盘缠，可我就是凭着两只脚走，一路要饭也要走到北京城去！等到了北京城，让我姐姐养我！”

九嶷听到这里，当即一挑大拇指：“好，果然有志气。”

然后他放下手，继续审视吴旅长，目光直勾勾的像箭镞一样，透过吴旅长那身连汤带水的裤褂，一直看到了吴旅长的皮肉里去。而吴旅长心中又委屈又憋屈，半路见了个肯听自己说话的人，便由着性子唠叨了一阵。及至唠叨完毕了，他心中也舒畅了，这才意识到面前这位和尚乃是一位妖僧。而这妖僧究竟是善是恶，也还是一桩悬案，没有定论。

眼看九嶷目光炯炯地盯着自己，两只眼珠子在自己身上滴溜溜乱转，吴旅长心中开始发毛，两条细腿也有点要哆嗦。眼看此地前不着村后不着店，他两股战战，想要扛着伞赶紧逃：“那个……大师，没别的事儿的话，我可先走了！再会！”

话音落下，他迈步欲行，哪知一只大手斜刺里伸出，一把抓住了他的小胳膊。战战兢兢地抬起头，他就见九嶷目露精光，鹰钩鼻子下的薄嘴唇笑出了一口白森森的牙齿：“吴旅长……”

九嶷不怀好意地说道：“我刚发现，你这人颇有几分姿色啊！”

吴旅长生得细皮嫩肉细胳膊细腿，若论分量，大概只等于三分之二个九嶷。此刻见九嶷双眼放光地抓住了自己，僧袍前襟也微微敞开，露出了块垒分明的胸膛，他不由得双腿发软，认定自己是遇上了淫贼。把嘴一咧做了个哭相，他赖唧唧地哀求道：“大师，你要干什么啊？我如今已经是一无所有了，难道你还要趁火打劫吗？”

九嶷听了这话，不禁一愣，随即反应过来，登时竖起了两道浓眉：“你想得美！我是要让你帮我做一件事，做成功了，少不了你的好处；做失败了，哼哼……”

他抬起拢着僧袍前襟的另一只手，攥了个碗大的拳头对着吴旅长一晃。吴旅长吓得魂飞魄散，同时见他前襟大开，露出了一条趴在胸腹之间的大四脚蛇。九嶷身上全是雨水，四脚蛇抱不住他，方才一直在缓缓地往下滑，滑到此刻，四脚蛇的肚皮已经紧贴了九嶷的下腹。

松开拳头抓住四脚蛇，九嶷把四脚蛇扒下来向后一扔，然后把吴旅长也放开了，自顾自地低头系好了僧袍。吴旅长瞪着眼睛看着他，心中惶惶然。

九嶷系好僧袍之后抬起头，从两道浓眉之下射出锐利目光："吴旅长，说吧，你是答应，还是不答应！"

吴旅长打着大伞，紧缩了自己单薄的小肩膀："你让我干……干什么呀？"

九嶷笑了："很简单，前头城里的刘老爷正要纳妾，我要你趁着这个机会男扮女装，带着我的阿四混入刘家。后面的事情，阿四会做，你只要能够自保就可以了！"

吴旅长想了想，随即大着胆子摇了头："大师，不瞒你说，我真挺忙的，这好事你还是找别人吧，我实在是急着去看我姐姐，我……"

九嶷一动不动地望着他，同时低声说道："吴旅长，你还记不记得你家那几个小娘们儿是怎么死的了？"

然后他微翘嘴角，露出了一个狞笑："我会驱妖，更会杀人！"

吴旅长听闻此言，一张小脸立时变得煞白，握着伞柄的两只白手也很均匀地打起了冷战："你……我……"

吴旅长对着九嶷打了长达三分钟的结巴，一句整话也没说出来，而在这三分钟内，暴雨停了，天也蓝了，远方天边甚至还出现了一道彩虹。九嶷一把夺过吴旅长的大伞，又让四脚蛇爬进了自己的怀中。然后一手拎着伞，一手领着吴旅长，他斩钉截铁地迈了步，开始往城门方向走。

吴旅长渐渐地回过了神，随即六神无主地开始嘤嘤哭泣——九嶷若是匪类倒也罢了，他总有机会能够逃脱；可九嶷是个妖僧，在吴旅长眼中，和鬼也差不许多。一个人若是被鬼缠了，怕是逃到北京城去也无用了。吴旅长越想越是绝望，末了就以着寻死的勇气，又唠叨了起来："我可真是流年不利，先是在青云山受了一次惊吓，如今又遇到了你……”

九嶷听到这里，忽然生出了几分好奇心：“青云山不是住老道的地方吗？你在那里怎么会受惊吓？”

吴旅长哀哀地答道：“我没去青云山，我只是从那山下经过，结果你猜怎么着？我看见皓月了——就是我家的那个活神仙皓月，和你斗嘴的那个，记得吧？”

九嶷一点头，脚下大步不停：“原来他在那里，然后呢？”

吴旅长抬手拭泪，继续说道：“然后？然后真是吓死我了。我家那个皓月你也看到了，脑袋上是个小分头；可青云山下的那个皓月，是个长毛老道，长得和皓月倒是真挺像。我过去问他这头发怎么长得这么快，结果他说他不认识我；我又问他是不是跟他师父去过美利坚，他说去了美利坚的是他师弟。我再问他认不认识我家那个胖娘们儿，他说他刚从天津回来，从来不认识什么吴太太——梦露大师，他也说他是皓月，而且旁边的小老道也都喊他师兄，那肯定是没有错的。他没错，我家那个摩登皓月肯定就错了，我越想越是后怕……”

九嶷冷笑一声：“不要怕，等我干完这票买卖，就去把那个狗崽子捉回来，让你瞧瞧他的真面目！”

九嶷带着吴旅长进了城，在吴旅长的强烈反对之下，他把吴旅长的大伞以及绸缎上衣送进当铺，当了几个零碎小钱。然后又把吴旅长摁住搜了一遍身，他搜出小小的一卷钞票。用这些钞票到旧衣铺子里买了一身粗布女装和一条大花手帕，九嶷把吴旅长带到僻静地方，逼着他换了女装，又将大花手帕系上他的脑袋，盖住了他一脑袋的短头发——城外的乡村之中，农妇们在劳作之时，常用手帕包裹头发，所以吴旅长这个模样虽然是怎么看怎么不对劲，但还不至于让人一眼就瞧出大问题来。

旧衣服的尺寸偏小，勒得吴旅长又有腰又有屁股，看背影正是个细高挑的大姑娘，只是脚大，不过也不是大得出奇，因为放在男人堆里，吴旅长一直属于小脚一族。

把吴旅长打扮好了，九嶷从自己怀中抻出四脚蛇，开始一字一句地和四脚蛇商议阴谋诡计。吴旅长抱着脑袋坐在一旁，听四脚蛇一肚子坏主意，呱呱地说人话，真感觉自己像是一脚踩空摔进了噩梦里，并且还是十分荒谬的噩梦。

一个小时之后，九嶷和四脚蛇的阴谋诡计成了形。九嶷转向吴旅长，开口说道："现在该你上场了。走过前方大街再拐一个弯，胡同口的大宅子就是刘老爷家。刘老爷每天下午都要出一趟门，现在趁着时间还早，你赶紧过去，想办法把刘老爷迷住，让他把你带进家门！"

吴旅长听了这话，感觉这事自己死也做不出来，故而往地上一蹲，想要耍赖："我不会勾引老头子，我干不了！"

九嶷一瞪眼睛，对着他晃了晃大拳头："不去，我可揍你了！"

吴旅长抬手一护脑袋，又想哭了："揍也不去！"

九嶷绕到他的身后，伸手一捏他的后脖颈："那我就把你拎过去！"

吴旅长背过手一打他："别碰我！再碰我我就喊人，让人过来打妖精！"

九嶷见他事到临头忽然不驯服，急得像对待小鸡仔一般，攥了他的细脖子就要往上拎。吴旅长以为他是要掐死自己，吓得拼命一挣，起身就跑。九嶷一时疏忽，竟然真让他向前蹿出了好几米远。眼看这个活宝贝是真要逃，九嶷迈开大步当即要追，因为前方横着一条道路，为本县第一繁华大街。吴旅长若是钻进人群之中，可就不好捕捉了。

然而向前跑了没有十步，九嶷猛地收住了脚步，同时听得前方一阵马嘶人叫，却是吴旅长势头太猛，竟是一头撞上了前方过路的大马车！

路上人多，故而马车走得也慢，吴旅长一头撞上了车厢，随即顺着力道向后跌坐在了地上。车夫吓了一跳，立刻吆吆喝喝地止住了马匹，而马车窗口的帘子一掀，伸出了个油光锃亮的大圆脑袋："怎么了？"

车夫一边跳下马车，一边答道："老爷，没大事儿，这个小娘们儿忽然从胡同里蹿了出来，正好撞到咱的车上了！"

此言一出，大圆脑袋立刻转向了地上的吴旅长；而吴旅长经了方才那突如其来的一撞，如今手肘肩头全都疼痛得很。含着眼泪抬起了头，他正好和大圆脑袋打了照面。

大圆脑袋除了圆和胖之外，还有许多人所不能及的特点，比如他齐耳朵边的中分发型，每天都要耗费大量的生发油，一般人就梳不起；再比如他唇上那两撇细细的小胡须，若是闲工夫不够的话，也绝不能修剪得如此别致。两只眯缝眼向下盯着吴旅长，大圆脑袋只见对方是个细高挑的大姑娘——或者大媳妇，一张瓜子脸白白净净地挂着眼泪珠子，不但眉清目秀，而且楚楚可怜，真堪称是本县少有的佳人。大圆脸上遏制不住地露出笑容，大圆脑袋开了口："那位女子，光天化日之下，你惊慌失措地跑什么呀？"

吴旅长这几天时常落泪，鼻子一直没痛快过，此刻就囔囔地答道："救命啊，有个坏人追我！"

大圆脑袋听闻此言，立刻抖动胡须，做义愤填膺状："什么？大天白日的就有登徒子敢当街骚扰妇女？反了他了！你不要怕，有我刘某人在，看哪个恶徒敢动你一手指头！"

吴旅长听了这话，有点发愣，而车夫此刻开了口，双手一起指向了车窗中的大圆脑袋："你不认识我们刘老爷吗？"

吴旅长听了这话，不由得坐直了身体，因为过于惊讶，所以也不哭了。

刘老爷虽然已经年过半百，但是偶然遇到了个合眼缘的女子，还是一时奋起，生出了英雄救美的雄心。命令车夫抄起鞭子直奔了胡同深处，他一边下马车，一边豪气干云地说道："小女子，你不必怕，歹人遇了我，那就好比是炭火遇了冰，耗子见了猫，我刘某人一声令下，必让他们死无葬身之地！"然后他迈动粗腿、摇摆肥臀，一路走到了吴旅长面前，居高临下地又将这美人重新审视了一番。吴旅长挺身欲起，可忽然意识到自己穿着一身女装，若在这大街上露了馅，不但是要闹笑话，而且还有被送到县衙里审问的可能。思及至此，他慌忙换了个扭捏姿态，两条腿夹得紧紧的，因为自知脚大，裤子太短又遮不住鞋，故而很羞涩地暗暗蜷了脚趾头，整个人像蛇上树似的，摇摇摆摆地直立了起来。刘老爷见了他这一手功夫，心中一荡，暗暗赞道："这小娘们儿，太婀娜了！"

这个时候，马夫拎着鞭子跑了回来，气喘吁吁地说道："老爷！那贼跑得忒快，小的还没追上，他就在前头拐弯了！"

刘老爷听闻此言，也不强求，只对着吴旅长一甩分头，笑眯眯地问道："这位姑娘，方才那一撞，撞伤你了吧？你若信得过我刘德高的名声，便请跟着我走一趟，我一是要去找个大夫过来给你瞧瞧，二是看姑娘孤零零一个人，像是落了难一般，我刘某人别的不敢说，在这三县五乡之中，乃是天字第一号的大善人，不信的话——”他抬手一指旁边卤肉铺子门口的小伙计，“你问他！”

小伙计听闻此言，犹犹豫豫地要往铺子里退，而吴旅长的心眼在一瞬间连翻了十七八个跟头——他方才不肯与九嶷合作，无非就是觉得九嶷那要求是强人所难，自己决计没有成功的可能；可如今刘老爷自己送上了门，他想起九嶷的种种手段，心思便有些活动——九嶷是不好惹的，这一点自己清楚得很，若是可以不与九嶷结仇、又能落一笔钱财，岂不是妙得很？

思及至此，吴旅长就效仿了自己那些姨太太的做派，低下头一扭肩膀，细着嗓子答道：“那就……去吧！”

吴旅长上了刘老爷的大马车，一路依着九嶷当初的吩咐，扯了个弥天大谎，说自己本是一家数口出门走亲戚，因为遭遇兵灾失散了，自己才孤身一人流落到了这里，说到此处，他做贼心虚地又道：“为了保全性命，我还特地剪短了头发，想要女扮男装，可是还未等扮，便在那小路上遇到了歹人。”

刘老爷喜滋滋地看着他，也不想他那话是真是假——反正大姑娘是上了他的大马车，真真假假又有什么关系？他救大姑娘图的是睡，只要能睡，就行！

不出片刻的工夫，刘老爷把吴旅长带回了自己的家中。刘老爷作为本县的名流士绅，家中自然是豪阔的，但是据吴旅长看，比自己家还是略逊一筹，只可恨家里那个胖娘们儿心如蛇蝎，竟然真舍得把自己往外撵。那么美丽的亭台楼阁，全都留给胖娘们儿和她娘家哥哥了。

在这第一夜，刘老爷倒是对他以礼相待，而且对他十分热情友好，又给他好吃，又给他好喝，吴旅长如今比较空虚寂寞，在刘老爷家吃喝了一顿之后，他心想自己若是个女的，那么暂且在刘宅落脚也不错，起码这日子过得是真舒服。及至入夜之后，刘老爷给他安排了一间客房，吴旅长连日奔波，风餐露宿，如今他锁了门吹了灯，睡上那又软又暖的床铺，也感觉很是惬意。

舒舒服服地翻了个身，他张大嘴巴打了个大哈欠，又脚蹬床栏伸了个懒腰，可正在他翻身欲睡之时，他忽觉面颊一凉，立刻抬手去摸，他先是摸到了一层粗糙的硬皮，随即又摸到了趾爪的形状，与此同时，一个声音在他耳边响起："不要怕，是我。"

吴旅长屏住呼吸猛一扭头，借着窗外淡淡的月光，他发现自己枕边竟然静静地趴了一条四脚蛇——就是九嶷带在身边的那一条！

慌忙坐起身向后退到了床尾，吴旅长一边抬手拼命地搓脸，一边轻声问道："你来干什么？"

四脚蛇长条条地趴在了大枕头上，张开四只爪子抱住枕头搂了搂："这个枕头好软啊，真想带走去给九嶷——九嶷说啦，从现在起，你得听我的话！首先你要尽快查出刘家的钱都在哪里，你负责查，我负责偷；如果查不到，那我就要大开杀戒了！"

吴旅长看着四脚蛇的尺寸，心中十分不以为然，怀疑他大概连一只野猫都打不过。但是慑于九嶷的淫威，他还是敷衍着点了头。

四脚蛇对吴旅长也没什么兴趣，把该说的话说完了，他一甩尾巴一扭身，"刺溜"一声蹿向上方，在黑暗之中消失了个无影无踪。吴旅长愣了愣，随即爬回原位，因嫌那枕头被四脚蛇抱过贴过了，便把枕头翻了个面，然后重新躺了下去。

吴旅长又是困，又是惴惴不安，不知道自己和四脚蛇能合作出什么好成绩来。不知不觉地入了睡，他再一睁眼，发现窗外晨光烂漫，已是到了天明时分。

他正要起床，不料房门一开，一个老妈子笑眯眯地走了进来，开口便唤"吴姑娘"，手里还托着一套花红柳绿的绸缎衣服："姑娘醒了？刚才我这么一进门啊，乍一看吓了一跳，您这女扮男装的模样儿啊，还真是像个小子。这是我们老爷让我给您送来的换洗衣服，说您孤身流落在外，可怜见儿的。等您打扮得了，我们老爷再来瞧您。"

吴旅长缩在被窝里，支支吾吾地没说出什么，只对着老妈子一笑。等老妈子关门出去了，他贼一般地掀开棉被，快手快脚地穿了新衣新裤。这县城地方，当然比不得北京天津的摩登，女眷们还不时兴穿高跟皮鞋，摆在吴旅长床前地上的只有一双粉缎子面绣花鞋。吴旅长如今没有挑剔的余地，只能是蜷起脚趾头穿上鞋，然后起身把腰一挺把腿一夹，扭扭搭搭地走出了卧室，一边走一边又想："老子丢人现眼地忙活这么一大场，到底能分多少钱啊？"

吴旅长见早餐已经摆上了桌，就一屁股坐下去，抄起一个白面大馒头咬了一大口——咬完之后他一抬眼，发现老妈子正目瞪口呆地瞅着自己，便立刻把嘴一抿，生生地抿出了个樱桃小口。像只鸟成了精似的，吴旅长开始尖着嘴啄馒头吃，一口气啄光了三只大馒头，并且还尖着嘴喝了一碗粥，以及酱菜无数。

他刚吃饱，刘老爷就来了——和昨日相比，刘老爷今天刮了下巴修了胡子，一头中分秀发加了双倍的生发油，富贵之余，又显青春。吴旅长怕自己太像男人，所以依然用一条花手帕包了脑袋，捏着嗓子向刘老爷招呼了一声，他便垂着头不肯再言语；而刘老爷对着吴旅长，先是从头看到了脚，随即猛一抬头，甩得两撇中分头发如同大浪一般顺势扬起："嘿嘿嘿嘿嘿，吴小姐，昨夜在寒舍休息得还好啊？"

吴旅长嘤咛一声，算是回答。

刘老爷见了吴旅长这一番娇容，登时喜得心神俱醉，一个大屁股往椅子上一粘，他是死活不肯走了。而在上午谈话之时，他与吴旅长之间隔着一张八仙桌，到了下午，他便挪到了吴旅长身边。吴旅长身上的新衣服都是熏过了香的，香气被身体的热力一烘，幽幽地越发浓郁；刘老爷喜滋滋地在心里掂量着吴旅长，想这大姑娘个子倒是真不小，不过细皮嫩肉，巧笑倩兮，倒也别有一番风致，收到家里，似乎也不错。

思及至此，刘老爷开始试探地动手动脚，及至到了晚上，他攥住了吴旅长一只手开始揉揉搓搓，同时口中的言语也越来越露骨了："小美人儿，你若是跟了我，我刘某人别的大话不敢讲，你这一生一世穿绸裹缎吃香喝辣，是绝没有问题！若是你肚皮争气，能给我生下个一儿半女，那我就把家里那个老太婆踢开，让你来管家！"

吴旅长被他摸得寒毛直竖，几欲作呕，正想强行把手收回来，然而偶然间一抬眼，他忽然看到了倒悬在天花板角落处的四脚蛇。四脚蛇很警惕地瞪着他，细长的瞳孔渐渐扩成了圆形，眼神几乎有些凶恶。

吴旅长心中一寒，勉强笑道："我……尽量吧！"

刘老爷一听这话，登时双眼放光："美人儿，你答应了？"

吴旅长有些慌张，含含糊糊地答道："我……下个月吧！我这个月……我……"

刘老爷飞快地一算日期，发现这个月已经到了下旬，兴许是大美人身上来了红不方便，挪到下个月也不是不可以，故而彬彬有礼地做了个绅士样子，刘老爷笑道："下个月就下个月，我全听你的。"话音落下，他又抓起吴旅长的手，送到唇边狠狠地亲了一大口。

吴旅长一哆嗦，慌忙把手收了回去。

从这一天起，刘老爷像进了衙门当差一般，每天早早地来晚晚地走，见了吴旅长就要亲嘴摸乳——亲嘴的时候，吴旅长一个不慎没躲过，被刘老爷的大厚嘴唇堵了个正着，恶心得险些把肠子里的隔夜饭都呕出来；受了这个教训之后，吴旅长有了经验，提前偷着藏了两个大馒头。这两个馒头白天他贴身揣在胸前，夜里上了床，则是被他当成夜宵吃掉。刘老爷偶然得手，摸了一次馒头，感觉十分柔软丰满，乐得细胡子直抖，两片瓦似的中分头被他爽朗的笑声震得上下直扇。

吴旅长成天和刘老爷斗智斗勇，成绩不凡，唯独是该问的底细一样也没问出来。四脚蛇见状，气得要命，认为吴旅长是个蠢货——自己若是有吴旅长那种姿色，早把刘老爷的钱箱钥匙哄过来了！想到九嶷这些天还躲在阴暗角落里等自己的消息，四脚蛇心急如焚，终于是等无可等、忍无可忍了！

这天夜里，他溜到吴旅长耳边，气冲冲地说道："明天你把刘老爷引到个僻静没人的地方，我要吓他一下！"

吴旅长听了四脚蛇的要求，嘴上答应了，然而心里想了想，却是没想出自己可以把刘老爷往哪里引。到了翌日傍晚，他娇声娇气地让刘老爷带自己在这宅子里走走看看，刘老爷以为他是要检阅自己的家底，便很有自信地带着他出了院子。吴旅长穿着绣花鞋，一路蜷着脚趾头行走，走出不远便有了点东倒西歪的意思，刘老爷见他弱柳扶风，堪称是一位肩宽背阔的林黛玉，便笑嘻嘻地伸出手，想要趁着扶他的机会，再揩他一点油。吴旅长见刘老爷又要对自己动手动脚了，慌忙蜷着脚趾头躲了一步，又捏着嗓子嗔道："讨厌。"

刘老爷哈哈大笑，十分得意——本来他遍寻全城，始终寻不到一位合他心意的佳丽，不想在他心灰意冷之时，忽有一位美人从天而降，撞到了他的马车上，而且这美人是个无主的，他连半块现大洋都不必掏，只要美人自己愿意，他便可以把她娶进家中。刘老爷越想越美，感觉自己在美色和金钱两方面全占了大便宜。

吴旅长心怀鬼胎，一路走得东张西望，可是很快发现刘宅连个花园子都没有，处处都是房屋，人也挺多，半路上还扭出来了一位粉面朱唇的妇人，夹枪带棒地把刘老爷损了一顿，然后笑里藏刀地又把吴旅长夸了一顿。吴旅长对于妇女是最有研究的，一眼就看出她大概属于姨太太之流，若论姿色，也颇有几分姿色，只是生得团团一张大脸，想必在梳妆打扮之时，会是十分的费粉。

吴旅长在刘宅逛了一圈，走得十个脚趾头生疼，然而一无所获。当晚回了房关了门，他和四脚蛇见了面，四脚蛇心急如焚，开口就骂："你个蠢货！"

吴旅长抱着膝盖坐在床上，翘着一双小白脚活动脚趾头，因为这一趟走得太受罪，所以他的脾气也见了长："本来也不是我要跟你们合作的！嫌我干得不好，你们找别人去啊！你们弄死我好几个女人，我还没跟你们算总账呢！"

四脚蛇一听这话，当即对着吴旅长一张大嘴："嗬！你还厉害起来了？"

吴旅长把头一扭："哼！臭不要脸！"

四脚蛇听闻此言，有心和吴旅长对骂一场，或者施展法术吓他一吓；不过转念一想，他又感觉自己没有必要对着个吴旅长浪费力量。于是一甩尾巴一扭头，他一如既往地向上一蹿，直接蹿进了黑暗之中。

吴旅长不管四脚蛇，自顾自地好睡了一场，结果第二天醒来之后不久，便听说刘宅夜里出了怪事——刘老爷躺在被窝里要睡没睡的时候，忽然听到房内有人说话，声调鬼气森森，讲的全是冤魂索命之类的鬼话。刘老爷也是干过不少亏心事的人，慌忙下地点了灯，他见房内空空荡荡，除了自己再没旁人；可等他吹了油灯重新爬上床后，那讲鬼话的声音就又响起来了，而且比先前还要清楚。

刘老爷吓坏了，抖抖索索地披着衣服下了床往外走。出门之后他见卧室门口立着个小仆役，便开口问道："你听没听见有人说话？"

那小仆役缓缓地抬了头，面白如纸，却有一张将要咧到耳根的鲜红大嘴，两只绿豆眼睛注视了刘老爷，他瞳孔狭长，眼中凶光毕现。

刘老爷吓得大叫一声，当场就昏了过去。

这还不算结束，更怪的是刘老爷苏醒过来之时，发现自己竟是躺在了茅房之中。刘老爷素日活得尊贵，内急都是解决在马桶之中，难得来一次茅房，偏又赶在温暖的时节。凌晨时分，刘老爷在茅坑旁边悠悠醒转，微微地一扭头，他清清楚楚地看到了一坨屎。

刘老爷这回没敢再叫，他紧闭双唇屏住呼吸，颤巍巍地爬起来冲出茅房，连着做过了几个深呼吸之后，他张开大嘴，开始长号："来人哪！闹邪祟啦！"

众人把刘老爷护送回房，又让厨房烧热水给刘老爷洗澡。他那粉面朱唇大脸的二姨太闻讯赶来，忍着臭气开始对刘老爷大吹耳边风："刘家这些年，一直都是顺顺利利大富大贵，偏你这老东西不开眼，不知从哪里捡回来了个小浪蹄子，要我看，那浪蹄子来历不明，兴许鬼鬼神神就全是她招过来的！"

刘老爷不吭声，因为认定了二姨太是嫉妒吴美人，所以也不把二姨太这话往心里放。而二姨太看了他那个冥顽不灵的样子，气得心头冒火，有心撺掇正房大太太出面驱逐浪蹄子，可正房大太太已经是个老太太，在刘老爷面前一句话都说不上，想必撺掇也是白撺掇。

思及至此，二姨太一甩胳膊离了刘老爷，径自走去面见了吴旅长。

二姨太想要前来撒泼，直接把浪蹄子撵走；哪知吴旅长见了她，却是喜笑颜开——二姨太虽然脸大，但在吴旅长眼中，也算得上是中上等的人才。他生平最爱和妙龄女子亲近，如今二姨太送上门来，他不由得心中暗乐，蜷着脚趾头东跑西颠，要亲自给二姨太沏茶倒茶。

二姨太怀恨而来，并不领情，开口便问："老爷昨夜出了事，你知不知道？"

吴旅长一愣："啊？"

这一声"啊"比较粗，所以他立刻捏了嗓子，细声细气地重新发出疑问："啊？"

二姨太冷笑一声，明明白白地告诉他："你也不必装傻，识相的话现在就给我滚蛋，否则过几天事情闹破了，你想走，我们也不能让你走了！"

话音落下，二姨太扭头离去，一路走得头也不回。吴旅长盯着二姨太的圆屁股发了一阵呆，然后回过神来，心想："难道那妖精真的有动作了？"

然后他心中一惊，心想事情万一真闹大发了，妖精身藏法力，可以随时开溜，自己这么个大活人坐在这里，可是没地方跑的。到时万一真替那条四脚蛇背了黑锅，刘家再把自己抓去下了大狱，那可实在是得不偿失。再说那九嶷阴阳怪气，还和自己有杀妾之仇，自己但凡有一点血性，也不该为了几个钱和他合作呀！

思及至此，吴旅长暗暗地定了主意，只是不肯声张。如此又过一天，当夜他正在好睡，忽听窗外有老妈子急急忙忙地跑过，他慌忙跳下床去推开了窗，尖着喉咙大声问道："张妈，出什么事了？"

张妈慌里慌张地答道："哎哟吴姑娘，你是不知道，二姨太在卧房里，竟然被一条大蛇咬了脖子，现在还不知生死呢！"

说完这话，她继续跑了。而吴旅长愣在当地，越想越是感觉恐怖。猛地向后转了身，他穿好衣裤蹬了绣花鞋，趁着房前屋后都没有人，拎着房里一盒点心偷偷地跑了。

刘宅上下乱作一团，使得吴旅长在夜色的掩护下，轻易地就溜出了大门。吴旅长经过了这几天的磨炼，已经能够蜷着脚趾头飞奔一里地。及至跑过了一里地，他喘着粗气放缓了脚步，心想这可真是糟糕，钱没弄到手，自己反倒成了个不男不女的模样，伞也没了衣服也没了，好在现在是夜里，街上没人，若是到了天明时分，让人看见了自己这副怪样，那可怎么好？

吴旅长越想越是心慌，也不敢往大路上走，因为大路路口总有巡警走动，见了形迹可疑的人物，是要叫过去盘问的。拎着点心盒子走在黑暗的小胡同里，吴旅长展望前途，只感觉自己是走投无路，正是绝望之时，他忽然收住脚步，同时耳朵轻轻地一动。

他听到了一声叹息！

那叹息来得很近，仿佛就响在他的耳边，可他抬手摸了摸耳朵，耳朵干干净净的，手肘也并没有碰到人。周身汗毛骤然直竖起来，他走腔变调地开了口：“谁？！”

一阵柔风从他身后绕过，一个修长的人影轻飘飘地随风绕到了他的身前，无声无息地在他面前停住了。来者抬眼正视了他，用柔和的声音说道：“吴旅长，许久不见，别来无恙啊？”

吴旅长眼睛一瞪：“呀！你不活神仙吗？”

随即他想起前尘旧事，当即后退了一步：“你，你，你到底是个什么东西？”

这个时候，夜空之中忽然云开月明，天上一轮皓月，照亮了地上的皓月。皓月穿着一身竹青色的长袍，长身玉立地站在黑暗之中，和上次相见时一样，他依然是头发乌黑、面孔白皙，从头到脚纤尘不染，是异常的洁净。对着吴旅长微微一笑，他开口说道：“你不知道我的身份来历，我却是知道你为何而逃——你的身上，有妖气！”

吴旅长对着皓月眨巴眨巴眼睛，本来下意识地想要跑，可是转念一想，这个假皓月似乎并没有伤害过自己，还曾经救过自己一命，不管他是个什么东西，目前看来，都比那个九嶷要好上一万多倍。想到这里，他渐渐地站稳当了，眼巴巴地出声问道：“你，你闻出来了？”

皓月背过双手，一动不动地站在了月光之下。定定地对着吴旅长望了片刻，他随即闭上眼睛仰起头，一边仰头，一边深深地吸了一口气。

然后仿佛很陶醉似的停了停，他呼出气息平视了吴旅长：“我不但闻出你的身上有妖气，我还能辨别出那妖气的来源，乃是九嶷。对不对？”

吴旅长一听这话，真是快要哭出声来：“是呀是呀！哎呀活神仙你不知道，那个秃驴可把我害惨了——自打你一走，有两个人害苦了我，一个是九嶷，另一个就是我家那个胖娘们儿，自从我姐夫没了……”

皓月无心去听吴旅长的长篇大论，抬手打断了吴旅长的牢骚，他继续说道：“九嶷那个人，似人非人、似妖非妖。本来我也可以勉强承认他是个人，但他为人卑鄙无耻，居然害我踩到了屎！所以，我决定把他划为妖类，吴旅长有意见吗？”

吴旅长立刻摇头：“没意见没意见，你说他是个畜生我都同意。活神仙，不瞒你说，他又造上孽了，还把我也卷了进去，你看我现在这个样子，全是被他害的啊！”

皓月将吴旅长打量了一番，然后略一沉吟：“我顺着妖气追踪而来，这些天一直在留意刘家的动静，但是始终没有机会进入刘宅的大门。今夜若不是看你张皇失措地跑出来，我还真不会跟到这里，更不会认出你的身份。那么……”

他字斟句酌地缓慢问道：“你是被那妖僧阉了吗？”

吴旅长立刻摆了手：“没有没有没有，要问我为什么打扮成这个怪样，你坐下，听我细细地告诉你。”

吴旅长如今也顾不得研究皓月的来历了，像见了救星一般，他快言快语地讲述了来龙去脉。而皓月听到最后，眉宇间掠过了一抹杀气——上一次他一时大意，着了九嶷的道，这一回他重整旗鼓杀奔回来，必要报了此仇！

等到吴旅长说完了最后一个字，他缓缓地点了头，同时一字一句地清楚说道：“我行走人间，为的就是降妖除魔、匡扶正义。如今既然遇到了那样一个邪祟，自然没有袖手旁观的道理！吴旅长，你放心吧，等天一亮，我便前往刘家，先斩了那条四脚蛇！”

吴旅长见皓月始终不透露自己的身份，故而也不敢深问。听了皓月这义正言辞的一番话，他感觉自己像是有了靠山一般，心头一轻，立刻有了闲心，眼见前方的墙根底下放着几块大石头，他走过去坐下来，把点心盒子放到了大腿上，又对着皓月连连招手：“活神仙，过来歇歇脚，我这儿有好点心，咱们先吃几块垫垫肚子吧！”

皓月站在前方没有动，只翕动洁净的鼻子，轻轻地吸了一口气，随即一摇头：“豆沙馅，我不爱吃。”

吴旅长拿起一块点心咬了一口，发现里面当真包着红豆沙，很崇拜地抬起头望向皓月，他想这一位竟有未尝先知的本领，大概真是神仙下凡了。

皓月静静地站在夜风之中，长久地一动不动。而与此同时，四脚蛇带着满嘴的鲜血，也一路飞檐走壁地离开刘宅，流星一般地爬出了城。

在城外的一棵老树下，他找到了九嶷。

九嶷盘腿坐着，月光之下，能看到他光滑的膝盖。很寂寞地嗑着一把炒瓜子，他看着四脚蛇，没出声。四脚蛇用两只前爪扒了他的大腿，直立起来说道："九嶷九嶷，那个吴旅长是个废物，彻底没有用。所以我单枪匹马，已经吓昏了刘老爷，还把他的女人咬了一大口。现在他家已经乱了，咱们什么时候出发？"

九嶷啐出一片瓜子皮，然后抓过四脚蛇往自己肩头上一扔："现在就走！"

九嶷走到县城门前，嗑着瓜子又等了片刻。待到远方微微透出一线晨光了，城门大开，开始允许百姓出入。

九嶷进了城，直奔了刘宅。叮叮咣咣地敲了一阵大门，他敲出了个看门的杂役。杂役万没想到这么早就会有人登门，并且还把自家大门当鼓擂，便很谨慎地只将大门推开了一道缝隙，露出一只眼睛问道："干什么的？"

九嶷对着他一瞪眼睛："阿弥陀佛，贫僧路经此处，发现贵府之中阴邪之气极重，恐怕是有邪祟作祟。贫僧因不忍心见贵府阖家遭灾，这才善念一动，敲了你家的大门！"

此言一出，门后的眼睛立时瞪圆了。随即大门一开，那杂役一把将九嶷拉了进去："我的活佛大师！真让你说着了！"

刘老爷听闻家门外来了个法力高强的真僧，立刻从二姨太的房里跑了过来——二姨太的伤势看起来不重，只被四脚蛇用尖牙在脖子上咬出了两个血眼，并没有伤及血管，鲜血也止住了，然而二姨太面目铁青人事不省，竟是个受了重伤的模样。县内的大夫过来瞧了，也看不出这是什么缘故。见到九嶷之后他愣了愣，心想这真僧怎么如此肮脏落魄，又光腿又光脚，好像身上就只有这么一件破僧袍在随风飘摇。但他现在是病急乱投医，顾不得再挑剔九嶷的形象，对着九嶷双手合十拜了拜，随即他苦着脸抬起头，直奔了主题："佛爷啊，您来得正好！我前天晚上遇了鬼就别提了，昨天晚上我家那个老二让蛇咬了一口，现在看着竟然像是要死一般，您普度众生，千万得救救我们啊！"

九巉看了刘老爷的神情举止，知道自己狮子大开口的机会来了，不由得微微地一狞笑："贫僧——"

这两个字刚出口，还没等九巉说出下文，后方忽然传来了一个新声音："妖僧！又要作恶了吗？"

九巉立刻一回头，正和皓月打了照面。

皓月找了个妥当地方安置了吴旅长，所以这一趟是孤身前来。他迎着晨风站在门内，竹青色的长袍被风吹得贴了身，显出了他匀称高挑的好身段。淡淡地看了刘老爷一眼，他开口说道："府上那位女眷，已经受了妖毒，给她灌些解毒的药物试一试，若是命大，或许还能活。"

九巉听了这话，看他分明又是来捣乱的，不由得气得浓眉倒竖："狗崽子！又来坏老子的好事！"

皓月不为所动，继续说道："这妖僧驱使了妖物潜入贵府兴风作浪，乃是为了敲诈钱财。所以请刘老爷速去报官吧！"

话音落下，他又转向九巉，云淡风轻地笑了一声："九巉，上次我一时不慎着了你的道，在你手中受了奇耻大辱。如此仇恨，我焉能不报？这一次我早有预备，必要铲除了你这为祸人间的邪祟！"

下一秒，他背过手一掀长袍下摆，从袍子里缓缓抽出了一根银光闪烁的短棒。

这短棒约有两尺多长，表面亮滑得能照人影，真如镜子一般，看着又像是精钢，又像是白银。刘老爷等人的目光随着皓月的手走，同时统一的都很诧异，因为看他衣衫单薄利落，不知道这棒子是他从哪里抽出来的。

握着短棒挥了一挥，皓月对着九巉轻声说道："看好了，这就是专治你的利器！"

九巉眨巴眨巴大眼睛，没看出棒子和利器的联系。而皓月向他连走两步，昂首挺胸地站到了他的正前方。

缓缓举起手中短棒，他手腕忽然一抖，刘老爷等人只觉眼前一花，同时听得"梆"的一声响，原来是皓月一短棒敲到了九巉的光头上。

九巉正要反击，然而凝神感受了一下周身情况，他发现这根棒子并没有敲出自己的内伤。抬眼望向皓月，他冷笑道："这就是你的利器？我倒是要请教一下，它究竟利在哪里？"

说完这话，只听“梆”的一声，却是皓月又当头给了他一棒子。这第二棒敲完，皓月冷着一张脸，神情肃杀地问道：“疼不疼？”

九嶷莫名其妙地答道：“疼。”

皓月一甩手，敲出了响亮的第三棒，然后又问：“疼不疼？”

九嶷抬手摸摸脑袋，诚实地答道：“好疼啊。”

皓月淡淡一笑，随即欺身而上，将手中短棒舞成了一团夺目银光。只听院内响起一串连珠炮般的敲击声音，同时皓月朗声叫道：“打死你打死你打死你……”

一口气叫到底，皓月收回短棒飘然后退，然后不等九嶷反应过来，他一扭身，一瞬间就跑没影了。

九嶷糊里糊涂地被皓月敲出了一脑袋大青包，眼看皓月跑了，他才回过了神。怒不可遏地大吼了一声，他撒丫子就追。四脚蛇藏在九嶷怀中，此刻感觉九嶷跑得风驰电掣，吓得他一爪抓住了九嶷的奶头，另一爪揪住了九嶷的腋毛，生怕九嶷跑得太快，会把自己从袍子下方甩出去。

九嶷是曾经追逐过皓月的，对于皓月的速度，他心中很是有数。提起一口气紧跟着前方身影，他见对方直奔城外，便猜他大概又是想往山林野地里钻。一路跟着皓月出了城，九嶷故意不肯加快速度，想要追到皓月精疲力尽；而如此过了小半个时辰，他们一前一后的当真进了荒野之中，九嶷看皓月那两条腿明显是有些摇晃了，这才在心中暗笑一声，骤然提了速度。四脚蛇“呱”的一声被他从袍子里甩了出去，他也没察觉。

眼看皓月越来越近了，九嶷一边把手伸到怀里掏纸符，一边双腿用力，迈开了大步。及至将一张镇妖符握在手里了，他正要将纸符向前挥去，哪知脚下忽然一软，他身不由己地向旁栽了一下。攥着纸符低头一看，他只见地面虽然也有土有草，但土是浮土，草也全是没了根的。浮土之下冰凉泥泞，竟仿佛是一片沼泽。

九嶷稍稍的有一点慌，心想这要是沼泽可就糟了糕，哪知在下一秒，他抽抽鼻子，忽然又闻到了一股子恶臭之气。

“这不会是……”九嶷狐疑恐慌地想，“粪坑吧？”

这个念头一闪而过，九嶷已经向下沉到了腰间。他慌里慌张地伸手四处乱摸乱抓，忽然薅住了一把野花，他拽了拽，发现这野花倒是扎根在地的，便小心翼翼地运了力，想要薅着花茎往坑边挪。哪知就在此刻，四脚蛇一溜黄烟地飞爬而来，且爬且张着大嘴叫道："九嶷！不要丢下我，我来啦！"

"啪"的一声，四脚蛇一跃而起冲向九嶷，肚皮正贴上了九嶷的面孔。而九嶷冷不防地受了袭击，当即向后一仰，一声不响地沉下去了。

这天傍晚，皓月重新出现在了吴旅长面前，并且还给吴旅长带来了一身男装。

吴旅长这一天一直躲在县内的一家旅店里，如今见皓月回来了，十分欣喜；皓月一边让他换衣服，一边冷静地说道："吴旅长，从此你不必怕了，那个害人的妖僧，已经被我用人间最残酷的刑罚处治掉了。"

吴旅长光着膀子站在地上，本来是在系裤腰带，听闻此言，立时来了精神："你把他宰啦？"

皓月一皱眉头，随即摆了摆手："我只是偶然发现了一处陷阱……算了算了，想一想都很恶心，你不要问了。"

吴旅长披上小褂，亲亲热热地又问："活神仙，你接下来要往哪儿去呀？"

皓月思索着答道："我么，无非是云游四方罢了。"

吴旅长听闻此言，当即一拍他的白巴掌："哎呀，那可太好了！既然你去哪儿都行，不如跟我一起往北京去！京城毕竟是京城，人多，恐怕妖也多，正好让你大显身手哇！对不对？"

皓月犹犹豫豫地点了点头："那倒也不是不可以，吴旅长……"

吴旅长这一阵子没少吃苦，如今到了皓月身边，感觉很有安全感。听了皓月的话，他高兴得立刻走了过来笑道："什么吴旅长，我早不是旅长了。你若是不介意的话，往后就叫我一声秀斋吧！"

说完这话，他又对着皓月的肩膀打了一下："活神仙，你有没有钱？有的话就拿出来点儿，今天你我二人成为同路的朋友，是值得纪念的，我要请你吃顿饭！哈哈哈，你可不要对我客气哟！"

皓月瞟了吴旅长一眼，心中忽然有些后悔，认为自己方才不应该轻易地点头。

第三章

北上京城

吴秀斋旅长和皓月结伴上了路。

吴秀斋依然没有摸清皓月的底细，东拉西扯的想要套出他的实话，也不成功。皓月是沉默而端庄的，吃不多吃，睡不多睡，并且喜欢在午夜时分起床打坐。吴秀斋总怀疑他是在吸取日精月华，然而又不好明问，怕问得急了，会把皓月问跑。皓月一跑，他失去了经济上的支柱，就只好真的讨饭进京城了。

这一日的傍晚时分，吴秀斋提着一只崭新乌黑的大皮箱，跟着皓月上了火车。这一趟列车是要开往北京的，两人一路的盘缠则是由皓月一人承担。上车之后，皓月一马当先地开了路，一直走进了列车尾部的包厢之中。包厢内部十分狭窄，两张小床相对着靠了板壁，中间只容得下一张小小的桌子。皓月走到床边，自顾自地转身坐了下来。

心事重重地扭头望向车窗，他坐得腰背挺直，一身新穿的灰色西装板正利落、一尘不染。如此坐了片刻，他忽然把手伸进裤兜里，摸出了一面巴掌大的小圆镜。对着镜子照了照，他顺势抬手正了正自己领口处的蓝底白点子大领结，又用手指理了理一丝不乱的小分头。

整理仪容完毕之后，他一边把小圆镜塞回裤兜，一边留意到了对面的吴秀斋。吴秀斋弯腰驼背坐没坐相，细脖子向前一伸，他以乌龟之姿探出了他细皮嫩肉的小瓜子脸，一眼不眨地盯着皓月瞧，同时微微地张开了他的小薄嘴唇，露出了一点金牙的光芒以及虎牙的尖端。

两人大眼瞪小眼地对视了片刻，末了皓月先开了口：“你看什么？”

吴秀斋“嘻”地一乐，然后搓了搓自己雪白的小巴掌：“活神仙，我想和你说说话。”

皓月面无表情地看着他：“说吧。”

吴秀斋加快了搓手的速度，同时笑嘻嘻地开了口：“活神仙，我的情况呢，你是都了解。这回到了北京，也是没有出路，只能靠我姐养着我。我看你西装革履大皮箱活得挺阔，你看凭我这个资质，有没有可能投到你的门下，给你当个弟子呢？你传我几手本领，到时候咱们赚了钱，你七我三，怎么样？”

不等皓月回答，吴秀斋又补了一句：“你八我二也行。”

皓月不假思索地摇了头：“你不行。”

吴秀斋万没想到他拒绝得如此痛快，几乎要生气：“为什么？”

皓月把脸重新转向了窗外一闪而过的日暮风光，声音低而悠扬地答道：“我这一门，若收弟子，也只要童子。而你——”

话未说完，余音袅袅。吴秀斋听闻此言，不由得吃了一惊：“活神仙，你不会也还是童子身吧？”

皓月没理他。

吴秀斋越是审视皓月，越感觉此人邪门，又因皓月生着一张光溜溜的白皙面孔，不见胡须的踪影，所以他暗暗又怀疑对方身有隐疾，不是真正的男子汉。入夜之后，他仰面朝天地躺在床上，先是琢磨皓月，后是琢磨皓月的大皮箱——皮箱的内容他是一无所知，不过拎着沉甸甸的，显然箱内十分有货，只可惜皮箱上了锁，钥匙在皓月的胸前口袋里。

吴秀斋如今堪称是穷困潦倒，所以在心内思前想后地斗争了一番之后，他在火车行进声中起身下了小床，蹑手蹑脚地走向了对面小床。

这回借着窗外的月光照耀，他第一次见识了皓月的睡姿——皓月在入睡之前脱掉了衣裤，如今身上只剩了衬衫裤衩。蜷缩着在床上跪伏成了一团，他把两条手臂交叠在了枕头上，自己偏着脸闭着眼，把下半张脸，包括鼻子，全埋在了臂弯之中。

吴秀斋活了二十几岁，还未见过这种睡法，屏住呼吸在床前站了片刻，他最后还是没敢出手。皓月连睡相都是如此不凡，这般不凡之人，岂是能容他这凡夫俗子偷的？

吴秀斋打算撤退，回到床上继续睡觉去。然而在他要走未走之际，皓月忽然有了动静——蜷缩着的一条长腿猛地蹬了蹬，他低低地发出了一声呜咽。

吴秀斋吓了一跳，下意识地退了一步。然而皓月呜咽之后又从鼻子里哼出了一声呼噜，随即把脸往臂弯中蹭了蹭，他继续睡了。

吴秀斋不敢久留，屏住呼吸转了身，他轻轻地重新爬回了小床，心中同时暗想："怎么像狗似的？"

列车昼夜奔驰，然而宛如裹过三寸金莲一般，虽然一直在前进，但是走一步退两步，走两步停三停，一直磨蹭到了翌日上午，才气喘如牛地抵达了北京火车站。

皓月把吴秀斋带到了北京，自认为算是送佛送到了西，想要和他分道扬镳。可吴秀斋对他生拉硬拽的不肯放，非要让他到自己那守了寡的姐姐家居住。皓月是个长身玉立的体面人物，非常的不愿意在大庭广众之下和人拉拉扯扯，然而吴秀斋颇有一点撒娇撒痴的不要脸劲头，敢于欢声笑语地对皓月动手动脚，不等皓月出言回应，他已经一手拎起皓月的大皮箱，一手招来了两辆洋车。抱着大皮箱上了领头一辆洋车，他回过头对着皓月嫣然一笑："走哇！家里又不是没房子，你对兄弟这么够意思，兄弟能让你在外头住吗？"

皓月的舌头在口腔中动了动，真感觉自己像是被这位前吴旅长绑了票。然而此时多说也是白费口舌，况且周遭环境肮脏嘈杂，皓月抬手在鼻端扇了扇，感觉自己的鼻子快要被四面八方的臭气熏得麻痹了。

不情不愿地上了洋车，皓月跟着吴秀斋走了。

两辆洋车一前一后地跑了许久，末了总算在一条胡同里停了下来。皓月下车付了车账，而吴秀斋急三火四地扑向前方一扇黑漆大门，连踢带打地开始大叫：

"姐！我是小秀！我来啦！快开门哪！饿死了，早饭还没吃呢！"

这话喊出没有多久，黑漆大门果然开了一扇，开门的人是个整齐利落的小老妈子。吴秀斋不理会她，迈步就往门内走，走了一步之后回了头，他又一把抓住了皓月的手："活神仙，来啊！到这儿就和到自己家是一样的，千万别外道。"

皓月硬从他那汗津津的掌中抽出了手："你走你的，不必管我。"

正当此时，一串咯噔咯噔的脚步声音快速逼近，皓月抬头一望，只见一名摩登少妇蓬着满头烫发冲了过来，见到吴秀斋之后先不言语，及至上下把他打量清楚了，少妇扬起小巴掌，对着吴秀斋兜头便是一巴掌："我不是让你在家乡安生待着吗？你怎么又滚过来了？"

吴秀斋苦着脸说道："姐，你不知道，那个心如蛇蝎的胖娘们儿跟我算了总账，我被她和她娘家哥哥撵出来了。"

那少妇听闻此言，当即怒道："混蛋！那毕竟是咱们吴家的家业，他们撵你，你就真走了？"

吴秀斋听到这里，几乎落了泪："姐，你说的这都是屁话。那个胖娘们儿是什么体格，我又是什么体格？她一看我的旅长让人给撸了，立刻就大发淫威，一屁股把我压倒在地坐了个半死。你也知道，我本是个弱质书生——"

少妇听到此处，不耐烦地一挥手，露出一颗虎牙骂道："中学都考不上，书你娘的生！你二十大几的人了，难不成现在还要吃我一口？"

吴秀斋避其锋芒，自顾自地只是诉苦："我离家之后，还遇上了一个歹人，被他凌迫得生不如死。幸好天可怜见，让我遇到了这位活神仙——"他边说边侧身向皓月一伸手，"活神仙不但把我救出了魔窟，这一路还供我吃喝，把我送到了北京城，否则的话，你就看不见你弟弟了……"

吴秀斋唠唠叨叨地长篇大论，论着论着忽然感觉空气不大对，渐渐地压低声音抬了眼，他就见不知何时起，他姐姐已经变得粉面含春笑容可掬。一双水汪汪的大眼睛望向皓月，吴姐姐先是将长睫毛忽闪了个上下翻飞，随即很西洋派地伸出一只手，同时口中娇声嫩气地笑道："哎呀，你看我刚才光顾着教导舍弟，竟没留意到先生你。我娘家姓吴，你称呼我密斯吴就好了。"

皓月并没有和密斯吴握手，单是冷淡地一点头："密斯吴，我——"

未等他把话说完，吴秀斋又抢了话："我俩还没吃早饭呢，饿死了！"

密斯吴听闻此言，立刻翩然转身，开始张罗着给两个人预备饮食。

密斯吴跟着霍督军过了好几年，所得遗产除了自己这几年积攒下的体己之外，就是这一座宽宽敞敞的好四合院。如今正是秋季时节，院内花草尚未凋零，全被修剪得齐齐整整。密斯吴以准备早餐为名消失了片刻，再出场时却是大变模样，旗袍也短了，烫发也黑了，面孔也艳了，连脚上的高跟皮鞋都换了一双。殷殷勤勤地伸了手，她又给皓月盛饭，又给皓月端茶，同时谈笑风生，两片红唇大开大合。吴秀斋深知自家姐姐不是一盏省油的灯，在督军家中历练了几年之后，必定变得越发老辣，然而他这一趟带皓月过来，可不是为了给自己找姐夫的。端着大饭碗清了清喉咙，他瞄了他姐一眼，见他姐毫无察觉，笑得牙花子都露了出来，故而气运丹田，又重重地咳嗽了一声。

密斯吴瞪了弟弟一眼，随即不但不走，反而一屁股在皓月身边坐了下来，柔情似水地问道："怎么不多吃一点儿？是不是小菜不合胃口？不合胃口你就说，你待我弟弟好，和待我好是一样的，我这个人呀，最是有情有义有恩报恩，你若不嫌弃，就长长久久地住下来，横竖我是一个自由的女子，也无人管束。你我男未婚女未嫁，便是做个朋友，想必也没什么的。你说呢？皓月先生？"

皓月的饭量似乎一直不大，此刻也只喝了几口米粥。他装聋作哑的功夫已臻化境，听了密斯吴的话，他像聋了似的，自自然然地沉着脸一言不发。而密斯吴和苍老粗鲁的霍督军过了几年，早已经过够，如今弟弟骤然领过来了一名面如冠玉的美男子，她不禁发作人来疯，恨不能将皓月一口吞下，嚼嚼咽了。

及至早餐结束，吴秀斋把他姐姐拽进了卧室，急赤白脸地说道："姐，你别招那个人。那人是个修道的童男子，不近女色的。"

密斯吴离了皓月，立刻恢复本色："放狗臭屁！你当姑奶奶没见过老道？有他那模样的老道吗？"

吴秀斋情急之下，只得将自己同皓月相知相识的过程讲述了一遍。他想自己把实话这么原原本本地一说，必定就能吓住姐姐了，哪知他这姐姐色迷心窍，听完了他的话，不但不在乎，还大喇喇地说道："反正我也没打算嫁给他，至多是相好一番罢了。他就是个公狐狸精，我都认了！”

吴秀斋万没想到在好色这一途上，姐姐竟和自己是个知音。他并不反对姐姐拿钱养小白脸，可皓月显然不是小白脸的最佳人选。

“不行不行。”他简直要急了，“皓月这个人有一身歪门邪道的本领，我看他穿得好戴得好，好像靠着这项本领发了不小的财。我现在旅长也当不成了，家也被那个胖娘们儿霸占了，将来还想跟着他混吃混喝呢！”

密斯吴把脸一扬，摆了个高傲冷艳的姿态：“你爱怎么混就怎么混，跟我有个屁关系！”

吴秀斋万没想到自家姐姐乃是一匹女色狼，并且色心坚固，油盐不进。为了留住皓月，他转而改变战术，不理他那姐姐了，只寸步不离地陪在皓月身边，不给他姐姐大耍女流氓的机会。

及至到了夜间，他抱着枕头爬上了皓月的床。皓月穿着雪白的裤衩汗衫，正在床尾闭目打坐，听到吴秀斋来了，他阖目垂头，低声说道：“我明天走。”

吴秀斋为了保险起见，特地躺到了外侧：“活神仙，你要往哪儿去啊？”

皓月言简意赅地答道：“行走江湖，浪迹天涯。”

吴秀斋听闻此言，当即一翻身爬到了皓月身边：“别啊！这北京城还不够你浪的？再说你走了我怎么办？你看我这细胳膊细腿儿可怜见的，万一再来个妖怪恶僧欺负我呢？谁来保护我呀？”

皓月听到这里，忍不住睁开了眼睛，颇为诧异地转向了吴秀斋，他低声问道：“难道我要保护你一生一世吗？”

吴秀斋一拍巴掌：“好呀！反正你是光棍一条，还要保持童子身修你的法术，你这样的跟谁过不是过呢？我现在姨太太也没了钱也没了，也是光棍一条，正好咱们两条凑一对，先搭伙过着算了。横竖我也花不了你几个钱，你只要负责我的衣食住行就成，一个礼拜下一次馆子也就够了。”

皓月垂下眼帘，轻声吐出了两个字：“无耻。”

吴秀斋愣了愣，随即抬手一指自己：“我啊？”

皓月挥了挥手：“吴先生，去睡吧。多谢你的款待，明早我就走。”

吴秀斋一听这话，立刻傻眼，开始围着皓月爬来爬去，哀求不止。然而皓月心如铁石，任他好话说尽，只是不理。

吴秀斋睡一阵醒一阵，一旦醒了，必要纠缠皓月，一会儿要和皓月拜把子，一会儿要拜皓月做师父。如此折腾到了天明时分，皓月自行下床洗漱，又将穿过的西装仔细叠好收进大皮箱，另换了一身黛蓝色长袍。意态萧然地站在厢房门前，他仰起脸，轻轻地吸了一口气。偏巧此时密斯吴也花枝招展地从房中扭出来了，见了皓月这个玉树临风的新形象，当场迷得酥倒半边，嘤咛一声直接靠了墙。

皓月看到了双腿半蹲后背靠墙的密斯吴，便是神情漠然地一点头，想要道谢一声提出告辞。然而未等他这厢开口，院门外头却是有了响动。老妈子赶过去一开门，放进了一位长袍马褂的男子。这男子生得圆滚滚矮墩墩，看模样是四十来岁的年纪，颇有几分富富态态的官僚之相。对着密斯吴打了个响指，他未语先笑：“我的密斯，连着好些天没过来瞧你，想我了没有？”

原来密斯吴生平从不知妇道为何物，自从守了寡之后，一直是广开门户招贤纳士，院子里从来不寂寞，其中若有面目清俊的少年子弟，密斯吴便同他们相好一番；而至于这官僚一族，相貌年龄皆没有可取之处，密斯吴便和他们暧昧一番，他们若是有了投资生财的路子，密斯吴也好插进一脚，赚几个小钱。

官僚男子说完这话，冷不丁地看到了皓月，登时一怔：“这位是……”

密斯吴连忙说道：“这是舍弟的朋友。”

话音落下，吴秀斋披着小褂推门赶了出来，对着姐姐和官僚茫然地笑了笑，然后抬手抱住了皓月的一条胳膊：“活神仙，真走哇？行，你走我也走！”

皓月没有理睬吴秀斋，单是若有所思地盯着官僚瞧。及至官僚被他看得发毛了，他抬手将吴秀斋向旁一推，然后迈步走到了官僚面前。

论个头，他比官僚高了整整一个脑袋。微微低头翕动了洁净的鼻子，他毫无预兆地开了口：“你身上有妖气。”

官僚仰头对着皓月眨巴眨巴眼睛，然后莫名其妙地问道：“你说我是妖怪呀？”

皓月一摇头："不，你不是妖怪，但你在三日之内，一定和妖物打过交道。"

官僚听闻此言，登时就不乐意了："你这小子真是不会说话！我苏某人行得正走得端，往来都是有身份的大人物，你怎么红口白牙的就敢说我认识妖怪？我告诉你，也就是我近些年来修身养性脾气好了，要是放在先前，我一个电话打过去，立刻就有警察过来把你抓进大牢！"

皓月神色不变，只轻描淡写地告诉他道："我会在这里停留几日，你可以随时来找我。"

说完这话，他转身走回了房内。吴秀斋见此情形，先是一惊后是一喜，随即立刻也跟着溜回房内去了。而那苏姓官僚悻悻地站在当院，自己摸着大脑袋琢磨了片刻，没琢磨出什么来，于是按照来意，迈步跟着密斯吴进屋去了。两人关门闭户，直谈了一个多小时，官僚才告辞而走。

官僚一走，密斯吴立刻袅袅娜娜地走到了弟弟所住的厢房，娇声说道："皓月先生，你也真是的，和苏秘书长说那些话干什么呢？姓苏的最是小气，你从他身上是榨不出油水来的。"

皓月照例是不言不语，吴秀斋却是忍不住了："姐你别胡说八道！皓月不是那种人，皓月要是想诈钱，早就一诈一个准了，还用跟那个姓苏的废话？"

密斯吴不服气，双手叉腰向上一晃肩膀一仰头，将一段娇躯扭成了波浪："那他为什么平白无故地说人家身上有妖气？"

皓月这时忽然开了口："他身上的确是有妖气，并且那妖气偏于阴邪，可见妖物本身绝非善类。这样的恶物，我不能容它在人间作祟。"

吴家姐弟听了这一番话，统一的身上有些发毛。而在这话说过了十个小时之后，吴宅院门一响，苏秘书长当真是又回了来。

和清晨相比，苏秘书长这一回的气色就不那么好看了。在皓月面前坐了下来，他开门见山地说道："小先生，你早上对我说的那一番话，我当时虽然是不甚爱听，还拿话呛了你几句。但是回家之后我细一思量，发现我前几天的确是有过一次不凡的遭遇。我身上若是真有妖气，想必也和那场法事脱不开干系。"

说到这里，他犹豫了一下，随即抬眼望向皓月，压低声音问道："白大帅，你知不知道？"

皓月一摇头："我是初来乍到，你有话直说。"

苏秘书长把声音又放轻了好几分："那个……霍大帅……就是这院里吴小姐原来的老头子……不是在前一阵子病逝了吗？霍大帅一没，现在这北京城里说话最有分量的就是白大帅了。白大帅那个人，实不相瞒，有点儿神神叨叨的，时常喜欢扶个乩请个仙，还爱往家里招和尚养老道。前几天，他不知道从哪儿弄来了个大和尚，说是有通天彻地之能，可以搬动八方神仙。我凑热闹，看那大和尚施展了一次法术，可看完之后也说不清是怎么的了，这几天总觉得后脊梁骨发凉。老实讲啊，我是在欧洲留过学的，从来不会迷信。可那大和尚的本领的确是异乎常人，他自己供奉了一只四脚蛇神，那蛇神这么长，这么粗，四个大爪子，一条长尾巴。显灵的时候通体放青光，在光天化日之下就能化为人形，还会说话。你说这东西它奇不奇怪？"

皓月听了这话，忍不住冷笑了："这是很粗浅的妖术，不值一提。那四脚蛇并非神，而是妖。苏先生，请问那大和尚是个什么样的人物？"

苏秘书长听了这话，不由得打了个冷战："那大和尚挺高，挺壮，一身腱子肉，脑袋锃亮。"

皓月感觉苏秘书长说的都是废话，故而进一步地追问道："相貌如何？"

苏秘书长沉吟了一下，随即答道："浓眉大眼鹰钩鼻，一脸凶相。"

皓月眨巴眨巴眼睛，不知怎的，后脊梁忽然竖起了一片寒毛。近两年来他只认识一位浓眉大眼鹰钩鼻的劲敌，不过那位劲敌中了他的毒计，应该早在粪坑中淹死了，绝无可能再出来为祸人间。狐疑地抬头又看了苏秘书长一眼，他没言语，只细致地抽了抽鼻子，吸取了对方身上残存的妖气味道。妖气和妖气也不一样，其中的细微差别，皓月自认为可以辨别出一二。但是这一回，他也说不准苏秘书长身上的气味和九嶷有没有关系。

皓月让苏秘书长回家静养几日，多晒晒太阳，无事不要往阴暗幽静处去。及至苏秘书长唯唯诺诺地离去了，皓月对着吴秀斋开了口："今晚我要出去一趟。"

吴秀斋很紧张："你又要甩了我吗？"

皓月一摇头："不，我要夜探大帅府，看看那个姓白的将军到底在府中供养了个什么东西。若那东西的的确确是个祸害，我就要替天行道，灭了它！"

吴秀斋身为男子，没办法像他姐姐一样凭着姿色与手段吃饭，况且和他姐姐相比，他不但姿色略逊了几筹，手段更是丝毫没有。所以用一双眼睛盯紧了皓月，他认定对方乃是自己的指路明灯，纵算皓月不肯给他指路，至少也能保护他。

所以，他不许皓月冒险去夜探大帅府。

然而皓月并没有和他打商量，皓月直接去向密斯吴询问了大帅府的地址。及至到了入夜时分，他喝了一碗米粥，然后长袍飘飘地迎着夜风出了门。吴秀斋阻拦不住，只得踩了大门槛子哀哀地呼唤道："早点儿回来哟！我给你等门。"

皓月没回头，只背对着他一抬手。皓月的人生使命在于匡扶正义，对于"人"本身，他的兴趣倒是不大。吴秀斋自作主张地粘上了他，时常让他感觉不胜其烦。但若说甩了对方，倒也不急在这一时。皓月决定先去探探大帅府内的情形，等把大帅府内的邪祟解决了，再去处理赖唧唧的吴秀斋。

秋夜风凉，天一黑，小路上便没了行人。皓月提起一口气，拐弯抹角地一路疾行。不出半个时辰的工夫，他已经悄悄潜入了一条大胡同。胡同尽头围墙高耸，正是白府的后墙。那墙足有一丈来高，墙头还围了一圈电线。墙后灯光璀璨，和漆黑的胡同堪称是两个世界。

皓月想了一想，然后悄悄退到暗处，开始宽衣解带。从外到内脱成一丝不挂了，他将衣物卷成了个小包袱，连同皮鞋袜子一起放到了墙根底下的干净石头上。光溜溜地重新向上伸展了身体，他后退几步深吸了一口气，随即一跃而起猛冲向前。夜色之中只见一道白光向上一蹿，紧接着皓月没了，白光也没了。

下一秒，皓月在高墙之后落了地。

凭着他的高挑身量，落地之时很难不发一响，故而他在半空之中施用法术，索性恢复了原形。赤条条的皓月凭空消失，落地的活物，只有一只小小的白狗。

伸出粉红的长舌头舔了舔黑鼻头，皓月扬起拳头大的小脑袋，闭上眼睛深吸了一口气。

白府之内，的确是有妖气。

妖气浓烈，几乎就是冲天。皓月暗叹一声，心想府内的仆役在这里生活久了，身体必定受害，自己这一趟，果然是不白来。颠着四只小爪子上了路，弥漫的妖气使得皓月已经无法辨认方向，只能是从近处开始，一处房舍一处房舍的排查过去。避开偶尔经过的巡逻卫兵，皓月一路走一路嗅，嗅着嗅着他低头一张嘴，呕出了一口米粥——他刚经过了一处茅房，经过之时偏巧他正在深呼吸，结果吸了一鼻子臭气。

如此走了一个多小时，他顺路拐进了一处华丽院落之内。帅府内的房屋全安装了明亮的玻璃窗，窗内电灯大放光明，皓月纵身一跃跳上一间空屋的窗台，然后抬起前爪轻轻一推窗扇。出乎意料的，窗户并未关严，一推之下便露了缝隙。

皓月心中一喜，摇头摆尾地从窗缝中挤了进去。轻轻巧巧地再次跳下地，他这回无声无息地落在了波斯地毯上。正当此时，一道帘外的隔壁房中忽然传出了个少年声音：“九嶷，张嘴，啊……”

两只耷拉耳朵猛地一竖，“九嶷”二字让皓月乍起了一身的白毛。他怀疑自己是听错了，所以蹑足潜踪地靠墙走，一直走到门帘之前。用黑鼻头拨开门帘一角，他向隔壁房间露出了一只乌溜溜的黑眼睛。

隔壁房内也是灯光璀璨，灯下摆着长沙发和大茶几，茶几上放着几只大盘子，盘中堆着各色水果饮食。一名魁伟男子披着僧袍，双腿大张地歪在沙发上，僧袍前襟大敞四开，露出了他块垒分明的宽阔胸膛。皓月抬眼再看他的面相，就见他浓眉大眼鹰钩鼻，不是九嶷又是谁？

九嶷身边坐着个单薄少年，这少年生得绿豆眼大嘴叉，单手捏着一颗剥了皮挖了籽的葡萄，他正很殷勤地往九嶷嘴边喂。然而九嶷悻悻地歪着脑袋，显然是无意张口。

于是少年收回手，把葡萄扔进了自己嘴里，又很亲热地问道：“你还是吃不下东西吗？九嶷你不要这样嘛！我们不过是被粪坑淹了一次，洗干净之后早就不臭了——”说完这话他低头在九嶷的身上嗅了嗅，“九嶷，你自从用了东洋香皂洗澡之后，就变得好香。不知道这回能在这里住多久，临走的时候我偷几块带上，下雨的时候你洗澡好用。”

九嶷显然是情绪不佳，听了这话，他抬手捏住少年的细脖子，一言不发地向后一甩。少年猝不及防地凌空起飞又落了地，摔得“吱哇”一声，同时露了原形，正是一条长长的大四脚蛇。重新爬上沙发，四脚蛇昂着三角脑袋仰视了九嶷，同时没皮没脸地赞美道："九嶷，我就欣赏你这一身男子气概，说揍我就揍我，真是一条铁血柔情的好汉呀！"

九嶷不看他，单是沉着脸说道："阿四，闭嘴！"

此言一出，门帘后面的皓月冷笑一声，心想这个妖僧还真是无知无耻无情趣，四脚蛇就叫阿四，那我岂不是该叫小白？不过连大粪坑这种人间地狱一般的所在都奈何不了他，可见他还真是一位劲敌。至于这个好赖不分的阿四，想必便是苏秘书长口中的蛇神了——只是有一点不对劲，便是凭着九嶷的法力，似乎不该发出如此浓重的妖气，可难道在这大帅府内，还藏着比九嶷更厉害的家伙吗？

皓月一时间思索不出个眉目来，于是为了安全起见，他悄悄地后退又后退，不声不响地沿着原路跳上窗台，从窗缝之中钻了出去。

皓月没在大帅府找出什么更诡异的蛛丝马迹，故而跳后墙出了府，恢复人形穿好衣服回了吴宅。与此同时，大帅府内的九嶷半闭着眼睛仰了头，还在沙发上似睡非睡地静坐。

沉入粪坑的经历是不堪回首的，纵是不回首，他也还是时常犯恶心。幸而，他想，自己是吉人自有天相，当初不但成功地从粪坑之中游了出来，还在一天之后遇到了过路的白大帅。白大帅慧眼识英才，还未等九嶷对着他招摇撞骗，他就已经对九嶷产生了兴趣。

白大帅的兴趣让九嶷得以乘坐专列进了北京城，还让他得到了好吃好穿与好住，顿顿都有山珍海味供奉给他。九嶷本是个极其馋嘴的人，如今见了满桌美食，就痛苦得快要落下泪来——他吃不下，自从在粪坑里游过一次泳之后，他就什么都吃不下了。但是不吃又太亏得慌，因为今天白大帅奉他为座上宾，满口地赞他是活佛高僧，可兴许过几天他失了宠，就会被白大帅驱逐出府了。机不可失失不再来，今天不吃，明天就不知道能不能再吃到了。

所以，九嶷想，自己如今的要务不是取悦白大帅，而是迅速恢复食欲。

在九嶷半睡半醒之际，皓月已经回到了吴宅。

吴秀斋悬着一颗心，一直没有睡踏实。皓月也不管他，自顾自地端着一盆热水进了门。吴秀斋坐起身，眯着一双蒙眬睡眼问道："回来啦？怎么样？"

皓月先是洗脸后是洗脚，直到把自己收拾干净了，才在床尾盘膝而坐，正色答道："白大帅府内的妖僧，正是九嶷。"

吴秀斋登时打了个冷战："他真没死？"

皓月一摇头："不但没死，还活得十分快乐。"

吴秀斋想起九嶷的种种恶行，不由得往被窝里一缩："他不会再来找我的麻烦吧？"

皓月闭了眼睛，低声说道："无需等他找上门来，明天我就要亲自前去会一会他。没想到我出山不久，便会遇到这样一位顽敌。此次我若是不能让他灰飞烟灭，便算我枉费了几百……"

后边的"年"字尚未出口，吴秀斋已经出言打断了他的话："我说活神仙，牛就少吹两句吧！上次你还说你已经用什么最残酷的刑罚把他处决掉了，结果怎么样？人家不但没死，反倒发达了，混到白大帅家里去了。与其总和那个九嶷较劲，你不如跟了我，咱俩双剑合璧，凭着你的本领气质，凭着我的相貌口才，咱俩别说白大帅，就连大总统也能骗得住！等你我有了钱，也去弄个小洋楼住住，不比在这厢房里受我姐的气强？"

皓月懒得搭理吴秀斋，只自言自语似的嘀咕了一声："我来人间，为的是证道，不是为名利。"

吴秀斋见皓月回来了，并且是活生生地坐到床尾了，便很有安全感地大睡了一场。日上三竿之时他起了床，正要打着哈欠让他姐预备早点，不料蓬着头发出门一瞧，他发现苏秘书长又来了。

苏秘书长和皓月在密斯吴的房中谈了足有一个多时辰。及至苏秘书长告辞离去了，吴秀斋慌忙跑到皓月面前问道："我的活神仙，你怎么又和他联系上了？"

皓月今天换了一身靛青色长袍，领口系得严密，露出一圈雪白的小褂衣领。端起密斯吴给他沏的好茶，他小小地啜饮了一口，然后抬头说道："明天我大概会去一趟白府，一是戳穿九嶷的面目，让他无法继续行骗；二是找出白府中妖气的根源。我看他那府里，未必只有九嶷这么一个邪祟。”

吴秀斋眨巴着眼睛想了想，因为知道自己是决计劝不住皓月的，故而开口说道：“那我也去！万一你在白大帅那里得了赏识发了迹，再也不回来了怎么办？我得跟着你！”

皓月微一点头，一丝不苟的小分头乌黑锃亮，衬得面孔白皙如玉：“随便你。”

如此过了一天一夜，正如皓月所预料的那样，苏秘书长当真是乘坐汽车再次前来，把皓月和吴秀斋一起带去了大帅府。白大帅对奇人异事是最感兴趣，苏秘书长昨日受了皓月的嘱托，跑去白大帅面前做了一番推荐，而白大帅一听苏秘书长竟然认识这么个人物，立刻就让苏秘书长把人带过来瞧瞧。若是真有本事，那么白大帅可以像供养九嶷一样，立刻把皓月也供养起来。横竖白大帅富可敌国，养他十个八个和尚老道也是小菜一碟。

苏秘书长的汽车一路疾驰，不出片刻的工夫，便将皓月和吴秀斋送到了帅府侧门之外。守门卫兵认得汽车号码，这时无需吩咐，自动地小跑上前打开了车门。皓月弯腰跳下汽车，在明媚阳光下站直了身体。今日他做琥珀色的长袍打扮，周身衣服只有自上向下几道利落的垂褶，除此之外一丝不乱，露在天日之下的面孔和双手则是色呈洁白，整个人干净得如同刚出水一般。卫兵很好奇地看了他一眼，又转动眼珠望向了苏秘书长，心想秘书长这是送大师还是送兔子来了？

苏秘书长心中有事，无暇关注旁人，带着皓月直接就往门内走。吴秀斋见状，慌忙拔腿跟了上去——今日他也仔细修饰了一番，将他姐姐的桂花油往头上倒了许多，把个脑袋梳得油光锃亮。

大帅府之内的景致，自然是美好的，然而皓月心有所念，一路走得目不斜视。不出片刻的工夫，苏秘书长引着他们到了一间华丽厅堂。堂内摆着八仙桌太师椅，壁上悬挂了几幅枯淡山水，倒是很有几分雅致的古意。一名戎装笔挺的副官站在门口，见苏秘书长来了，便微笑着向房内一伸手，口中又低声说道：“苏先生请往里进，我这就去报告大帅。”

苏秘书长也是笑着一点头，很自来熟地领着皓月等人进了门。而那副官走后不久，果然由远及近传来脚步声音，正是一大群人步伐杂沓地走了过来。

苏秘书长迎到了门口，又对着皓月招了招手，让他也过去恭迎大师大驾。然而皓月视而不见地站在原地，背着双手闭了眼睛，单是做了个深呼吸。

一口气吸进去，他睁开了眼睛，与此同时，白大帅一行人也进门了。

白大帅虽然有着天摇地动的名声，但是本人的形象并不顶天立地，论个头，他似乎比吴秀斋还要略矮一点，虽然是四五十岁的年纪，然而保养得细皮嫩肉，相当苗条。身量秀气，他的相貌也挺秀气，细眉毛细眼小鼻子小嘴。前额稀疏的头发整整齐齐地向后梳了，他笑眯眯的派头不小，像个心情愉悦的权监。

苏秘书长向他问了安，他点头一笑；苏秘书长又把手向皓月一伸，献宝似的笑道："大帅，这位就是皓月大师了。"

话音落下，他扭头望向皓月，希望皓月马上过来问候白大帅，然而皓月冷着脸站在原地，显然没有要开口的意思。

皓月纹丝不动，于是愉悦的白大帅很亲切地主动走到了他面前。对着皓月伸出了一只手，白大帅还微微地一弯腰，像是身在跳舞厅，要请皓月跳一支舞："皓月大师，久仰大名，没想到这样年轻英俊，真是可敬可畏啊！"

皓月的鼻子翕动了一下，然后和白大帅握了握手——仿佛很嫌弃白大帅似的，他是一握即分，随即说道："大帅不必客气，我是为了贵府的妖孽而来。"

白大帅直身仰起头，用轻快的口吻笑问："大师看我家里有妖孽？"

皓月一句废话没有，直接言简意赅地开了口："九嶷。"

白大帅听闻此言，先是愣了一下，随即笑了一声。回头望向苏秘书长，他又笑了一声。苏秘书长见了皓月这个不通人情的冷硬做派，十分尴尬，迎着白大帅的笑脸，他"嘿"的一声，也苦笑了一下。

白大帅笑过之后，重新转向了皓月，同时头也不回地说道："来人，去把咱家的佛爷请过来。"

白大帅等人在厅堂之内落了座，而不出十分钟的工夫，佛爷驾到。

混成了佛爷的九嶷穿着丝绸僧袍，一侧肩膀挎了个绣花大口袋，口袋里鼓鼓囊囊的，是混成了蛇神的四脚蛇。赤脚踢开柔软沉重的僧袍下摆，他在进门的一瞬间，就看清了坐在上首的皓月。而皓月端坐在太师椅上，神色不变地面对了他。

九嶷正视着皓月，同时就感觉一团怒火从下腹部缓缓地往上攻，一直要攻上天灵盖——多少年了，只有他为非作歹欺负人的，不曾想从天而降一个皓月，几次三番地寻他麻烦，最后一次的毒辣程度更是令人发指，居然用计诱他陷入了大粪坑！

九嶷记得自己好像还没吃过这么大的亏，所以绝对饶不了这个皓月。正好，还没等他恢复元气去寻仇，仇家自动地送上了门，倒是方便了他。

龙行虎步地走到了皓月面前，九嶷叉开双腿站稳了，一言不发地一撩僧袍。吴秀斋坐在一旁看得清楚，发现九嶷通身就只罩了这一身僧袍，袍子下面便是裸体。

“哎！”他目前底气比较足，所以敢于当众发言，“九嶷，有话说话，不要耍流氓！”

九嶷低声说道：“大帅，我和此狗崽子有不共戴天之仇。”

皓月抬手一指九嶷：“孽障！我辈替天行道，必定不能容你为非作歹！”

九嶷竖起两道浓眉，断喝一声：“你是狗！”

皓月快步走到了白大帅身后：“上次你侥幸不死，已经是上天给你改过自新的机会。但你执迷不悟，就不要怪我不留情面了！”

九嶷转向了他，继续怒吼：“你是狗！”

皓月难得地动了表情，对着九嶷圆睁了二目：“你敢再说一遍？”

九嶷抬手用食指向他点了点：“狗崽子，你等着！”

说完这话，他扭头打开肩上的绣花大口袋。一只大手伸进去，他先掏出碍事的四脚蛇往外一甩，随即取出两张纸符，将纸符夹在指间，他一言不发地直接向皓月一挥。

纸符本是绵软的，然而在九嶷一挥之间，竟像是忽然有了硬度，带着寒风破空而至。皓月背过一只手，先是稳如泰山一动不动，及至纸符飞到面前了，他猛然侧身避开了第一张，随即对着第二张一甩衣袖。只听“嘭”的一声轻响，第二张纸符竟在皓月的一甩之间化为了一团火光。

在座众人见状，全吓傻了眼。皓月身前的白大帅则是抬手一捂脑袋，起身猫着腰跑向了一旁，同时口中念念有词："头发，我的头发。"

伶俐的苏秘书长见了白大帅的举动，当即起身指挥了房内的副官卫兵："快！保护大帅！"紧接着他又转向了皓月和九嶷二人："两位大师，你们斗法归斗法，但请不要意气行事，方才大帅的发型几乎因你二人受损，这是多么的危险。"

苏秘书长很紧张，而白大帅在确定自己的大背头并没有遭受烟熏火燎之后，倒是立即恢复了和蔼可亲的常态："哈哈哈！九嶷大师的本领，我是见识过的，这位皓月大师的来历我虽然不知晓，但是看他方才的气派招法，显然也是十分超群。我看你二位势同水火一般，想必今日是一定要比试出个高低胜负的了，那么本帅愿意提供一处幽静宽敞之所，供两位大师斗法。"

皓月听闻此言，抬眼直视了九嶷："斗法，你敢吗？"

九嶷冷笑一声："狗崽子，难道老子怕你不成？"

皓月紧盯着九嶷的眼睛："若是你输了，你就要任我处置！"

九嶷抬手向他一指："好！你也一样！"

吴秀斋这时抖抖索索地凑到了皓月身边，低声说道："这怎么办？我们没带武器呀！"

皓月一抬手："你退下！"

吴秀斋被皓月撵到了一旁，四脚蛇则是抱着九嶷的大腿攀援而上，重新钻回了绣花大口袋里。白大帅言出必行，果然另找了一间宽敞花厅，又命士兵包围了花厅四周，将苏秘书长和吴秀斋等人全部隔绝在外。独自一人进了花厅，他成了厅内唯一的观众。跷着二郎腿坐在角落里，他笑吟吟地摸着光下巴，摆出了一副要看戏的姿态。

九嶷把装着四脚蛇的绣花大口袋向旁一扔，摔得四脚蛇哀鸣一声。皓月昂首挺胸地走到了九嶷面前，沉着面孔开了口："怎么比？"

九嶷一扬浓眉，上下打量了皓月一番："我先让你施展三招，若是三招之后我还活着，接下来便换我出招。如此反复轮流，直到决出胜负为止，如何？"

皓月一点头，眼中精光四射，清清楚楚地答了一声："好！"

话音落下，他将右手食指指尖伸到口中，用力咬出了自己的鲜血。随即抬手点向九嶷的眉心，他气运丹田咬紧牙关，血淋淋的指尖则是一路笔走龙蛇地画了下去。

他在九嶷身上画了一道血符！

这道符是九嶷不曾见识过的，他体内妖的成分受了刺激，流淌在四肢百骸内的真气也微微地要乱。强定心神站稳了，他脸上神情不变。而四脚蛇此刻爬出大口袋，仰起头张着嘴望着九嶷，已经紧张得停了呼吸。

皓月见九嶷岿然不动，便慢条斯理地抬起手。这回沿着方才所画符咒的笔画，他慢慢地重新又描了一遍。

描完最后一笔，他抬眼望向九嶷，却见九嶷对自己微微一笑。

皓月略略地乱了方寸，因为一般的妖物经了他那两道血咒，必然已经露了原形。于是深深地吸了一口气，他抬起了右手。

低头面对着右手掌心，他这回咬破左手食指，在右掌上又画一道符咒。这回瞄准了九嶷的胸膛，他大喝一声，一掌击中了九嶷的胸膛。

妖精灵怪修炼久了，胸中都会藏有一颗内丹。内丹一失，妖物的法力也会随之消失。皓月满拟着自己这一掌打出去，必能震碎九嶷的内丹。然而九嶷微微一晃，随即站稳，却是依然安然无恙。对着皓月笑了一声，九嶷问道："你当真认为我是妖吗？"

然后在四脚蛇发出的欢呼声中，九嶷挽起袍袖，狞笑着逼近了皓月："现在，轮到我了！"

皓月暗暗地深吸了一口气，然后对着九嶷一抬双手："好，来吧！"

四脚蛇睁大了一双鼓泡眼，角落中的白大帅双手握紧了椅子扶手，也很紧张地向前探了头。九嶷似笑非笑地翘了嘴角，双手攥拳，攥出手指关节一串脆响。

下一秒，他骤然出手抱住了皓月，一舌头就舔上了皓月的脸！

皓月愣了一下，随即像掉入油锅了一般挣扎着发出惨叫。手舞足蹈地在九嶷怀中翻滚了，他厉声狂吼："放开我……好恶心……救命啊……"

然而九嶷双臂如同铁箍一般，哪里容得他逃脱？九嶷口水淋漓地对着他狠舔了一通，舔着舔着皓月不动了，九嶷闭嘴抬头一看，只见皓月双眼翻白，竟是已经晕过去了。

九嶷松开双臂，让皓月软绵绵地自己瘫了下去。抬眼看了白大帅一眼，九嶷随即单膝跪地，背过一只手说道："阿四，口袋！"

四脚蛇叼着大口袋，飞快地爬到了九嶷身边。而九嶷从口袋中掏出一沓黄色纸符，也不挑拣，一张接一张地拍到了皓月头上。

拍到第十张时，皓月的琥珀色长袍渐渐空瘪了，他的人形消失，现出了真身。真身紧闭双眼肚皮朝天，也还是昏迷不醒的状态。

九嶷把余下的纸符和四脚蛇一起收回了大口袋中，然后挎着口袋站起身，他把小白狗抱到了怀里。抬手顺了顺小白狗的毛，他抬头对着白大帅说道："我累了，要回去休息一会儿。"

白大帅恢复了轻松姿态。意味深长地望着九嶷，他微笑点头："好，去吧，我的佛爷。"

九嶷回到房内，把怀里的小白狗放在了桌子上。小白狗脑袋上的十张旧符已被一张新的镇妖符取代，此刻他瘫软着一动都不能动，唯有一双黑溜溜的大眼睛还能转一转，湿润的黑鼻头也能微微地动一动，呼哧呼哧地喘出怒气。

九嶷知道白大帅自有办法去向苏秘书长和吴秀斋等人交代，故而关门闭户，很闲适地在桌边坐了下来。蜷起一条腿踩上了椅子边沿，他得意地动了动脚趾头，又把手伸进袍子里，抓了抓腋下。

四脚蛇也自行爬上了桌子，在九嶷面前昂起了扁脑袋，呱呱地问道："九嶷，你打算怎么处置这个狗崽子？我替你咬断他的喉咙吧！"

九嶷一抬手，深眼窝中闪烁了阴恻恻的诡异光芒："不急。这狗崽子害我不浅，我绝不能轻易地饶了他。"

四脚蛇伸出长舌头，飞快地一舔眼睛："那你打算怎么办呢？"

九嶷斜眼瞟向了小白狗："哼哼，我要先好好地玩弄他，等到玩弄够了，再把他剥皮拆骨，炖成狗肉砂锅！"

四脚蛇当即欢呼："好主意！不过可不可以不玩，直接吃？"

九嶷抬起一只手，对着小白狗的黑鼻头用力弹了一指头："不行！"

小白狗的鼻头是通身上下最娇嫩的地方，如今骤然受了袭击，不由得疼得眼中泛了泪花，偏偏口不能言身不能动，只能忍着。

九嶷的心情忽然变好了，食欲也恢复了。白大帅对他是相当的恭敬，他可以随意地派人去厨房要吃要喝。把他的战利品小白狗摆在面前，他开始狼吞虎咽地啃猪肘子。四脚蛇在一旁看了半天，末了很不高兴地开了口：“九嶷九嶷，你怎么不对着我吃呢？”

九嶷打了个大饱嗝：“他可爱。”

四脚蛇一听这话，宛如听到了晴天霹雳：“那我呢？”

九嶷没言语，直接用一根猪骨头把四脚蛇拨下了桌子。

然后他用油渍麻花的手指戳了戳前方狗嘴：“看清楚了没有？几天之后我就把你也啃成一堆骨头！”

小白狗呜咽一声，不是吓的，是气的。

到了傍晚，九嶷在西洋式的大浴缸里泡起了热水澡，四脚蛇跟着他，也在水里快活地翻翻滚滚——和九嶷在一起混了这么多年，这么好的日子还是第一次享受，四脚蛇真是快乐极了。

然而快乐了没有半个小时，九嶷水淋淋地起了身，抬脚迈出浴缸走回了卧室。这回在床边再次拎起小白狗，他先用手抓住狗毛狠狠薅了一把，薅过之后看看手，他见小白狗并没有掉几根毛，便用大巴掌握住小白狗的两只前爪，开始用小白狗擦拭周身的水珠。四脚蛇摇头摆尾地爬出来一瞧，当即又妒又恨地叫道：“九嶷！狗很脏的！”

九嶷低头看了看手里这一团白毛，又把鼻子凑上去用力嗅了嗅，末了抬头说道：“不臭，这狗崽子很讲卫生。”

话音落下，他抬起一只脚踩上床沿，弯腰用小白狗擦了擦屁股。小白狗微微张开狗嘴，“咯”的一声呕出了一口清水。

入夜时分，气冲冲的四脚蛇趴在九嶷枕边，恨不能立刻一口咬死小白狗。然而小白狗被九嶷当成枕头枕在了头下，偏偏狗头还是背对着他，他要咬也只能咬到短短的一截狗尾巴。

与此同时，皓月也在暗暗地运气——这样的生活他一分钟也忍耐不下去了。闭上眼睛调动了周身气力，他努力又努力，终于用法力冲破了头顶的纸符。

然而在纸符脱落的那一瞬间，一只大手从天而降，九嶷“啪”的一声，又给他补了一张。

皓月前功尽弃，要气疯了。

到了翌日清晨，四脚蛇早早地睁开双眼，等着九嶷炖了小白狗。然而九嶷把无精打采的小白狗托在手中，上上下下地抛了接接了抛，颠得小白狗头晕目眩；等到小白狗的四肢全都彻底瘫软了，他又将小白狗仰面朝天地摆在大腿上，捏了对方往上拎。四脚蛇看得眼中冒火，大头朝下地在九嶷脚边倒了立，又将一条细长尾巴摇摆不已：“拎我拎我，九嶷快炖了他！”

九嶷刚要回答，可在张嘴之前他扫了小白狗一眼，忽然感觉不大对劲。低下头仔细一瞧，他随即拍着大腿狂笑起来：“哈哈哈哈哈！阿四，看，他哭了！”

四脚蛇“啪嗒”一声拍在了地面上，不以为然地说道：“一只臭狗崽子，哭就哭呗！”

说完这话，他翻着眼睛向上看，只见九嶷把小白狗向上托到面前，张开大嘴对着狗头哈了一大口气。小白狗的后腿微弱地蹬了蹬，又“唧”地呻吟了一声。

九嶷毫无同情心，只是感觉有趣得很。可是未等他继续自娱自乐，白大帅却是来了。

白大帅依然保持着权监的形象与风度，笑呵呵地要和九嶷共进午餐。九嶷如今吃着他的喝着他的，自然没有拒绝的道理。而白大帅也没有深究他与皓月之间的旧仇，只用手摸了摸九嶷怀里的小白狗，口中笑道：“佛爷的法力，的确是我白某人生平所未见过的，了不起了不起。”

九嶷穿着曳地的华丽僧袍，对着白大帅微微一笑。他相貌阴鸷，随便一笑也像是坏笑，加之身躯高大健壮，坏笑之时格外的具有压迫力。白大帅见识了他的笑容之后，摸着下巴沉默片刻，然后抬头溜了他一眼，随即仿佛不好意思了似的，低着头又是一笑。

这个时候，房门大开，仆人络绎进门，接二连三地运酒送菜。白大帅和九嶷不分宾主地落了座，白大帅毫无权贵的架子，亲自起身给九嶷倒了一杯酒：“佛爷尝尝这个，这是我这里自酿的烧酒，虽然粗陋，但也别有一番风味。”

若是放在前几天，食欲低落的九嶷大概是不会喝的，然而如今他喜气洋洋，胃口随之大开，端起酒杯便是一饮而尽。放下杯子咂了咂嘴，他深深地一点头：“好酒！”

白大帅当即起身又给他斟满了一杯：“既然佛爷认为好，那就多喝几杯。横竖今天清闲，醉了就睡。”

九嶷对着白大帅一端酒杯：“那贫僧就不客气了。”

话音落下，他又干了杯。然后抄起筷子吃了一口菜，他就感觉肠胃之中暖融融的，十分舒适惬意。四脚蛇蜷缩在绣花大口袋里，因为要伪装蛇神，所以沉默着没敢贸然说话。

九嶷喝了一杯又一杯，不知不觉便是醺醺然。最后目光迷离地抬头望向白大帅，他硬着舌头说道：“不，不能喝了。我，我醉了……”

说话之时，他的视野一片模糊。模糊之中活动着个白大帅。定定地望着前方，他看见白大帅依稀对自己笑了一下，随即起身，转向门口拍了拍手。

房门应声大开，寒风与人影一起涌入。与此同时，九嶷一头栽到地上，则是已经人事不省。

白大帅快步走到九嶷身边，一把抄起了挂在椅背上的绣花大口袋。单手将口袋攥紧了，他由着四脚蛇在里面张牙舞爪吱哇乱叫。

然后蹲下来仔细对着九嶷审视了片刻，末了他伸出一只白皙的手，将手背贴上了九嶷滚烫的面颊。手背顺着面颊一路向下滑过胸膛，白大帅轻轻地低声自语道：“这么大的块头，想必是足够他老人家饱餐一顿了。”

说完这话他站起身，对着门口卫兵一招手。而卫兵们一拥而上，七手八脚地将九嶷抬起便走。

白大帅弯下腰，又从地上捡起了小白狗。一手拎起大口袋，一手拎起小白狗，他左右看了看，随即说道：“这两个虽然小了点儿，但是聊胜于无，也一并送过去吧！”

第四章
洞底妖男吕清奇

九嶷仰面朝天地躺在地上，毫无预兆地睁开了眼睛。

神情迷茫地向上方呆望了片刻，他渐渐地回过了神，发现自己正处于一处洞窟之中，并且是黑暗的洞窟，四壁怪石嶙峋，半壁上也有星星点点的灯光，不知那灯里烧的都是什么油，总之灯光闪烁不定，类似磷火。

望着稀疏星辰一般的点点灯光，九嶷试着动了一下。身下是凹凸不平的石头地，他不知道自己是怎么下来的，总之整面后背都是痛不可耐，手和脚倒还是灵活听话的，可见四肢的筋骨并没有受伤。

他不知四周的虚实，故而不敢出声，单是挣扎着坐了起来，手扶着地面环顾了四周。四面八方全是黑洞洞的，一时间也看不出什么眉目，于是忍痛喘了几口气，他低低地发出了呼唤：“阿四，在吗？”

此言一出，不远处的黑暗角落里立刻有了回应，是一声又委屈又欣喜的哽咽。随即角落处有了窸窸窣窣的响动，一道一尺多长的黑影子在倏忽间掠过地面，一头撞进了九嶷的怀中。两条短短的前爪极力搂抱住了九嶷的虎背熊腰，四脚蛇把他那冰凉的长嘴巴一直拱进了九嶷的僧袍里：“九嶷！吓死我了！”

九嶷抬手挠挠秃脑袋，虽然对于眼下这一切都是摸不清头脑，但是因为实在是过分的见多识广，所以没有办法像四脚蛇那样大惊小怪魂飞魄散：“这是哪儿啊？我怎么忽然到了这里？就咱们两个吗？我那狗崽子呢？”

四脚蛇仰起脑袋，大嘴巴挑起了九嶷的僧袍前襟：“你管他呢！兴许是让白大帅炖成砂锅下酒了。九嶷——”

九嶷听到这里，当即扯着四脚蛇的一只前爪向上一拎，然后低头一掀搭在腿上的丝绸僧袍。因他素来是不穿裤子也不穿鞋，所以一掀之下看得清楚，他那双腿之间赫然正趴着一只小白狗。小白狗柔弱无骨地俯卧在地，后腿分开，屁股和尾巴顶着九嶷，脑袋则是窝在了九嶷的大腿旁。狗头上方还贴着一张纸符，纸符险伶伶地要掉未掉，末端垂到狗鼻子前，随着小白狗的呼吸一起一伏。

伸手捏住小白狗的后脖颈，九嶷把他高高地拎到了自己面前，小白狗气若游丝地闭了眼睛，像是要死一般。九嶷上下晃了晃他，只见他脑袋和爪子只会随着自己的力道乱颤，便把他随手往身边地上一放，然后慢慢地站起身来，一边揉着周身痛处，一边仰起头向上望去。

如豆灯光一盏一盏地分开搁置了，一级一级依次向上，一直延伸到了极高之处。到底会有多高，九嶷一时间也估算不出。

“难道我是被人扔下来的？”他双手叉腰，将个脖子转了一周，转出一串嘎巴嘎巴的响声，好似一脖子的关节全错了位。然后回头转向后方，他在黯淡光线中看到了四脚蛇，“阿四，我记得我好像是和白大帅喝了一次酒，喝醉之后的事情，你知道吗？”

四脚蛇爬到了小白狗身边，正张大了嘴巴试探着要去咬狗脖子，忽然听了九嶷的问话，他立刻抬头大声答道：“是白大帅！他把你灌醉之后，把我从袋子里掏出来也扔进了酒缸。我只喝了一口酒，就醉得什么都不知道了！”

说到这里他想了想，又抢着嚷了一句：“在你醉倒之后，那个姓白的好像说了一句‘块头很大，够他饱餐一顿了’，当时我还以为他是要把你吃掉！”

九嶷背对四脚蛇，转向前方沉默了良久。最后他一挥袍袖做了个向后转，同时低声说道：“或许要饱餐的家伙，不是白大帅，而是另有其人！”

四脚蛇再次张大了嘴巴，正要试着悄悄咬断小白狗的咽喉，万没想到九嶷说转就转，吓得他立时一抬头，一张长嘴结结实实地蹭过了狗鼻梁。转向九嶷察言观色了片刻，他细着嗓子又开了口：“九嶷，你饿不饿呀？撕条狗腿垫垫肚子吧？”

九嶷恢复了双手叉腰的姿势，同时翘起右脚的大脚趾头，避开了地面突起的石尖。翻着眼睛思索了片刻，他沉声开了口："明白了，老子这回是掉进妖精洞里了！原来那白大帅恭敬我是假的，真有分量的家伙，是在这座石洞里！"

这话说完，他背过一只手捶了捶后腰，同时恶狠狠地骂道："我还以为他是真崇拜我！不男不女的老王八蛋，竟然连本佛爷的感情都敢欺骗，等老子爬上去了，我不把他揍成老太太我就不叫九嶷！"

四脚蛇伸出前爪一拍地面，不失时机地高声喝彩："好！九嶷，我就欣赏你这一身霸气！可是，我们怎么上去呢？"

九嶷听闻此言，登时一咧嘴，因为被四脚蛇问住了，所以隐隐地有些气急败坏，想要走过去扇一扇对方的大嘴巴。可在他要动手未动手之际，四脚蛇旁忽然腾起了一团白光，白光之中蜷缩着小小白狗，而狗头上的符咒方才被四脚蛇的大嘴巴蹭了一下，已是不声不响地滑落在地。

四脚蛇扭头对着白光愣了两三秒钟，随即扯着嗓子大叫一声，连滚带爬地逃向了九嶷脚旁。白光彻底笼罩了小白狗之后，迅速地一边膨胀一边分化，不出片刻的工夫，四肢头颅的形状便全出来了，正是皓月的形象。

九嶷现在已经掌握了治他的秘技，所以见他脱了符咒的封锁镇压，也并不慌乱。皓月周身的白光在亮到极致之后，渐渐地弱化消失，末了只剩了个一丝不挂的皓月。扶着石壁站在一处浅浅的石坑里。皓月面色惨白地抬起头，眼中含泪，鼻尖粉红，神情恍惚地看了九嶷一眼，他随即一低头，"嗷"地干呕了一声。

四脚蛇这时已经一路攀援到了九嶷的肩膀上，睁眼看清了皓月的虚弱模样，他心里稍稍有了一点底气。把一张长嘴拱到九嶷耳边，他不甘寂寞，开始呱呱地说话，并且是不怀好意地连说带笑："哈哈哈！九嶷，快看哪！他身上一根毛都没有，连屁股都是光溜溜的，这应该算是残疾吧？"

九嶷抬起一只手，轻轻巧巧地将四脚蛇从自己肩膀上弹了下去："你不也是一根毛都没有？"

四脚蛇"啪嗒"一声，在地上摔了个四仰八叉。而九嶷随即将双臂环抱到胸前，对着皓月一挑眉毛："狗崽子，说吧！你是愿意乖乖地跟我走，还是想让我再给你补一道符？"

皓月喘息着站直了身体，面无表情地直视了九嶷，深吸一口气张了嘴，他仿佛是要说话，可话未出口，他神情痛苦地一闭眼睛，弯下腰又干呕了一声。

然后抬起手背一抹嘴，他哑着嗓子说了话："走？你连这里是何处都不知道，往哪里走？九嶷，你这一次辱我太甚，我必不能善罢甘休！"

话到此处，他的眼中精光一闪，同时猛地向前伸出了右手："脱！"

九嶷一愣："啊？脱？"

皓月的红鼻尖耸动了一下，随即厉声答道："对，脱！"

九嶷狐疑地背过手，掀起僧袍后襟抓了抓屁股："狗崽子？你想干什么？"

皓月眩晕一般地闭了闭眼睛，这一次再说话，他的声音更哑了："我是让你把衣服脱给我穿……我没有衣服……"

"哈？我把衣服脱给你，我怎么办？我里里外外就这么一层，脱给你穿了，我光屁股啊？"

皓月恶狠狠地一拧眉毛："反正你也不知羞耻，穿不穿的有什么分别？快把你的僧袍脱给我，这里妖气很重，不是久留之地，我没有心情和你纠缠不休！你我之间的账，等见了天日再算！"

九嶷哑然片刻，然后转向身边的四脚蛇说道："阿四，我忽然感觉有些惆怅和空虚。我原来以为白大帅是真心的敬爱我，没想到他是要抓了我喂妖精；这狗崽子方才逼着我脱衣服，我以为他对我有了非分之想，没想到他也只是想要我的袍子，还骂我不知羞耻。阿四，人间险恶，没有真情啊！"

四脚蛇立刻飞快地重新爬上了他的肩膀，搂着他的脖子说道："九嶷，还有我呢！要不然，我们回到山里去吧！"

皓月听到这里，忍无可忍，向前逼近了一步："你们两个妖魔鬼怪，还真是臭味相投！九嶷！不要啰唆了，快给我脱！"

五分钟后，九嶷和皓月暂时地讲了和。皓月并没有如愿得到九嶷的僧袍，但九嶷将僧袍下摆撕下了一大截子送给皓月，让他围在腰间裹了屁股和大腿。四脚蛇生平最善吃醋，如今见了九嶷的所作所为，他越发将一肚子醋吃了个十成十，很警惕地瞪着皓月，他只恨自己方才没有咬断他的狗脖子。

然而皓月对他一眼不看。站在暗中挺直了身体，他仰起头，翕动鼻子徐徐地吸了一口气。

随即扭头看着身边的九嶷，他低声说道 :“前方除了妖气，还有尸骸和鲜血的气味。但是我们没有退路，只能向前走。”

九嶷穿着勉强能够遮住屁股蛋的半截僧袍，不以为然地一挥手 :“不用怕，走！”

九嶷发现自己越是往前走，两侧石壁上的灯光越稀疏。仿佛也并未走出很远，可是周遭已经有了伸手不见五指的趋势，脚下地面也是崎岖坎坷，怪石像刀子一般钻出地面,隔三差五地便要扎一扎他的赤脚。幸好他是个四海为家的人，穷困潦倒的流浪惯了，两只大脚丫子皮糙肉厚，并不娇贵，等闲的石尖石棱也扎不透他的脚掌。

四脚蛇爪子尾巴一起上阵，对着九嶷的脖子是又搂又卷。他属于妖类，本来不惧这阴气极重的黑暗地方，可是因为不是好来的，所以前方会有什么样的下场等着他，他心中惴惴，很是恐慌。大嘴巴贴着九嶷的耳朵，他呼哧呼哧地喘着粗气，和他一起喘粗气的，是皓月。

皓月虽然身怀法术，可是并未被生活磨炼出九嶷那般的铜皮铁骨，两只脚丫子还相当的嫩，加之他刚刚经受了九嶷与符咒的双重摧残，伤了元气，又一直没吃没喝，所以体力也很不支。东倒西歪地走向前方，他一边走，一边抬起右手，强打精神用手指给自己理了理小分头。

忽然间，他“哎哟”一声，停了脚步。九嶷觅声扭过头，在似有似无的一点光线中看清了他的身影 :“怎么了？”

皓月先是紧闭了嘴，扶着石壁深深地弯了腰；如此屏住呼吸熬了片刻之后，他慢慢地直起身，语气冷淡地低声答道 :“没什么，被石头硌了脚。”

九嶷停住脚步转向了他 :“狗崽子，我有个建议。与其让你这么笨手笨脚地拖我后腿，不如你变回原形。”说着他一拍自己的肩膀，“我这边还空着，可以大发慈悲，让你趴一路！”

此言一出，另一侧肩膀上的四脚蛇立时急了 :“不行，那一边也是我的！”

皓月听了这话，面向前方冷笑了一声，随即迈步继续向前走去，且走且道：“不必。”

九嶷愣了一下，紧接着大踏步地跟了上：“好你个狗崽子，居然给脸不要脸！”

话音落下，黑暗中又响起了轻轻的一声冷笑。九嶷听了，当即抬手向前挥去，一巴掌拍到了皓月的后背上：“再敢冷笑，老子现在就吃了你！”

皓月冷不防地挨了一巴掌，当即踉跄着向前一栽。慌忙迈出一步站稳当了，他回身劈面一掌：“我没有笑！”

这一掌没有如愿地在九嶷脸上抽出脆响，因为九嶷的反应极快，竟能在掌风袭来的一瞬间一仰头一张嘴，一口咬住了皓月的手指。皓月只感觉指尖一暖一粘，正是触碰到了对方的舌头，脑子里便是轰然一响，恶心得险些当场昏了过去。

而九嶷随之松开了他的手指，仰起头轻声说道：“的确不是你。”

目光扫过上方空虚无际的黑暗，他缓缓低头面向前方，开口说道：“这洞里的东西，方才出现了。”

皓月垂下手，一边扯起腰间丝绸的一角擦拭手指，一边深深地吸了一口气。

“是福不是祸，是祸躲不过。”他在黑暗中开了口，“后路我们是没有了，我甚至不记得我们是怎样来到这里的。既然无处可退，那就只好继续往前走。若是遇上了劲敌，也只能是奋力一搏，死中求生了。”

九嶷抬手抓住四脚蛇的扁脑袋，将他拉扯下来往怀里一塞，然后伸舌头一舔嘴唇，两只眼睛开始在暗中放光，光是邪光，带着妖气：“满嘴废话！”

四脚蛇藏在九嶷的腋下，此刻听九嶷对皓月语气不善，当即抢着补了一句：“对！闭上你的狗嘴！”

皓月不与九嶷和四脚蛇一般见识，自顾自地向前摸索着走。这石洞不知是有多高，也不知是有多深，好在空气虽不清新，但是阴冷之余，倒也足够他们呼吸的。忽然抽动着鼻子停住脚步，皓月蹲下身去，摸索着伸出了手。手指轻轻滑过地面，他的动作忽然一滞，随即背对着九嶷说道：“我摸到了一根骨头。”

九嶷闭上眼睛俯下身，凭着直觉也伸出了手。手指脚趾一起紧密接触了地面，他四脚着地地向前爬了几步，然后低声说道：“我摸到了一团毛，应该是人的头发。”

皓月“嘘”了一声，将声音压到了极低：“我们离它越来越近了。”

九嶷睁开眼睛向前方望：“是人是妖？”

皓月斩钉截铁地答道：“妖！”

九嶷刚要说话，冷不防一股阴风掠过头顶，有柔软的事物掠过了他的头皮。他骤然抬了头，可眼前除了黑暗虚空之外一无所有。抬手摸了摸头顶，他收回手嗅了嗅，嗅到了很浓郁的血腥气味。

他不言语了，皓月仿佛有所感应一般，也沉默了。两人一言不发地向前走了片刻，紧接着一起又打了立正——道路在前方拐了弯，一道光芒照亮了拐弯处的石壁，可见拐过去后，必能见到光明！

九嶷和皓月对视了一眼，因为全记得方才前方明明只有一片黑暗，这一道光芒来得无声无息，大概是专为了他们预备的。

小心翼翼地加快了脚步，九嶷一马当先地打了前锋。跳跃着避开了地面几处锐利石尖，他腋下夹着四脚蛇，和皓月一前一后地走到尽头拐了弯。

然后，他们一起愣住了。

出现在九嶷与皓月面前的，是一处灯火辉煌的大石洞，石洞未经人工开凿，天然地呈了圆形，是一座宽敞大厅的样式。洞顶照旧是极高，利刃一般的钟乳石倒垂而下，而下方与它遥相呼应的，是边边角角处拔地而起的石笋石柱。大厅正中央有一汪碧幽幽的浅池，池边散落着零星白骨皮毛。一名黑衣男子斜着身体歪在池畔，正用一枚头盖骨舀了池水，仰起头往嘴里倒。听得有人走到近前了，男子端碗一般端着那半只头骨，抬眼望向了前方的九嶷与皓月。披肩的乌黑长发反射了点点灯光，男子冷笑一声，声音熟悉，正是方才九嶷听过一次的。

将手中充作水碗的头盖骨轻飘飘地掷入水中，男子并未起身，只懒洋洋地笑道：“来了？欢迎。”

九嶷迈步绕过了一池碧水，在距离男子几米远处停了脚步。凝神对着男子审视了一番，他就见这人生着一张苍白的长脸，两道剑眉斜飞入鬓，一双大眼睛水汪汪圆溜溜的，睫毛长长地扑撒开来，高鼻梁，虽然不是朝天鼻，但是鼻孔圆圆的很不小，嘴唇则是堪称丰满，然而没有血色，是两片厚嘟嘟的白嘴唇。

九嶷没看出他的本相是什么，甚至不能断定他是美是丑。正当此时，皓月走上前来，正颜厉色地出声问道："你是何方妖孽？"

黑衣男子饶有兴味地打量了九嶷和皓月，同时慢吞吞地坐起身来，又抬手一撩肩上的长发。将伸长了的两条腿收回来盘成了打坐的姿态，他对着皓月开了口："你看我像何方妖孽？"

他一出声，九嶷和皓月全吃了一惊，因为没想到他嗓门这么大，竟能云淡风轻地发出雷鸣之音。九嶷审时度势，没有立刻回应，而皓月定了定神，却是正色答道："从这池边的累累白骨看来，你就是个为祸人间的邪祟！天下精灵无数，全是被你这一流货色污了名声！今天我既然来了，就要替天行道——"

九嶷一抬手："别吹了。"

皓月登时哑然，而九嶷凑到黑衣男子身边蹲了下来，胳膊肘架在膝盖上，他稳稳当当地对着黑衣男子一笑，露出了一口整齐结实的大白牙："劳驾，请问你和白大帅，是什么关系？"

黑衣男子转动一双水汪汪的妙目，饶有兴味地盯住了九嶷："你猜，我与他会是什么关系？"

九嶷抬起一只脏兮兮的大手，害羞一般捂着大嘴笑了一声："我猜你是他的……相好吧？"

黑衣男子勃然大怒，不但竖起两道长眉，鼻子也随之翕动不止："我和孝琨之间是清清白白的合作关系，你敢污蔑我与他的情谊？无知秃驴，你再敢胡说八道，本尊今日第一个活吃了你！"

九嶷翻着大眼睛想了想，随即反应过来——白大帅的表字，正是孝琨。

伸手向下挠了挠大腿根，他很识相地换了话题："请问，你怎么称呼？"

黑衣男子冷笑一声："尔等无知小子，不必知晓我的姓名。在你未被我吞入肚腹之前，你可以称我至尊、大神或者谪仙人。本尊的心胸是广阔的，不会计较这些表面功夫。"

九嶷点了点头，紧接着又问："那么再请问，我们两个人，你打算先吃哪一个呢？"

黑衣男子不假思索地抬手一指皓月："他。"

皓月面无表情地望着他，显然没有坐以待毙的意思。而九嶷顺手又抓了抓下腹，然后抬手噘嘴，吹飞了指甲缝中的一根卷曲毛发："为什么？吃妖补妖？"

黑衣男子收回目光，转向了九嶷："孝琨既然把你送了下来，想你就不会是平常的法师术士。吃了妖类，对我自然是有裨益，若是一时间无妖可吃，那么拿你这周身带有妖气的修行人充数，也可以暂时果腹。这个道理，你不会不知道。"

九嶷深以为然地连连点头："没错没错，我前些年藏在深山老林里，没少捉狐狸精。的确补得很，不信你看我这一身腱子肉。"

此言一出，洞内静了片刻。皓月手摁胸膛，失控一般又干呕了一声；四脚蛇躲在九嶷怀里，四只爪子也有点发硬；黑衣男子皱着眉毛张着鼻孔翻着嘴唇，神情痛苦地对着九嶷审视了一阵，末了开口说道："你这秃驴实在龌龊，要不然，我还是先吃你吧？"

正当此时，皓月站在九嶷身后，毫无预兆地开了口："妖孽！我知道你的真身了！"

他这一嗓子来得很突然，把九嶷和黑衣男子一起吓了一跳。而皓月端然站立了，仰起头转动脑袋又深吸了一口气。将那一口气息含于胸中停了停，他随即长吁一声，然后斩钉截铁地说道："你是一头驴！"

黑衣男子对着皓月缓缓一眨眼睛，然后却是微笑了："没错，本尊在千年之前，的确是一头驴。"

手摁膝盖向上一起，黑衣男子如同身下腾空一般，轻飘飘地成了站立之姿。抬手又将肩上长发向后一撩，他抬起苍白的赤脚，绕着九嶷踱了一圈。末了重新停在九嶷面前，他负手而立，傲然一笑："本尊在人间行走多年，俗姓吕，名清奇。你二位一秃驴一小妖，想必是没有听闻过我的大名，不过没关系，能够以尔等粗鄙之身，入吾兰麝之口，也算是你们这一生的造化。罢了罢了，这个僧人且去池水之中洗涤一番，那个白白嫩嫩的到我面前来，让本尊先受用一顿吧！"

皓月纹丝不动地站在池边，神情冷峻地望着吕清奇，两只手垂在身边，慢慢地攥成了拳头。吕清奇迎着他的目光，却是笑微微地意态悠然。显然，他是存了必胜的把握，并不把皓月的本领放在眼中。

双方足足僵持了三五分钟，最后吕清奇像哄孩子哄腻了一般，含笑迈步，意欲对着皓月出手。皓月提起一口气，因为看出了他的企图，故而决定先发制人。

然而就在皓月要动未动的一刹那间，吕清奇忽然圆睁二目哀号一声，震得整座石厅轰隆隆一颤。原来九嶷在他二人对视之际，悄悄地仰起脸抬起手，一把抓向了吕清奇的裤裆！

九嶷看出这吕清奇并非等闲妖物，不是能被自己轻易降服的，故而心狠手辣，使尽全力攥住了对方。哪知吕清奇的惨叫声音居然响如山崩地裂，他在巨响之中一时间气血翻涌，手指竟会拿捏不稳，随即眼前一道白影闪过，正是吕清奇抬脚踹向了他的胸膛。

皮糙肉厚的九嶷只感觉有巨石劈空而至直撞心口，连叫都没有叫出一声，他如同断了线的风筝一般，直接就向后飞了出去。“啪嚓”一声大响，他仰面朝天地在池水之中砸出了一朵巨大水花。幸而池水极浅，他晕头转向地坐起身来露出脑袋，“哇”的一声喷出了一口鲜血。

然后仿佛出于本能一般，他翻身爬起来，连滚带爬地向前逃跑。一边跑，口鼻之中一边继续滴血。一只小爪子从他的怀里伸出来，惊慌失措地为他又捂嘴又捂鼻孔。与此同时，皓月见吕清奇如同能够御空飞行一般，纵身一跃便跳到了自己面前，便识相地转身迈步，一溜烟地也逃了。

九嶷虽然不是铜皮铁骨，但距离铜皮铁骨也差不许多，万没想到吕清奇轻描淡写的一踢，竟会踢得自己呕血。胸膛闷闷的又有胀痛又有裂痛，他不知道自己受了多重的内伤，单是下意识地向前狂奔。奔着奔着一低头，一道疾风从他的光头上方扫过，正是吕清奇追赶上来，一腿扫向了他的脑袋。这一腿虽然是扫空了，但疾风不但刮得九嶷头皮生疼，前方咫尺之内的石壁受了疾风的一扫，居然石屑飞溅，显出了一道浅浅的痕迹。

九嶷在近几十年内，还未见过如此厉害的妖精，一时间不由得心惊胆战。眼看自己已经无暇再拐向来时的入口，他索性提起一口气，对着前方石壁纵身一跃。双手双脚一起使了劲，他调动了所有的手指脚趾，如同猿猴攀援绝壁一般，一路头也不回地往高处爬去。爬着爬着一扭头，他看到了不远处的皓月。皓月四肢修长，且比他苗条了一圈，所以攀爬之时更为灵活。九嶷知道他有个好鼻子，在暗中是最占便宜的，故而不假思索地调转方向跟上了他。一边爬，他又一边气喘吁吁地小声说道："狗崽子，等等我！为了保护你，我被那头驴踢出内伤了！"

皓月背对着他嗤之以鼻："保护我？哼！"

九嶷横挪了几尺远，正好挪到了皓月的脚下。眼睛盯住了对方的脚后跟，他上气不接下气地追着脚后跟爬。越往高走，越是黑暗，厅内的灯光全是附在了下方石壁上，另有几枚大夜明珠悬于倒垂在半空中的钟乳石尖端，虽是煌煌然地大放光明，但也只能照亮周遭有限的一点空间，大部分光明还是洒向了下方。吕清奇向上跳了几跳，仿佛是不大善于攀援，可又不肯眼睁睁地看着九嶷与皓月逃跑，故而恶狠狠地攥着拳头夹着腿，他仿佛兜了一裤裆火炭一般，痛不可抑地仰起长脸张开厚唇，开始仰天长啸："昂！"

这一声来得中气十足，真有山呼海啸的效果。皓月紧闭双眼垂了头，胸腹贴在石壁上一动不能动，九嶷则是一哆嗦，从鼻孔中又漾出了一股鲜血。四脚蛇瞪着眼睛张着大嘴，已是彻底地吓傻了。

吕清奇怒不可遏，叫得痛快，震得碎石纷纷坠落，未等他痛快完毕，一块湿漉漉的小石头从天而降，直落到了他的嗓子眼里。无可奈何地收了声，他低下头"咔咔"地咳嗽了几声，及至把那块小石头咳出来啐远了，他仰脸看清了九嶷与皓月的方位，然后双腿屈膝用力，大吼一声直蹿向上："驴神追魂脚！"

在他咳嗽之际，皓月与九嶷便已经开始继续攀爬，并且还是飞快地爬，导致吕清奇估计错误，腾空而起之后右脚蹬出，一脚踢中了九嶷方才的停留之处——方才是在此，然而此刻早已向上又爬了几米远，而坚硬的石壁在吕清奇的脚下，竟是如同软豆腐酥点心一般，他那右脚深深地插入石壁，一直没到了小腿。吕清奇一愣，想要再往外拔，小腿与右脚却是嵌于石壁之中，一时间动弹不得。左脚没着没落地垂下去，他没有当猴子的天分，两只手扶着石壁，不知道怎么抓也不知道怎么踩。只听"嚓"的一声响，他低头一望，发现自己在半空中被迫练习一字马，因为两条腿劈叉过了分，导致裤裆撕扯了开。

紧缩长眉怒哼一声，吕清奇飞起左腿用力一踹石壁，借势强行抽出了右腿，带出碎石无数，留下石壁表面一道深深的孔洞。凌空一个后翻落了地，他快步跑向了石厅暗处。九嶷和皓月停留在高处向下望，先还不知道他意欲何为，结果不出一两分钟的工夫，他从暗处又跑了出来，却是在短时间内换了一身崭新的白衣。

站在池畔抬起头，他对着攀附在石壁上的两个人怒笑了一声："好，好，两个蟊贼！既然你们是敬酒不吃吃罚酒，那就别怪本尊不客气了！现在，就让你们见识一下本尊的独门功夫，让你们死前也开一开眼界！"

说完这话，他晃晃脖子扭扭腰，随即大吼一声："仙驴腾云腿！"

九嶷愣了愣，腾出一只手向上一挠皓月的小腿："腾云腿是什么腿？"

皓月想了想，然后思索着答道："不知道，我只听说过云腿。"

正当此时，下方的吕清奇有了动作，他向上举起双臂，开始直上直下地蹦跳。几蹦之后，九嶷与皓月一起睁大了眼睛——吕清奇越蹦越高，最后竟有了腾云驾雾的意思，并且不再只是直上直下，而是渐渐地有了方向，而那方向，自然是正对着他们两个人！

"他不会爬！"九嶷大声喊道，"他要直接蹦上来！"

皓月一咬牙，因见这天然的大石厅的确是高不可测，故而索性不问前途，气运丹田一味地只是向上爬。九嶷照例是追着他的脚后跟，爬着爬着一回头，他冷不丁地看到吕清奇自下而上直冲向了自己，因为怒气勃发，所以一张苍白长脸越发的又白又长，真如鬼魅一般。九嶷惊得怪叫一声，正打算腾出手脚迎击此驴，哪知道在双方近到咫尺之时，一根垂下的钟乳石挡了吕清奇的路。吕清奇眼看自己就要迎头撞上它，虽然相撞之后受伤的也不会是自己，可是自己一旦坠落，又要重新运功，未免过于费时费力。故而在半空中灵机一动，他张开手脚，一把抱住了前方的钟乳石。

抱住之后伸长右臂，他对着九嶷就是一掌，然而九嶷将身体紧贴石壁，让他险伶伶地打了个空。吕清奇见他二人又要逃，气得吼道："昂！本尊的地盘，岂能容得你二人撒野？现在再让你们见识见识本尊的圣驴夺命踢吧！"

话音落下，他手抱着钟乳石一扭身，同时闪电一般地飞出了两只赤脚。腿到底是比胳膊长，这回他先是一脚踹中了石壁上的九嶷，随即松开双手踩着九嶷向上借力一跃，又一脚踢中了正要攀爬的皓月。

三个人一起张牙舞爪地坠落而下，吕清奇落地之后，一个鲤鱼打挺便跳起了身，九嶷与皓月却是姿态扭曲地瘫在池畔浅水之中，全被摔了个七荤八素。九嶷的胸膛也疼，后背也疼，简直快要喘不过气；皓月的后腰被吕清奇的脚趾头戳了一下，像折了骨头断了筋一般，也是疼得不敢乱动。至于九嶷怀中的四脚蛇，则是干脆晕了过去。

吕清奇踢着水花，先是走到皓月身边低头看了看，然后仿佛不甚感兴趣似的，迈步又走向了九嶷。

在九嶷身旁蹲了下来，他伸手从水中一捞，捞出来一团雪白的毛巾。摘下扎在毛巾上的一片骨碴，他用毛巾缠了手，开始好整以暇地给九嶷擦脸，一边擦，一边又阴恻恻地说道："把你洗得干净一点，吃的时候味道就不会太糟。上几次孝琨送下来的食物，都是白发苍苍的老头子，真是让我倒胃口，难得这回来了两个新鲜家伙，我一定要好好地享用一番。"

说完这话，他伸手解开了九嶷身上那半截袍子。倒提着四脚蛇看了看，吕清奇不屑一顾地将他往池子里一扔："什么破玩意儿，不值本尊一吃。"

九嶷躺到这般时候，渐渐地恢复了清醒，但是因为没有胜算，所以索性养精蓄锐、躺着不动。一双眼睛盯着吕清奇，他开口问道："你真的要先吃我啊？"

吕清奇一点头："不错，正是要先吃你！"

九嶷对着旁边的皓月一斜眼："你怎么不先吃他呢？他多嫩啊，长得也比我水灵，还是纯妖精。真的，也就是我们今天被你抓住了，要不然我都想吃了他。"

吕清奇转身洗了洗毛巾，然后继续给九嶷擦拭胸膛，同时淡淡地答道："可是你更有嚼头。"

九嶷做爽朗状："哈哈哈，过奖过奖，我哪有什么嚼头，身上就是这么点肉，一点油水都没有。"说到这里他忍痛深吸了一口气，"你看你看，看没看见我的骨头？"

吕清奇停下手，对他正色答道："第一，我没看见你的骨头；第二，你的屁股还算不小，连屁股带腿撕下一条，应该够我吃上一顿了。"

九嶷立刻摇了头："不行啊，我已经便秘一月有余，你要是把我连腿带屁股撕开了，那——"他拖着长音一眨眼睛，"你就得直接搬家了！"

吕清奇嗤笑一声："吓唬我吗？"

九嶷继续说道："还有，我这人只在下大雨的时候才洗洗澡，你住在这石头洞里，可能是不知道，外边已经旱了好几个月了。"

吕清奇不笑了，垂下眼帘俯视着九嶷："恶心我吗？"

九嶷对着旁边的皓月拼命撇嘴："他就不一样了，我昨天刚闻过他，可以保证，他从头到尾全是香喷喷的！不信你过去咬他一口尝尝！"

吕清奇哼了一声，继续向下擦拭了九嶷的肚皮。可就在此时，一直不言不动的皓月忽然一跃而起，一掌拍向了吕清奇的胸膛。吕清奇一手拿着毛巾，仿佛出于本能一般，以着同样的姿势挥出右手，也将巴掌击向了皓月。在皓月的掌心触碰到吕清奇的胸膛之时，吕清奇的手掌也贴上了皓月的心窝。

然后，因为两人的掌法太过相近，所以双方一起怔了怔。随即皓月低头咬破手指，将指尖点向吕清奇的眉心开始画血符，可他刚刚画出第一笔，吕清奇把手指送到口中狠狠一咬，竟将带血的手指也戳向了皓月的额头。

于是这道符没有画完，双方又是一愣。

这回吕清奇先开了口："那个见了阎王的三鞭老道，是你什么人？"

皓月直视着他的眼睛，一字一句咬得清楚斩截："三鞭道长，乃是先师！"

吕清奇睁大了眼睛："你是三鞭老道的弟子？"

皓月正色答道："没错！我是他老人家的关门弟子！"

吕清奇目光炯炯地盯着皓月，张开嘴呼出了一口长气，随即缓缓地收回了双手。

对着皓月张开双臂，他的脸上渐渐显出了一点笑意："小师弟，师兄抱抱！"

吕清奇的话一出，坐在水中的皓月傻了，躺在水中的九嶷也傻了。而吕清奇见皓月呆望着自己不动，便隔着九嶷探过身去，很亲热地拥抱了皓月，又抬手在皓月的后背上拍了拍。

然后扶着皓月的肩膀站起身，他踢开漂浮在水中的毛巾，跨过九嶷的长腿走向了岸边，一边走，一边说道："你大概是不曾听三鞭老道提起过我。我当年曾是他的大弟子，我离开他的时候，还没有你呢！"

皓月挣扎着也站了起来。很警惕地盯着吕清奇，他忽然想起了一些影影绰绰的往事："我的确是不认识你，但我记得师父曾经说过，我派门下曾经出了一位为非作歹的邪恶妖徒，因为杀生成性屡教不改，所以被他老人家逐出了门去。难不成，那人就是你？"

吕清奇走到岸边，负手而立转向了他："那老不死的不过是个冥顽不灵的老古董，他说的话，也值得师弟你信？"说完这话他一掸身上白衣，"你看师兄这份气派、这身风采，是他形容的那样不堪吗？实不相瞒，自从离了他的掌握，我这二百年来，名山大川游了许多，荣华富贵也享了无数，种种快活，真是三天三夜也讲述不尽。难道你让我放着这样的好日子不过，终日只和他风餐露宿地降妖除魔吗？"

说到这里，他微微一笑："不过，虽然我在人间享了许多的福，但毕竟属于异类，难觅知音。如今见了小师弟，感觉甚是亲切。三鞭老道活着的时候不肯认我为徒，但我宽宏大量，是不会和他计较的，你作为他的关门弟子，我也依然认你是我的小师弟。"

话音落下，他伸手一指九嶷："他是你的朋友吗？"

皓月一摇头："不，他是我的仇人。"

吕清奇立刻笑了："好极了，既然如此，我们就一起吃了他。正好孝琨上次给我送了些好酒，我还没有喝完。你我兄弟二人边吃边谈，醉了便睡。如何？"

皓月不置可否地看了吕清奇一眼，随即说道："我虽恨他，但却无意吃他。"

吕清奇好奇地问道："他不是你的仇人吗？对待仇人，难道还要心慈手软？"

皓月不理会他，直接转身低头俯视了九嶷。

九嶷赤条条地躺在浅水中，半截僧袍敞了怀，露出筋肉虬结的魁伟身体，和一丝不挂也差不许多。陷在阴影中的两只眼睛睁大了，他带着几丝惶恐望向皓月，有心动一动，然而前胸后背依然疼痛不堪，让他不敢轻举妄动。

皓月将他从头到脚审视了一遍，然后狠狠地一咬牙，从牙关之中挤出了言语："你侮辱我！"

九嶷脑筋一转，在一秒之内蹙了眉头苦了脸，做了个可怜兮兮的模样 :“狗崽——皓月，我那都是跟你闹着玩呢。我要是真有心害你，不会早早地就杀了你吃了你？何必还要让你活到如今？皓月，你我认识了这么久，我的所作所为你也看见了，我无非就是坑蒙拐骗弄点儿吃喝，真没犯过大奸大恶。就算我有罪，可也罪不至死呀！

皓月听到这里，不由得面红耳赤，气得快要落下泪来 :“妖僧！你还敢当众胡言乱语！”

吕清奇站在一旁听了片刻，如今见皓月勃然变色，便一手背到身后，一手摸着下巴，犹犹豫豫地开了口 :“师弟，他到底把你怎么了？你对师兄如实讲，师兄必定替你报仇。”

皓月又羞又恼又是尴尬，腹中空空，也再无食物可呕。听了吕清奇的话，他一手指着九嶷，一手捂着胃部，想要回答，又不知如何回答，一时间竟是急得打了结巴 :“他，他，他以极其卑鄙下流的手段——他，他……”

吕清奇一挥手 :“师弟不必说了，既然他当真是卑鄙下流，那么吃了他权当是为民除害，你我还等什么？”说到这里他走到近前，对着九嶷咽了口唾沫，“小师弟，师兄让你先挑。屁股肉肥，大腿肉厚，都是好的，如果嫌他毛多，可以扒了皮再吃。”

九嶷知道这驴精是个冷血无情的，故而眼巴巴地紧盯了皓月，他一动不动，一言不发。皓月无言地和他对视了片刻，先是满怀嫌恶，可是片刻过后，他发现九嶷的眼睛闪闪发光，竟然是有了泪花。

然后，一条透明鼻涕从他的一只鼻孔中流了出来。轻轻地哽咽了一声，他喘出了个大鼻涕泡。

皓月生性爱洁，实在是受不了此情此景。弯腰从水中捞起毛巾拧了拧，他走上前去，拧着眉毛皱着鼻子抿着嘴，万分不情愿地给九嶷擦了把脸。九嶷趁机小声说了话，带着哭腔告诉皓月 :“我知道错了，我以后再也不敢作恶了，你跟你师兄商量商量，别吃我行不行？”

皓月把毛巾往水中一掷，沉着脸直起了身 :“你说你只是小奸小坏，罪不至死，可你手下的妖精要了吴秀斋家几位女眷的性命，这还只是小奸小坏吗？吴秀斋流落在外，被你逼迫着男扮女装去色诱当地士绅，难道这也只是小奸小坏吗？我与你不过相识了几个月而已，便见识了你这么多劣迹，在此之前，谁知道你还犯过什么大罪？”

“没了……”九嶷轻声开了口，透明鼻涕又横流了出来，“在那之前我一直在山里过日子，不信你问阿四，我就抓过几只狐狸精吃，狐狸精不常有，所以我天天还得逮松鼠挖田鼠，春天夏天还得采野菜充饥，正是因为日子苦得受不了，我才下山的。”

皓月不耐烦地叹了一口气，弯腰捞起毛巾又给他擦了把脸：“无辜的妖精，若是没有作恶，也没有平白无故就被你吃了的道理！”

九嶷对着皓月一眨眼睛，他的睫毛并不算长，然而密而翘，于是他这一眨就眨得挺俏皮：“我知错了，以后我不吃妖精了。”

皓月面赛冰霜，并不给他好脸色看：“还有，你似人非人似妖非妖，又假扮了个和尚模样，时而自称是梦露时而自称是九嶷，你到底是什么来历？”

九嶷可怜巴巴地答道：“梦露是我胡诌的法号，我也的确是个人。若问我的来历，没有几日几夜说不清楚，你今日若是能饶我不死，往后我每天晚上都给你讲一段。”

皓月听闻此言，又叹了一口气。双手叉腰转身背对了九嶷与吕清奇，他垂头望着水面。水面倒映着点点灯光，也有他自己的影子。对着自己荡漾不止的影子看了看，他抬起一只手，心事重重地用手指给自己梳了个小分头。

沉默了良久之后，他转向吕清奇，开口说道：“饶他一命吧！”

此言一出，九嶷的黑眼珠悠悠一转，把皓月转进了自己眼中——早在皓月方才沉吟不语之时，他便已经有了七八成的胜算。这胜算是怎么来的，他一时间说不清楚，他只是凭着直觉，认定这狗崽子不会轻易地对自己下杀手。

与此同时，吕清奇直视着皓月问道：“怎么不叫我师兄？”

皓月犹豫了一下，随即答道：“你早已被师父逐出了门，我们不能算是师兄弟。”

吕清奇抬起双手，将手指插入了满头厚密的黑发之中。双手缓缓向后推去，他开口说道："一日为师，终身为师。你若不认我做师兄，我也不必对这和尚留情。"

皓月有些疑惑："我不是你的知音，纵算是勉强论了师兄弟，对你我又有什么好处？"

吕清奇笑道："师兄在三年前受了一次重伤，休养到了如今，已经痊愈了十之八九。凭你师兄我的本领，难道有永远藏在这洞窟里的道理吗？我打算重新出山做一番大事，正苦于没有帮手，如今你来了，正是老天爷赐了我一条臂膀。师兄我若是挣得了荣华富贵，少不得也有你一份，跟着师兄我混世界，哈哈哈，亏不了你啊！"

说到此处，吕清奇很快乐地仰起头，对着虚空又驴叫了一声："昂！"

皓月扭头望向九嶷，正看到九嶷头边的浅水中冒了几个气泡，随即一只黑漆漆的扁脑袋伸出来，正是半死不活的四脚蛇。

皓月收回目光，对着吕清奇发了问："你想去做什么大事？"

吕清奇显然是对皓月十分青睐，听他问到了正题上，便是兴致勃勃地张了嘴，开始描述他那一片雄心壮志："小师弟，我这几年虽是一直在养伤，但对于当今的世道，我也了解不少。如今正是个天下大乱的时候，在这样的世界里闯荡一番，真堪称是其乐无穷。当然，你师兄我绝不会赤手空拳地抛头露面，白孝琨已经被我彻底地降服住了，我若是要出山，便要从他身上下手。"

说到这里，他走向大厅边缘，在一块大石头上坐了下来："我与白孝琨之间的合作关系，已经建立了三年之久。不过早在几十年前，我便与他相识。对于我的底细，他可谓是了如指掌。也正是因此，他对我是极其的崇拜信任。这三年来，他供给我的衣食住行，四处搜罗妖灵精怪和能人异士给我充饥果腹。而我则是承诺给他不老不死之身，并且施法替他除去仇敌。"

话音落下，他很亲切地对着皓月招了招手："小师弟，到师兄身边来坐。"

皓月摇了摇头："不必，你嗓门太大，我在这里已经听得很清楚。"

吕清奇一皱眉毛，略觉失落："我若是想要出山，少不得要借白孝琨的手。他手握雄兵、割据一方，也算是半国的皇帝了。"

皓月说道：“那不过是幕僚法师一类的身份，凭着你与他的关系，应该不至于还要找我做帮手。”

吕清奇不以为然地一笑：“非也，像我这般伟大的人物，岂能屈尊人下，做什么幕僚？我既然要出山，便要取代白孝琨，做一番大事业！”

皓月感觉他这话风不对，立刻提起了精神：“什么意思？”

吕清奇得意地望向了他：“没什么意思，我只是要取代白孝琨，以他的身份发号施令。”

皓月听到这里，认定了这吕清奇绝非善类，忍不住冷飕飕地一笑：“哦？我记得你曾对我和九嶷说，你与他之间颇有情谊，乃是好友。可你如今若是取代了你的好友，你这好友又当如何安置呢？”

吕清奇轻描淡写地答道：“随便找个地方关起来，也就算我对得起他了。”

皓月沉默片刻，最后把心一横，说了实话：“我不是你的知音，也做不成你的臂膀。你另请高明吧！”

吕清奇一愣，猛地向皓月一探身：“昂？你说什么？”

隔着相当的距离，皓月抬眼正视了他：“师父临终之时，命我下山降妖除魔，多行善事，不要枉自修行一场。善事，我未必能行满十成，但不善的事，我一件也不会做！”

吕清奇冷笑一声：“你当白孝琨是什么好人？”

迎着吕清奇的目光，皓月神情肃然：“我入人间，只为荡除妖魔邪祟；白孝琨非妖非魔，他的正邪，不归我论断！”

听到这里，吕清奇霍然而起：“你当我看不出你的本相吗？不识好歹的狗崽子！给你好言好语你不听，生吞活剥了你，你就满意了！”

皓月见吕清奇如同精通变脸之术一般，瞬间退去了方才那一身雍容得意的气派，脸也长了，眼睛也红了，竟是换了个狰狞模样。强定心神站稳了，他知道自己无路可退，所以索性鼓足勇气，针锋相对地说道：“我今日若是屈从了你，来日死后，也没有面目去见师父！”

“哟嗬！那你就是要跟我斗到底了？”

“我无意与你争斗，但你若是强行出手，我也不会坐以待毙！”

“好！”吕清奇上前一步，伸手遥遥一指皓月，“好你个野狗的！今天若不让你尝尝我的厉害，你就不知道驴王爷有三只眼！”

话音落下，他一个箭步蹿向皓月，前一只脚尚未落地，后一只脚已经踢向了前方。皓月见识过他的腿上功夫，不敢硬扛，只能向后跳跃躲闪。躲过一击之后他想施展法术抵挡一番，然而转念一想，又觉得那是白搭功夫——他会的法术，吕清奇必定也会，而且吕清奇身为他名不副实的大师兄，法力定然也远远高过他。

思及至此，皓月索性掉转头去，凭着直觉兜圈子乱跑，吕清奇在后方接连踢出几脚，都落了空。正在两人你追我赶之际，吕清奇忽然意识到身后有了异动，停下脚步回头看时，他气得当场驴叫了一声——不知何时，躺在水中的九嶷竟然不声不响地爬将起来，拎着四脚蛇的尾巴跑远了。

吕清奇还打算在制服小师弟之后，撕了九嶷饱啖一顿，毕竟这样威武雄壮的法师难得一见，撕碎了足够他饱餐好几顿。眼看九嶷沿着旧路又去爬那石壁了，他拔脚欲追，可要追不追地转头再看皓月，他发现皓月似乎也有了要爬墙的意思。

飞快地迟疑了一下，吕清奇做出选择，一路凶神恶煞地直奔了皓月。与此同时，九嶷手足并用疯了一般，头也不回一味只是往上爬——这一条路他方才爬过一次，虽然后来是被吕清奇一脚踹下来了，但是总归还算熟悉，手脚都知道该往哪里放。又因为他这一回是要死里逃生，所以逃得分外迅速，和上一次相比，足足快了一倍有余。四脚蛇死死地搂着他的脖子，也很识相地闭紧了大嘴。转眼间爬过了上一次的终点，九嶷慌不择路，能爬便爬，依稀感觉似乎是爬到尽头了，他也不停，在黑暗中摸索着抱住了粗壮的钟乳石，他如同长臂猿猴一般，时而悠荡，时而横挪，也不论方向。如此不知过了多久，四脚蛇忽然小声说道：“九嶷！前头是出口！”

四脚蛇先前常年生活在水边，乃是野物，对于水火阴阳最是敏感。尾巴和爪子一起缠了九嶷，他就感觉前方虽然黑洞洞的，但是迎面吹来了微弱干燥的风，同下方洞窟中的潮湿空气大不相同。而九嶷听了他的话，也不多问，忍痛将最后一点力气运到了手臂上，他伸长胳膊向前一抡，只听“啪”的一声响，他当真拍到了一片嶙峋的石台。

口中呼出了一道凉气，九嶷万没想到自己误打误撞，居然当真找到了生路，而这洞窟看着囫囫囵囵，原来出口乃是开在了黑暗的洞顶，而洞顶如此之高，非得洞中之人身手极佳，才有机会独自逃生。

一手搭上石台，九嶷咬牙运力向前一扑，手扒着石台边沿向上硬爬，身体累极了，他的头脑却还有余力飞转——出口是这样的高而隐蔽，入口想必也是一样，而洞中的这头驴尽管法力高强，却是不会爬墙。若是无人救援的话，这驴岂不是永无出头之日了？邪驴心心念念地要打白大帅的主意，可是恐怕白大帅的主意比他更深，直接把他投进这天然的大牢房里了。

一边想，九嶷一边龇牙咧嘴地爬上了石台。一路攀援至此，他终于又有了四脚着地的机会。石台上方依然是个矮矮的洞穴模样，人在里面直不起腰，只能走兽一般地向前爬行。九嶷顾不得许多，向外爬了个四蹄生风。如此不知拐了几道弯，他眼前隐隐有了光亮。

四脚蛇快活地叫了一声，伸出舌头使劲舔了舔九嶷鬓角的热汗。九嶷知道他这是在鼓励自己，同时自己也不敢放心停留，所以尽管双手双膝全被地面磨成了鲜血淋漓，却是依旧快爬不止。接连又拐了许多个弯之后，他惊呼一声，看见前方出现了脸盆大的一片光明。

挣命一般的，九嶷又向前爬了几丈远，然后从那脸盆大的洞口中伸出了脑袋。

洞外夜色正浓，方才他眼中的光明，原来不过是一地月光。在又干又凉的空气中做了几个深呼吸，九嶷很艰难地又向外伸出了一条胳膊。然后仿佛要把自己的关关节节全拆一遍似的，他一边疼得呜呜直叫，一边硬从小洞口中挤了出来。

半死不活地瘫在了洞外的草地上，他强打精神环顾四周，发现这洞口是开在了一片小树林里。勉强挣扎着坐起了身，他又发现自己身上那半截僧袍早没了踪影，此刻彻底成了一丝不挂，手掌和膝盖则是血肉模糊，肋骨没有断，然而前胸后背红中透紫，疼痛得简直不堪触碰。

四脚蛇从他脖子上溜了下来，趴在地上仰起脑袋看了他片刻，然后张开两只前爪，抱住了他的小腿。

九嶷起初只是喘，及至把气喘匀了，也习惯了周身的疼痛了，他才低声开口说道："阿四，怎么办？我把狗崽子扔给驴了！"

四脚蛇没言语，因为对于狗崽子实在是没兴趣。

九嶷抬手摸了摸光脑袋："那头驴会不会一怒之下，把狗崽子吃了？"

四脚蛇不喜欢九嶷挂念其他妖精，故而继续装聋作哑。

九嶷很不安地咽了口唾沫："要是真吃了……还怪可惜的。"

四脚蛇听不下去了，气得大声怒道："哼！我瞧那驴还挺看得上他的，兴许他俩现在已经讲和了呢！你自己都伤成这样了，还管他？"

九嶷难得的没有对着四脚蛇发脾气，心不在焉地回头看了看洞口，他欲言又止地张了张嘴，颇有意钻回洞去，把狗崽子救出来。可是真让他钻，他又不大敢，因为洞中的吕清奇实在是厉害得很，他怕自己会是有去无回。

身边一道青光闪过，四脚蛇化为人形，凑到了九嶷身边。很亲热地挎了他的一条胳膊，四脚蛇想要把他搀扶起来："九嶷九嶷，我们走吧！我想办法给你偷一身衣裳，我们离开这里，到别的地方讨生活去！"

九嶷沉吟着起了身，腿站不直，并且驼着背："我……"

他又回了头："狗崽子他……"

光着屁股的四脚蛇使出浑身力气，硬把光着屁股的九嶷架向了前方："狗崽子是驴的，和我们没有关系！"

第五章
齐聚白府

九嶷抱着膀子蹲在草丛里，一身结结实实的腱子肉像是被冻硬了，油光水滑地反射了月光，连粒鸡皮疙瘩都不起。皮肉亮，脑袋也亮，他蹲得纹丝不动，唯有一双炯炯的眼睛滴溜溜乱转。眼睛乱，心更乱，他不肯回头去看那一处黑黢黢的洞口——当然，看也看不到，如今洞口与他之间隔了矮矮的一座小山坡，山坡之上草木荒凉，人或兽从中经过，连一串足迹都留不下。

这个时候，他的前方忽然起了窸窸窣窣的响动。一张苍白的少年面孔从草丛中向上探起，在看清了九嶷的所在之后，少年立刻欢喜地弓着腰跑了过来："九嶷，我方才跑出去了好几里地，终于找到了人家。你看你看，我不但偷到了衣服，还给你带回了好吃的！"

说完这话，他气喘吁吁地弯腰蹲到了九嶷面前，单手托出了一只大荷叶包。九嶷接过荷叶包打开来，发现里面包着的是一根冰凉的熏猪尾巴。这猪尾巴又粗又长，十分有肉，而九嶷抄起猪尾巴，也不管四脚蛇的饥饱，自顾自地一口先咬住了尾巴根。四脚蛇跟他行走江湖这许多年，早被他伤透了心，故而此刻也不在乎。抬手解下后背上的小包袱，四脚蛇把小包袱放在地上摊开来，原来那包袱皮是一件单薄的小褂，褂子里面包着一条同样单薄的布裤，以及一双露脚趾头的破布鞋。

四脚蛇凑到九嶷身边，抖开了小褂要往他身上披，又转着两只绿豆眼谄媚道："九嶷你慢点吃，现在没有狗崽子拖我们的后腿了，等我们走出了这荒山野岭，另找个新地方发财去！这回你瞧我的吧！我一定好好干，你让我吓唬谁，我就吓唬谁，诈来的钱全都归你，你想吃什么，我们就买什么。哎呀哎呀，你看你都被那只驴吓瘦了。"

九嶷"呸"地向外啐出一节骨头，随即瞪了两只眼睛转向了四脚蛇："行走江湖这么多年，老子怕过谁？谁能吓到老子？"

四脚蛇被他骂得一惊，心神一乱，险些当场恢复了原形："方才那洞里的驴不是把你追得——"

话未说完，他很识相地不言语了，而九嶷毫无预兆地怒发冲冠起来，伸出一只油腻腻的大手，他攥住四脚蛇的细脖子向后一抡，同时咬牙切齿地怒道："我那是着了他们的道！否则凭我九嶷的本领，会被一只驴追得满天飞？等走出这座荒山，先去吃一顿驴肉火烧解解恨！"

四脚蛇惊叫一声，被他甩得凌空飞起，随即"扑通"一声落了地，草丛之中只见尘光一闪，正是他法力微弱，支撑不住，身不由己地恢复了原形。扁扁地趴在地上喘了会儿气，他"嘎"地哀鸣了一声，然后提起精神运出气力，飞快地又溜回到了九嶷身边。爬树一样爬到了九嶷的肩膀上，他审时度势，可怜兮兮地小声问道："九嶷九嶷，你生气了吗？"

九嶷把最后一节猪尾巴尖填进嘴里，然后慢条斯理地把一条胳膊往小褂袖子里伸，伸到一半，他的动作忽然停了，含着一小块猪骨头，他自言自语一般低声嘀咕道："你说，那驴为什么非要把狗崽子留下来？"

四脚蛇一听他原来还惦记着皓月，登时气得想要咬他一口："驴和狗是师兄弟嘛！驴看上狗了嘛！他们俩算是半个亲戚，一家人嘛！你当驴会啃了狗崽子吃肉吗？"

九嶷一摇头："不会，狗崽子那身肉太嫩，不像我这么有嚼头。"

四脚蛇听闻此言，慌忙爬回了九嶷的肩头，又伸了黑爪子去捂九嶷的嘴："别说别说，万一这附近还藏着什么马精骡子精呢！可别让它们听见了！"

九嶷"呸"的一声，把口内的小猪骨头和口外的小黑爪子一起啐飞，然后站起身抖开裤子，抬脚穿了上一条裤腿，一边穿，他一边又自言自语道："说老实话，那狗崽子的心地倒是不坏，模样也挺可爱，就是傻了一点，总想替天行道，结果这回可好，把自己搭进去了。阿四，你说他那么犟，万一他死活不肯和驴合作，再被驴吃了，可怎么办？"

四脚蛇翻了个白眼："一锅狗肉而已，吃呗！"

话音落下，他想了想，继续补充道："那狗崽子油头粉面，一副兔崽子样，兴许一直是装正经，专门欺骗你这种又纯情又英俊的威武大汉。要不然，他怎么几次三番地追着咱们不放？难道天下没有其他妖精做坏事了？哼！九嶷，你这么纯洁天真，哪里知道狗崽子的恶毒？"

九嶷的身量超出旁人，所以四脚蛇偷回来的衣裤虽然尺寸已经不小，然而上了他的身之后，还是被他的身架子撑得紧绷绷变了形。衣裤可以变形，破鞋却是顽固，只允许九嶷伸出左右两只大脚趾头，九嶷穿着破鞋走了几步，被那鞋束缚得不耐烦，于是索性踢开破鞋，打了赤脚。

都迈开大步向前走了一里多地了，他才思索着张嘴回应了四脚蛇的话："他欺骗我有什么用？我既不是妖，也无内丹。"

所谓"内丹"者，乃是修道者以身体为鼎炉，以精气神为药物，经过修炼，在体内凝结成丹。凡是有所成就的妖物，体内皆有内丹，内丹凝聚了通身的法力，乃是极其重要珍贵的物件。有那得道的大妖，因为本领高强，所以会四处寻找内丹吞服，以便吸取他人法力化为己用。四脚蛇听了九嶷这话，知道他根本就没领会自己的意思，便又是急迫又是无奈，忍不住急促地叹了一口气："唉，九嶷，你真傻。你这么讨人喜爱，谁不想把你骗走呢？"

然而九嶷如同一块顽石一般，听了四脚蛇的赞美，他既不羞愧也不感动，单是不耐烦地抬手把四脚蛇从肩膀上扯下来，也不分他的头尾，直接把他胡乱搡到了腋下夹住，四脚蛇猝不及防，被他夹得又哀鸣了一声。

大踏步地冲向前方，他且行且道："我得先弄明白这是什么地方，我感觉我当时也没有昏迷很久，白孝琨应该不至于把我送到十万八千里外吧！"

九嶷光着脚丫子龙行虎步，一路大步流星地往前走，两条腿动得痛快，一颗心却是跳得拖泥带水很犹豫。依着理智，他颇想一走不回头，直接换个地方发财去，横竖他是以缺德为生，一只妖精的死活，跟他似乎是没有多大的关系，尤其那还是个对他死缠烂打、追着他要和他做对的妖精。可是……

“我怎么能占一只狗崽子的便宜？”九嶷忽然自言自语道，“他在地洞里曾经为我求过情，那么我现在就也想想办法，救他一次吧！”

此言一出，他腋下的四脚蛇听得清清楚楚，当场气得怪叫一声，两只前爪扒上九嶷的胸膛，四脚蛇为了泄愤，轻轻地挠了他好几爪子。

九嶷不在乎，自顾自地越走越快，不久之后，他果然在夜色之中看到了一座黑黢黢的小村庄。这村子位于一座大山的山脚之下，九嶷所在的地势较高，居高临下地望过去，看那村庄不过是小小的一片房屋，连一星半点的灯火都没有。四脚蛇从他的领口中伸出了个大扁脑袋，凑到九嶷耳边喊喊喳喳地低语：“九嶷九嶷，我就是在这里给你偷了衣服和猪尾巴。这里面的人都在睡觉呢！”

九嶷想了想，认为这村庄一是离妖精洞比较近，堪称危险；二是自己穿着村中某人的衣裤，一旦天亮自己露了形迹，必定要遭人怀疑，所以提起一口气加快速度，他脚步不停，继续向前走去。

九嶷疾行一路，未等他走到精疲力竭，天边已经微微透出了一线晨光。深秋时节，早晚最为寒冷，好在九嶷走惯了江湖，苦日子过得多了，已经有了点不畏寒暑的劲头。在土路上拦住了一位早起拾粪的枯瘦老头子，他不客气，横眉怒目地直接问道：“哎！那老头！我问你，这儿是什么地方？”

老头子仰头看着他热气腾腾的大光脑袋，低头看看他沾着霜与土的大脚丫子，没看出他的来历：“你，你不冷啊？”

九嶷把两道浓眉一竖：“少废话！我问你，这地方离北京城还有多远？！”

老头子看出他不是善类，登时加了小心，背过一只手护住了身后的半筐大粪，他战战兢兢地答道：“想要进城，那还得走五六十里地呢。”

九嶷侧身向着后方来路伸手一指，粗声大气地又问：“那边的大山，又是什么地方？”

老头子瑟缩了一下：“哟，那地方可不能随便往里进。那一片林子是北京城里什么白大帅包下的，白天还有大兵在那林子里巡逻呢！”

九嶷飞快地思索了一下，紧接着又问：“白大帅是什么时候把那林子包下来的？”

老头子心算了片刻，末了惶恐地苦笑道：“那我可记不清楚，反正也说不准是哪天，那地方忽然就有了兵，也不许人轻易地往里进。算起来，也有两年多了。”

九嶷点了点头，心中略略地有了数。眼看这老头子身材矮小，大概只有自己一半的分量，扒了他的衣服自己也套不上，偏偏背着的又是一筐大粪，自己抢过来也不能吃，故而他宽宏大量地一挥手，决定放过这位寒蝉一般的老人类，姑且不揩他的油水了。

拾粪老者见了他的手势，如遇大赦一般，立刻背着粪筐靠着路边飞快溜走了。而九嶷双手叉腰站在路边，正在盘算着如何回到北京城去，不料迎面走来一串牵牵扯扯的孩子，其中领头的男孩子约有个十来岁，后头领着个七八岁的小姑娘，小姑娘又领着个五六岁的小弟弟，三个孩子全都提前穿了崭新的棉裤棉袄，手里还提着印花纸包裹的点心。三个孩子边走边吵闹，满口里爹如何娘如何，看那意思，像是大哥哥带着弟弟妹妹要去亲戚家做客。猛地见了路上的九嶷，三个孩子吓了一跳，立刻全停了脚步。

九嶷估量了一下那大男孩子的年龄与力气，估量完毕之后，他心里有了底。一言不发地走到三个孩子面前，他毫无预兆地猛然出手，急如闪电一般，在一瞬间夺过了三个孩子手中的点心包裹。

然后他撒腿就跑，丢下了三个孩子愣怔怔地回头看他。及至孩子们反应过来了，开始又哭又喊地要追着他的背影大骂了，他已经迎着寒风跑了个无影无踪——他饭量大，一根猪尾巴不足以支撑他走进北京城，所以对待三个手无缚鸡之力的小崽子，他毫无愧疚地做了一次强盗。而在剧烈的颠簸之中，四脚蛇挣扎着从他领口中伸出了脑袋，大声问道：“九嶷，你要往哪里跑？”

九嶷边跑边答：“我不是那头驴的对手，所以得去找救兵。解铃还须系铃人，我找白孝琨去！”

四脚蛇一听这话，合着他是铁了心地要去把狗崽子救出来，登时气得哑然。不过和九嶷这种人是讲不出道理来的，所以他无可奈何，只得用一只爪子不住摩挲九嶷的胸膛，同时唠唠叨叨地劝他："慢点跑，慢点跑，别累着。"

说完这话，他往九嶷的腋下一缩，正想暖暖和和地闭上嘴，哪知忽听下方"嗤啦"一声响，而九嶷猛地收住脚步低头一瞧，随即开始叫苦："裤裆扯开了！"

四脚蛇听到这里，幸灾乐祸地冷笑一声："哼！"

北京城，白府正门前。

白大帅，既然身负了"大帅"之名，又有着大帅的权力，自然也就不能缺少了大帅的气派与架子。大帅府的正门门楼巍峨，两扇黑漆大门顶天立地地开一半关一半。门外两旁分别有全副武装的卫兵一字排开，卫兵不是普通的丘八形象，而是统一的身高体壮，并且穿着与众不同的薄呢子军装，裤缝袖口还镶着金道子，阳光照耀下来，金道子闪闪烁烁，真能晃了行人的眼睛。不过大帅府的门前乃是个庄严的所在，平日并无许多行人经过，比如此时，能够欣赏卫兵之英姿的活物，就只有门前这一位吴秀斋先生。

吴秀斋前日糊里糊涂地被卫兵请出了大帅府，而他的救命星兼指路灯兼靠山皓月却是凭空地消失不见，白大帅没露面，只出来个傲气十足的副官长，含糊其词地说皓月斗法失败，如今暂时离不得大帅府，所以请闲杂人等不必久候，自行回家歇着去吧！

吴秀斋拥有着小鸡崽子的身量和小鸡崽子的胆量，虽然也曾经当过一阵子挂名旅长，但是如今旅长已经名不存实也亡，他恢复原形，就只是个文不成武不就的吴家二少爷，又怎敢当面去质问膀大腰圆仪表堂堂的副官长？小虫子似的站在副官长面前，他很不甘心地嗫嚅几声，表示自己想再见皓月一面，结果话音落下，副官长直接出手拎住他的后衣领，像拎个小猫小狗一样，轻轻巧巧地把他拎出了大帅府。及至双脚落了地，吴秀斋审时度势，乖乖地回家去了。

回家之后见了姐姐，吴秀斋作为一名娇嫩的小弟弟，开始对着他姐姐撒娇撒痴撒泼，让他姐姐出马，立刻去大帅府把皓月要回来。然而他姐姐密斯吴乃是一名既富理智又有武力的青春少妇，听弟弟支使自己去大闹大帅府，她当即扬起一只白生生的嫩手，恶狠狠地抽上了她弟弟白生生的嫩脸："想让你姐姐我去送死呀？我死了，你好霸占我这房子院子是不是？好哇！真是知人知面不知心，你是我的亲弟弟，竟也这般歹毒，老娘今天要活撕了你喂狗！”

吴秀斋冷不丁地挨了个大嘴巴，又痛又气又怕，立时流出了泪水：“有话说话，怎么打人？我那活神仙让白大帅扣下了，现在活不见人死不见尸，我能不着急吗？再说，你不是也挺喜欢他？我着急，你不着急？”

密斯吴一手叉腰，一手一摆，斜了眼睛眺望远方天空：“老娘已经过了罗曼蒂克的年龄，小白脸千千万，只要老娘有钱，满可以一天一换。皓月虽然迷人，但让我为了他去大帅府作死，那我也是绝对不会肯的！我不去，你也不许去！咱们吴家就你这一个带把儿的小子，你还没给吴家留下一男半女，敢去玩命，我就打折你的狗腿！”

吴秀斋听了这话，登时双手捂脸一扭身，晃着小肩膀跑向了自住的厢房，同时头也不回地哭道：“姐你真是个无情无义的臭娘们儿！我还打算跟着活神仙学两手本事发发财呢，没有活神仙我可怎么活？”说到这里他停在厢房门前的台阶上，转过身抬手一指密斯吴的鼻尖，“好，你不去救皓月，我就留下来吃你的喝你的，让你养活我一辈子！”

密斯吴听了这话，神情不改，直接弯腰抬腿除下脚上一只高跟鞋，扬手对着她弟弟的小脑袋滴溜溜一掷：“滚你的！”

高跟鞋“咚”的一声，正好击中了吴秀斋的额角。吴秀斋疼得叫了一声，抱着脑袋逃进了厢房。竖着耳朵静听院内动静，他一边等着他姐姐回屋，一边狂乱地思想对策——老家他是回不去也不想回了，一想起他那位胖太太，他就浑身肉紧；留在北京和姐姐过日子，姐姐这样凶悍，也是煎熬，思来想去的，还是和皓月在一起混日子最舒服。皓月一身的本领，不看别的，就看他那一身好穿好戴，就可知道他是个能弄钱的；除此之外，他那身本领不但能够换钱，而且能够护身。吴秀斋的身体和灵魂都很脆弱，所以在失去了督军姐夫之后，急需一位新靠山来给自己撑腰。

密斯吴虽然是一位自由而又好色的摩登女性，但是并不色迷心窍，不肯为了皓月付出一丝一毫的代价，所以吴秀斋想了又想，末了决定自力更生，再去大帅府门前探探消息。

吴秀斋未出门时，时常是满怀勇气，誓要在大帅府门前堵住白大帅，纵算不能立刻逼着他放出皓月，也要让他给自己一个说法；然而出门之后越是走得远，他那勇气越是消散得快，及至当真走到空空旷旷的大帅府门前，他时常是已经双股战战，不要说大喊大叫大闹，单是孤零零地站在门前，便已经快要活活吓死了他。所以这大帅府门前，他在几日之内是来了又走，走了又来，来了之后也不说话，打一阵哆嗦便走。卫兵们看他举止有异，有心把他抓住盘问一番，然而每次在卫兵们把心动转化为行动之前，他都必会逃之夭夭，搞得卫兵们心里痒痒的，每隔个三四小时不见他来，便忍不住要伸长了脖子往远方道路上眺望。

卫兵们心里痒痒的，吴秀斋永远保持着蓄势待发的状态，腔子里的一颗小心灵比他们更痒。比如今早他自作主张地打开了皓月的皮箱，从里面翻出一件叠得平平整整的薄呢子短大衣。穿上短大衣照了照镜子，因为他比皓月的身量更单薄秀气，所以短大衣到了他的身上，名不副实，并不算短。将配套的衣带拦腰一系，他穿上他姐姐新给他买的花皮鞋，上班一样，一路风风流流地又跑向了大帅府。

到了大帅府门前，他把两只冻红了的手插进大衣口袋里，惶惶然地仰头又去望那两扇大黑铁门，望过铁门，再看卫兵，卫兵和铁门相加，足以抵挡住一百个吴秀斋的进攻。

正当此时，紧靠大门的一名威武卫兵逮住吴秀斋一闪而过的目光，含笑对着他一挤眼，然后嗓门不大不小地开了口："哎，小兄弟，怎么总是一个人来？没伴儿吗？"

吴秀斋被他这突如其来的询问吓懵了，惶惶然地摇了头，他轻声答道："没伴儿，就我一个人。"

威武卫兵又对着他一挑眉毛，开始有了眉飞色舞的趋势："交个朋友哇？"

吴秀斋一愣："啊？"

威武卫兵一脸淫笑，浓眉大眼开始乱动："再过半个小时我们就换岗，你跟哥哥交个朋友，哥哥亏待不了你。"

吴秀斋眨巴眨巴眼睛，同时张开他的小薄嘴唇，露出了一侧虎牙闪亮的尖端。

望着卫兵怔了又怔，他猛地反应过来，登时气得红了脸："你以为老子是兔崽——"

他这句话没能骂完，因为发现面前这一排卫兵统一地扭了脑袋，对着远方行起了注目礼。他以为是白大帅上午归来了，慌忙回头也去瞧，哪知一瞧之下，他登时又傻了眼！

他看到了一张万恶的熟面孔：九嶷！

九嶷此刻的这个模样，真够十五个人看半个月的。大上午的，天气再寒冷，街上的行人也不会少了，然而人高马大的九嶷身上就只紧绷绷地箍了一套破烂单衣，宽阔肩膀似乎随时要把衣服撑裂，大半截小臂也全露在外面。上衣下摆内还耷拉出一截又细又长的黑尾巴，那尾巴不住地卷来卷去，尾巴尖时常就要戳到九嶷那见了风的肚脐眼。上身已经是如此的不堪入目了，下身更是匪夷所思——吴秀斋抬手揉了揉眼睛，认为自己如果没看错的话，九嶷分明是穿了一条开裆裤，裤裆没有全开，也开了大半。

光着两只大脚丫子，九嶷一路走得虎虎生风，转眼之间就到了大帅府门前。很意外地停在吴秀斋面前，九嶷一条胳膊夹着四脚蛇，伸另一只手抬起了对方的下巴："咦？你不是吴旅长吗？"

吴秀斋还未骂完流氓，如今又见了恶僧，真有上天无路、入地无门之感。垂了眼皮往下看，他不敢正视九嶷。九嶷继续问道："你在这里干什么？"

吴秀斋的呼吸有些乱，但是强定心神咽了口唾沫，他后退一步躲开了九嶷的手，然后一字一句地答道："我来找皓月师父！"

然后他忽然意识到了九嶷的不对劲："哎？你……你怎么变成了这个熊样？白大帅不是敬你为大师吗？还有我的皓月师父呢？他那天和你斗法之后再没露过面——你说，你把他藏到哪里去了？！"

九嶷的大黑眼珠子在深眼窝里一转，眼珠子转，他的脑筋也在转。转过一圈之后，他有了主意。想和吕清奇斗争，单枪匹马可是不行，而吴秀斋虽然屁用没有，但毕竟是个有骨头有肉的活物，把他收入麾下，倒也是聊胜于无。

思及至此，他伸出一只脏兮兮的大手，一把抓住了吴秀斋的细胳膊，声音却是不可思议的温柔了，他低声问道："我看你很关心狗——皓月啊！"

吴秀斋实在是怕了他，被他一抓，几乎吓得通体酥软："放开我，别动手动脚的——我当然关心他，若不是他，我恐怕现在还在受你这妖僧的荼毒哩！”

仿佛深以为然一般，九嶷一点头，同时放开了吴秀斋：“实不相瞒，我与他一同遇了险，如今我孤身逃回城里，也正是为了招兵买马再去救他。你若愿意，就跟着我吧！”

说完这话，他不再啰唆，径直转向了前方那一排卫兵：“你们还认得本佛爷吗？”

卫兵们一起瞪了眼睛张了嘴，在仔细审视过他之后，十分之七八的卫兵们一起点了头：“您是……九嶷大师吧？”

九嶷一仰头：“去，把白孝琨叫出来，就说本佛爷没死！不但没死，还给他带来了个好消息！”

卫兵们面面相觑地迟疑了片刻，末了其中两人结伴将大门推开一线，侧着身子从门缝中钻了进去。

不出片刻的工夫，两扇大门被人从内部缓缓地推开了，九嶷站在门外，就见洞开的大门之后，站着负手而立的白大帅。白大帅的姿态是潇洒的，一双眼睛望着九嶷，神情却是极度的惊愕。

白大帅仿佛今日没有处理军务的打算，穿了一身简便的长袍马褂，黑色团龙长袍配着绛红的马褂，马褂没系纽扣，前襟大敞四开。背着手站在门槛内的大门阴影之中，白大帅微微地低了头，两道清清楚楚的细眉毛压低了，他向前翻着眼睛看人，目光直勾勾的，有点愣头愣脑的意思。

吴秀斋一瑟缩，下意识地往九嶷身后躲了躲，而九嶷迎着白大帅的目光，倒是十分坦然，并且胆大包天，公然连名带姓地出声吼道：“白孝琨，竟敢拿本佛爷去喂驴！”

此言一出，众人皆惊，唯独挨了骂的白大帅八风不动，专心致志地继续望着九嶷惊讶。及至他惊讶够了，才语无伦次地开了口：“佛爷，你和他——他对你——”

未等他把言语忖度清楚，九嶷已经抢着开了口：“他已经认了我做活祖宗，命你见了我之后立刻三跪九叩，行灰孙子之礼！”

卫兵们听了这话，登时紧张起来，随时预备着将这冒犯大帅的狂僧乱枪打死；然而白大帅垂下双手，忽然侧身向着院内一抬手：“佛爷，你大难不死、远道归来，也辛苦了。请进来歇歇吧，我再给你预备一桌酒菜，有话我们可以慢谈。”

九嶷狞笑了一下，随即迈开大步走向门槛：“好得很！老子狂奔了几十里地，只吃了一根猪尾巴和三包点心，现在正是饥饿。你若把老子伺候好了，老子就多给你几句话，让你早作准备，好能多活几年。”说完这话，他又头也不回地一抬手，“吴旅长，你也来。”

吴秀斋怔了怔，随即颠着小碎步跟上了九嶷。这大帅府外表巍峨，内里也是庭院幽深、道路曲折，真如同迷宫一般。他走在后方，就听白大帅突然轻声问道：“清奇他……他还好吗？”

九嶷斜了眼睛瞄着他，因为知道白大帅一贯笑容可掬、言语多情，所以也不诧异：“清奇好得很，只是在洞里住得腻烦，所以想出来见见天日。”

白大帅扭过脸，若有所思地望向了九嶷：“见见天日？”

九嶷懒洋洋地扭扭脖子又扭了扭腰：“我这身衣服穿得真是不舒服。”

白大帅笑了，随即对着身边侍从吩咐道：“去，伺候佛爷洗个热水澡！”

九嶷重新又享受到了盛满热水的西洋式大浴缸。

他一丝不挂地盘腿坐在浴缸里，一手攥着四脚蛇的脑袋，一手撩了热水给他洗澡。四脚蛇险些活活地被他攥断了气，但是因为知道他对自己是一番好意，而且对于从来没有好意的九嶷来讲，这份好意十分罕见难得，所以他眼冒金星强忍着不吭声，等到九嶷一松手，他立刻摇头摆尾地爬到了浴缸边沿上，张开大嘴呼呼地喘气。

吴秀斋站在浴缸旁，小声哀求道：“九嶷，你快告诉我，皓月师父到底是怎么样了？”

九嶷“哗啦”一声从大浴缸中站起来，抬起一条水淋淋的长腿，他迈出浴缸踏了实地。草草地用毛巾擦拭了身体上的水珠，他抖开一袭沉重的绸缎僧袍，将僧袍披在了身上。

然后松松垮垮地系好僧袍，他向后一伸手，让四脚蛇攀着自己的手臂爬上了肩头。忙里偷闲地对着吴秀斋打了个响指，他踢开柔软的僧袍下摆，趿拉着软底拖鞋走向浴室房门："跟上！"

吴秀斋咽了口唾沫，因为不敢对着他死缠烂打追问不止，只好是原地做了个向后转，追着他又小跑而去了。

在一间明亮安静的小暖阁里，九嶷和白大帅隔着一桌酒菜相对而坐，吴秀斋则是独自瑟缩着坐在角落处的小椅子上，如同一名学校里的旁听生。九嶷也不要人伺候，自己抄起大汤勺喝了几大口热汤，然后长吁一口冷气，他对着对面的白大帅打了个响嗝。四脚蛇躲在九嶷的怀里，只警惕地露出一个脑袋，生怕白大帅又在酒饭里给九嶷下药。

这个时候，九嶷开了口，除去自己当时的惨状不提，他将地洞中吕清奇的所做所言所思如实地讲述了一遍。及至讲述完毕了，他抬眼望向白大帅，笑了一下："怎么样？白孝琨，你如今有何感想？"

白大帅垂眼望着桌子中央那一盆热汤，半晌没言语，也没有表情。及至热汤的热气渐渐消散了，他才轻飘飘地、很平静地开了口："清奇这个人，一直存着雄心壮志，他有心做出一番事业，也是合情合理。"

四脚蛇见白大帅不急不恼，不是个应有的态度，便急得想要煽风点火，可是未等他把嘴张开，九嶷仿佛和他心有灵犀一般，已经抬手将他摁回了怀里："你大概是不相信我，以为我是侥幸逃出，这一趟是专程过来挑拨离间、意图报仇的。"

白大帅立刻摇了头，又亲自起身抄起酒壶，给九嶷斟满了一杯热酒："佛爷，不要误会，我并不是不相信你。只是——"

不等他把话说完，九嶷忽然站起了身。张开五指向下拢住了酒杯，他抬眼对着白大帅一笑，随即一甩袍袖背过了手："大帅，我突然有一点事情要办，这就要告辞了。"

白大帅也站起了身："事情？什么事情这么急，要你说走就走？"

九嶷移开目光，斜斜地瞥向了窗外："我已经吃饱穿暖，身体也恢复了力量，所以决定回到山中，把吕清奇从地洞之中吊上来。方才听了大帅的一席话，贫僧心有所感，忽然想起我当年也是曾有过雄心壮志的，我和吕清奇二雄凑一雄，正应该联手干一番大事业才对，顺手还可以把那狗——皓月救出来，岂不是一举两得的美事？和这等大事业相比，眼下的美食华服又何足挂齿？”

话到这里，他拧起两道浓眉，神情痛苦地抬手捶了捶胸膛：“想一想都是壮怀激烈，等不了了！大帅，告辞！”

说完这话，他扭头就要走，可是刚刚走出几步，他忽觉腕子一紧，回头看时，正是白大帅紧跟上来，一把握住了他的手腕：“佛爷，且慢！”

白大帅扬起油光水滑的脑袋，眼巴巴地紧盯了九嶷：“你当真是清奇的对手？”

九嶷一摊双手：“我若不是他的对手，现在早变成驴粪蛋了！”

白大帅放开九嶷，微微地皱起了两道眉毛：“佛爷，有话说话，你不要侮辱他！”

“可他本来就是一头驴！老子险些让他活活踢死！”

白大帅转向窗口，叹了一口气：“佛爷，是你不了解清奇。”

“老子没有闲心去了解一头驴！”

白大帅猛然回了头：“不要侮辱清奇！”

九嶷向门外一伸手：“既然你这么喜欢你的清奇，那我现在就走，把那头驴带回来给你！”

白大帅登时完全转过了身：“你敢！我对于吕清奇，完全只是欣赏而已！你敢把他放出来兴风作浪，本帅这就叫人架枪突突了你！”

说完这话，他恢复了昂首挺胸的姿态：“佛爷，你方才说，他打算什么时候出来？”

九嶷一撩僧袍，弯腰挠了挠大腿根，同时冷淡地答道：“忘了。”

白大帅笑了，笑出了眼角淡淡的鱼尾纹：“佛爷，怎么了？你如今见识过了吕清奇的本领与性情，想必也能理解我的苦衷，若不是为了给他寻找食物，我又怎么舍得对佛爷你下手呢？如今佛爷既然福大命大，逃过了一劫，也算你我有缘。往后佛爷就安心地留下来，我们有空的时候谈一谈佛理道学，岂不快哉？”

说到这里，他意味深长地压低了声音：“佛爷你艺高人胆大，若是清奇当真找上门来，我还要求你施展法术，保我平安。当然，我也绝不会让佛爷你白白出力，必有厚礼重谢。”

九嶷听到这里，做了个思索的模样，同时慢慢地转身坐回了桌前的椅子上。白大帅见他似乎是不打算走了，正要松一口气，哪知九嶷抬起头，冷不防地又开了口：“大帅，你和吕清奇到底是什么关系？你不说清，我不能留！”

白大帅怔了一下，随即叹了一声：“我和清奇之间，也有三十多年的情谊了。”

迈步踱到窗前，白大帅对着玻璃窗户站立了，背着手仰望窗外的苍穹：“那时候，我还是个贫苦的少年。衣不蔽体、食不果腹，无父无母，常年只靠给人放牛为生，直到那一天，我遇到了一头大毛驴。”

九嶷和吴秀斋全听得来了兴致，连四脚蛇都张着大嘴不言语了。

白大帅漫无目的地笑了一下，继续说道：“我看它是一头无主的驴，就打算牵了它去邻县的集市上卖掉。哪知在半路上睡过一夜之后，我清早睁眼一瞧，发现毛驴不见了，我身边多了个人。那人，便是吕清奇。”

说到这里，他皮笑肉不笑地惨笑了：“想起来，那个时候多亏有了他，让我免于冻饿劳苦。可惜人妖殊途，他终日只和山精水怪打交道，而我则是投了军。所以，我们后来渐渐生分，最后竟是一分别许多年，其间再也不曾相见，直到三年前，我在山中行军之时，又见到了他。”

抬手摸着面颊叹息一声，白大帅显然是有些伤感：“万没想到，我们还有再见的日子，只是我已经老了，他却青春如初，还是那么的潇洒倜傥。”

九嶷回想起吕清奇的大嗓门和大鼻孔，不由得暗暗一撇嘴，怀疑白大帅其实是不分美丑。

白大帅背后无眼，看不到九嶷的神情举止，自顾自地继续说道：“他受了伤，要我找个地方让他养息。”

回头正对了九嶷，白大帅仿佛无可奈何了一般，微微蹙着眉头做了总结陈词：“我之所以大张旗鼓地四处寻找得道高人，并非是我存心作恶，全是为了给他充当食物。我的苦衷，佛爷理解了吧？”

九嶷抄起筷子，夹了一筷子菜填进嘴里，然后鼓着腮帮子边嚼边答道：“你的苦衷我不管，我只知道吕清奇也许马上就到，而那狗崽子对我有些许一点点微不足道何足挂齿的小小恩情，我要把狗崽子从那头驴的手中抢出来！”

这个时候，吴秀斋试探地走到了九嶷身后，颤巍巍地开口问道："那个……请问你说的狗崽子，指的是皓月师父吗？"

九嶷一转身，用两只大巴掌托成了个碗，双眼放光地告诉他："你那皓月师父的真身就只有这么大！毛茸茸的好玩极了！不信你问阿四！"

四脚蛇听了这话，当即把脑袋缩回了九嶷怀中："哼，一般吧！"

吴秀斋没听明白九嶷的话，以为他是趁机泄愤，故意丑化皓月。两只手汗津津地插在大衣口袋里，他心里七上八下的，虽然已经承认世上的确是存在着精灵鬼怪之流，但听着九嶷与白大帅的对话，他还是感觉这二位是在一起发疯。依着他的意思，他颇想立刻回家，让他姐姐给他弄点好吃好喝压压惊，然后他安安生生地睡一下午好觉，晚上再跟他姐姐要几个零花钱，出去看场电影听场戏。但是话说回来，此时他若是真走了，他也知道，自己就再也没了重返大帅府的机会。到时皓月若是真脱了险，自己也没脸再跑到他面前邀功请赏，想跟他一起发财的白日梦，也真的只能是梦了。

思及至此，他暗暗一咬嘴里的虎牙和金牙，决定硬着头皮留下来，横竖九嶷目前并没有对着自己行凶的意思，白大帅对自己视而不见，想必也不会找自己的麻烦。

他正盘算得好，不料正在此时，房门外忽然响起了朗朗的人声："报告大帅，外头来了一名陌生男子，形象奇异，自称是大帅的挚友，要面见大帅。卑职见他似疯似傻而又非疯非傻，摸不清他的底细，故而只让人把他拦在了门外，并未驱赶。"

九嶷登时提起了心，同时扭头去看窗前的白大帅。白大帅明显地哆嗦了一下，随即转向房门，压着声音低低答道："把他带到这里来。"

门外军官答应一声，转身离去。白大帅做了个深呼吸，然后向九嶷微笑着一点头，仿佛精通变脸绝技一般，他在一刹那间恢复了他往昔的形象与风度，正是一副轻松又愉快的权监模样。

"啊……"他发出了感慨，"又要和他见面了。"

然后他对着九嶷笑眯眯："佛爷，你说枪炮厉害，还是法术厉害？"

九嶷立时沉吟了："这……"

不等九嶷回答，白大帅自问自答一般地深深一点头："我看，是各有千秋。"

然后他对着九嶷又是一笑："清奇擅长许多稀奇古怪的小招法，比如迷魂术之类。白某人不是这方面的行家，所以这一回全靠着佛爷你的庇护了。"

九嶷看他已经重拾大帅风姿，故而一仰脸，自己也恢复了素日阴鸷而又得意的表情："不是问题。"

正当此时，门外响起了一串由远及近的脚步声音。领路的军官从外面一推房门一掀门帘，而门口有白影轻飘飘地一闪而入，九嶷看得清楚，发现不出自己所料，来者正是吕清奇。

吕清奇穿着一身如雪的白衣，乌黑的长发一丝不乱地披散开来，长长的面孔比白衣更苍白。两道剑眉之下，他那双点漆一般的大眼珠悠悠一转，随即对着九嶷一张鼻孔，他发出了一声高昂而又尖锐的疑问："嗯？你？"

九嶷也站起了身，并且是个昂首挺胸的站法，巍巍然的十分高大。居高临下地垂了眼帘，他直接望向了吕清奇的胸怀。吕清奇蜷曲了一条手臂，臂弯中趴着一条半死不活的小小白狗。小白狗半闭了眼睛，眼圈红红的，仿佛还转着一圈眼泪。

望着不睁眼也不动弹的小白狗，九嶷不知怎的，忽然感到了一阵欢喜。似笑非笑地搓了搓手，他对着吕清奇伸出了双手，然而并没有看着吕清奇说话："啊哈哈哈哈！这不是皓月师父吗？一天不见又可爱了啊！过来，让爹抱抱！"

吕清奇轻轻巧巧地侧身避开了九嶷的双手，而躲在九嶷腋下的四脚蛇出于天性直觉，忽然不由自主地大叫了一声。九嶷心中一凛，登时下意识地向旁一躲，与此同时，他面前闪过一阵疾风，他身边的硬木椅子顺风直飞向上，"啪嚓"一声，和天花板撞了个两败俱伤。洋灰墙皮纷纷落下，硬木椅子落了地，赫然已经断了一条腿。

吕清奇轻轻地收回了一条腿，然后冷冷地对着九嶷一点头："秃驴，不要对我的小师弟如此轻狂。"

九嶷的光头出了一层细密冷汗："谨遵教诲。"

然后他又把目瞪口呆的吴秀斋往自己身边一扯："看吧，白毛的就是你皓月师父。”

吴秀斋看了看小白狗，随即很反感地挣开了九嶷的手，几乎有点生气：“我不信！”

在九嶷与吴秀斋拉拉扯扯之时，吕清奇绕过十分狼藉的地面和不甚狼藉的饭桌，慢慢走到了白大帅面前。抬起另一只手缓缓抚摸了怀中皓月的皮毛，他柔声唤道：“孝琨，好久不见，你怎么总不去看我？”

白大帅先前一直是一眼不眨地凝视着吕清奇，及至吕清奇对他问了话，他反倒把目光移开了，同时笑微微、言简意赅地答了一个字：“忙。”

吕清奇垂下长长的睫毛，用修长手指一下下梳理了小白狗的白毛：“我已经养息好了身体，如今既然重返人间，就趁此机会，帮帮你吧！”

白大帅笑眯眯地对着他一眨眼睛：“你是神仙一样的人，我怎么敢用这些俗务烦扰你？”

吕清奇微微躬身，把脸凑到了白大帅面前：“孝琨，我想帮你，你敢不愿意吗？”

这一句话说的声音虽轻，然而语气阴狠。白大帅听了，却是若无其事，云淡风轻地抬手拍了拍吕清奇的肩膀，他很自然地转移了话题：“清奇，我知道走路对于你不是难事，可你不该在这样冷的天气里打赤脚。我让人给你拿一双拖鞋过来，再给你另开一桌午饭，好不好？”

然后他向着九嶷一招手，等九嶷走到他近前了，他踮起脚仰起头，附到九嶷耳边耳语道：“你说得没错，他的确是起了异心。从现在开始，你寸步不要离我。过了这一劫，我这厢必有报答。”

九嶷也压低了声音：“你打算怎么干？”

白大帅接二连三地叹气，但是叹气不耽误他用轻不可闻的声音做回答：“夜里，炸死他。”

九嶷心中一动，心想再厉害的妖精化了灰，的确也就不能再兴风作浪了，问题是皓月还在他的怀里，吕清奇若是化了灰，皓月至少也得落个七八成熟。他倒是不介意吃一顿狗肉做夜宵，问题是他实在不缺皓月那一口肉，让他吃皓月，他真是下不去嘴。

“好……”他思索着做了回答，“你忙你的，我忙我的，我会负责你的安全，你也不要阻拦我去救狗崽子——实不相瞒，要不是为了救狗崽子，我早把你揍成烂羊头了。凭本佛爷的通天彻地之能，如果非揍你不可的话，你认为你逃得过吗？”

吴秀斋虽然在感情上不想承认，但在理智上，他的确是有点动摇，怀疑那只小白狗可能的确是和皓月有点关系。

这让他感觉有些惶恐，因为他对皓月一直是又爱戴又崇拜，偶像忽然变成狗，他的脑筋可是实在转不过这个弯来。

九嶷目前还没想出他的用处来，故而让白大帅给他找了间屋子安身。及至把吴秀斋打发走了之后，他随着白大帅同行，白大帅又让人收拾出了一间好院落供吕清奇居住。

好院落四四方方，除了“好”之外，再无其他特点。吕清奇进了屋子，见房内窗明几净，一派人间富贵气象，和地洞之中大不相同，便得意地一路走进卧室，弯腰把气息奄奄的小白狗放到了床上。

“小师弟。”他直起腰，极力地压低了声音说话，“你还没有改变主意吗？”

皓月勉强睁了眼睛，看了他一眼，然后冷漠地又垂下了眼皮。

吕清奇转身一屁股坐在了床边，舒适地跷了个二郎腿：“师兄欺骗你帮助我逃出地洞，的确是师兄不对；等到出了地洞，师兄又强行夺走了你的内丹，让你法力失去大半，也依然是师兄不对。但师兄若不如此，你便不肯听话，师兄又有什么办法？放心，你的内丹保存在我的体内，只要你回心转意了，我便把它还给你，绝不让你损失一丝一毫的法力。”

说完这话，他侧身对着皓月张开双臂，“小师弟，我知道你并没有虚弱到动弹不得的程度，来，师兄抱抱！”

皓月彻底把眼睛闭上了，又慢吞吞地把黑鼻头也拱进了两只前爪下。

他的确是没有像表面上看起来这样半死不活，他只是恼恨之极，自己生了自己的气。逃不掉的他和不会爬的吕清奇在石洞里合了作，说好了他设法把吕清奇带出石洞，吕清奇放他一马、给他自由。哪知两个人一前一后地刚见了天日，那吕清奇就翻脸不认人了。他知道江湖险恶，可万没想到会险恶到这般地步。事后再一回首，他也无话可说，只怪自己太过愚蠢，竟是这样轻易地就受了敌人的骗。

正当此时，门外响起了一串笑语，却是白大帅带着九嶷来了。

白大帅和吕清奇相对而坐，谈笑风生，说得一嘴好闲话。而九嶷把双臂环抱到胸前，独自站在了角落里，对着床上的皓月挤眉弄眼——皓月只要肯仔细地看他一分钟，就能看出他眉毛眼睛里都有话讲，可皓月此时灰心丧气，对他是一眼不瞧。

九嶷龇牙咧嘴地忙活了一场，结果等于白忙。四脚蛇从他的僧袍领口里伸出脑袋看了看他，随即气得又缩了回去——那狗崽子本来不是他们的敌人吗？怎么自己一个不留神，就又把九嶷勾引走了？况且狗崽子五短身材毛烘烘的，多么讨人厌啊，和自己这种修长光滑的动物怎么能比？九嶷真是有眼无珠、不知美丑了！

四脚蛇含怨，九嶷也是着急上火，想要大踏步走过去一把拎起皓月，又顾忌着皓月身边的吕清奇——此君正对着白大帅自吹自擂，因为白大帅含情脉脉地对他十分捧场，所以这头驴吹得快活，唾沫星子都喷了出来。九嶷见识过皓月的本领，知道吕清奇和皓月相比，法力定然是只高不低，自己虽然和妖精们打惯交道，但也未必能稳胜驴精。而若是没有稳胜的把握，那就绝不能贸然出手，否则那驴一蹄子踢出来，真能踢出他的肠子和脑浆。

白大帅和吕清奇畅谈了小半天，然后又共进了一餐盛宴。吴秀斋人微言轻，没有上席的机会，所以作陪之人乃是九嶷。九嶷冷眼旁观，越看越感觉白大帅和吕清奇乃是一对奇葩——白大帅分明对吕清奇怀有一些说不清道不明的情愫，并且似乎是发自内心地真认为吕清奇潇洒多姿，但是这并不耽误他预谋着夜里炸死对方；而吕清奇对着白大帅望闻问切，百般的关怀，如同一位过分和蔼可亲的老大哥，可是背地里，他也正预备着让白大帅下台滚蛋，自己好去取而代之。而对于白大帅和吕清奇之间的阴谋诡计恩怨情仇，九嶷其实兴趣不大，他只想把皓月救出来。救出来之后怎么办，他没仔细想过，反正日子总是要继续过下去的，皓月如果冥顽不灵，继续拦他发财，他不客气，会直接把他打成狗；可皓月若是领了他的情，从今往后和他大路朝天各走半边，那么……

九嶷想了想，感觉“各走半边”其实也不坏，因为要讹诈生财的话，一条四脚蛇差不多也就够用了，犯不上再带一条别别扭扭的狗崽子碍事。

这个时候，他偶然一转眼珠，忽然发现皓月仿佛是扫了自己一眼。

他立刻来了精神，对着皓月又皱鼻子又瞪眼睛。而皓月方才不过是漫不经心地一抬眼皮，如今留意到了九嶷那一张变化多端的面孔，他不由得一惊，心想这家伙又在搞什么鬼？

盯着九嶷足足看了五六分钟，皓月实在是没看懂他的用意，又想起他在石洞里抛下自己，无情无义地独自逃命，皓月便闭了眼睛，心想这也是个冷血的邪祟孽障，我理他做什么？

转眼之间，天便黑透了。白大帅披上了一件黑大氅，笑呵呵地告辞离去。吕清奇站在门口目送了他，就见九嶷高高大大地跟在白大帅身边，穿着一件单薄僧袍，趿拉着一双露脚趾头的软底拖鞋，也不嫌冷。

“唉……”他抚摸着怀里的皓月，轻声喟叹，“择日不如撞日，你看他把那秃驴留在身边，分明是对我有了戒心。那么，夜长梦多，索性我就在今夜动手吧！迷魂之术我是许久没有使过了，不知是否还像当初那样得心应手，小师弟，一会儿我带着你出发，也让你看看热闹，好不好？”

皓月想要咬他一口，不过又想咬人乃是犬类所为，而自己已经修炼出了人形，当然就该有个人样子，所以恹恹地闭了嘴，他装聋作哑不言语。

吕清奇很希望这小师弟能成为自己的帮手，然而小师弟软硬不吃，一味只是装死，让他也是无可奈何。走回房内坐下来，他端起茶杯喝了一口，因为这茶又热又香，所以他端起茶杯送到皓月嘴边，想让他也喝一口。皓月分明看到他的厚嘴唇已经在这杯口上蹭过了，心中一阵嫌恶，所以紧闭狗嘴，抵死不喝。

吕清奇和皓月为了一杯热茶僵持住了，而在几座院落之外，九嶷和白大帅也起了争执——白大帅虽然多情，但是在紧要关头，是非常的有主意，不愧他大帅的身份。他是铁了心地要把吕清奇炸成飞灰，至于皓月的死活，他则是完全没往心上放。而九嶷和妖精打惯了交道，并不在乎人间多一个野心勃勃的驴精，只想把皓月活着救出来。两人辩论片刻，白大帅笑眯眯地占了上风，话里话外透露出意思，即九嶷此刻若是胆敢不听话，他立刻就叫卫士进来，架起机关枪扫射了他。九嶷不擅长迷魂术，凭着一张嘴又说不服白大帅，所以最后他一甩袖子做负气状，大步流星地转身出了门。

像个贼一样，他趁着夜色掩护，甩开拖鞋光着脚丫子，一路使出飞檐走壁的本事，悄悄地潜回了吕清奇的居所。白大帅是个狡兔三窟的人，自家宅邸之内也安装了无数机关，比如吕清奇所居住的这一座小院，院下地面便被掏空了，和外界有地道相通。在白大帅陪着吕清奇谈笑风生之际，早有伶俐士兵在地道之中往来穿梭，将炸药一箱一箱地码在了宅院地下。届时只要白大帅一声令下，便会有人远远地引爆炸药。炸碎吕清奇的代价，至多是牺牲小半个大帅府，至少是只牺牲这一座院落。对于白大帅来讲，是非常合算的。

蹑足潜踪地靠近了院落小门，他知道吕清奇不是平凡的妖精，所以十分小心，并不敢贸然闯入。方才在与白大帅争吵之时，他旁敲侧击，已经得知了那炸药安放的方式与位置，此刻无声无息地溜到院后，他在花木与院墙的夹角处，发现了通往地下通道的入口。

一声不吭地迈了步，他拱肩缩背，抱着脑袋强行钻入了狭小入口，入口之处有导火索向外延伸，通过层层草木浮土埋向远处。九嶷在临行之前带了一把小刀子，此刻便咬紧牙关屏住呼吸，先把那总导火索割断，然后通过地道一路摸黑向下走，他眼前一点光也没有，完全是凭着直觉行动。一只手摸着导火索，他走一段路停一停，约摸着走到小院正房的客厅下了，他停了脚步蹲下来，开始干活，同时又低声说道："阿四，竖起耳朵帮我听着点儿动静！"

四脚蛇没好气地告诉他："抱歉，我没耳朵！"

九嶷没工夫教训他，瞎子一般摸索着忙了片刻，他牵着一根导火索，按照来路缓缓地退了出去——各箱炸药之间的引线被他有选择地切断了，他用短线连接成了一根新的长导火索，这条导火索连着客厅下的几箱炸药，一旦点燃了，正能把客厅炸个底朝天。当然客厅两边的房间也一定要遭殃，不过房中的人不至于立刻就死。

将导火索牵到了地面上，九嶷定了定神，又在寒风中做了个深呼吸。放下导火索溜到院门前，他趴着墙头又向内瞧了瞧，隔着一层玻璃窗和窗帘，他看到了吕清奇的影子在卧室里晃来晃去。吕清奇在卧室，想必一动不动的皓月也应该在卧室，当然，也可能会有例外，不过九嶷扪心自问，认为自己已经很对得起狗崽子，如果狗崽子此刻是在客厅，一会儿不幸被自己炸碎了，那也怪不得自己了。

思及至此，九嶷飞快地跑回后院，一擦火柴点燃了导火索。

在火花从导火索的一端喷射开来之时，九嶷像疯了一般，立刻起身向前院狂奔而去。一颗心在腔子里狂乱地大跳了，他知道自己这是在和导火索赛跑。一头冲进院子里时，他先是直奔卧室窗前，背靠着窗户一侧的墙壁抬手抱了脑袋。而未等他把自己的大光头保护严密，一声巨响冲天而起，整整齐齐的一排正房登时从中间断裂，客厅的房顶洞开，一团火光伴着滚滚黑烟腾空向上。除此之外，破碎的玻璃木石如同子弹一般喷射向四面八方，连卧室窗户也被气浪从内向外鼓了开。九嶷顾不得飞沙走石伤人，鼓足勇气转向窗口，一大步便迈上窗台冲了进去，结果如他所料，他迎面正和惊慌失措的吕清奇来了个顶头碰。一言不发地伸了手，他先是在吕清奇的怀中掏了一把，掏了个空之后他继续向前疾冲，冲到床前弯腰伸手再一抱，这回他抱到了毛茸茸暖烘烘的物事，正是趴在床上的皓月。

把皓月往怀里一塞，他转身一个大跳，仗着腿长，竟是一步跳上了窗台。踉跄着通过窗口跳入院内，站稳之后他再回头，发现吕清奇也跟着自己跳出了卧室。很警惕地把皓月抱紧了，他怕这驴精忽然发难，再对自己下狠手。哪知吕清奇竖起两道剑眉将周遭情景环顾了一番，随即怒气勃发地长啸一声。而九嶷只觉眼前一花，定睛再瞧时，发现那吕清奇也不知是使了哪一手妙招，竟是平地蹦起一丈多高，跳蚤一般地越墙逃了。

与此同时，院门外纷纷扰扰地立时来了无数人，其中有一位众星捧月，正是白大帅。白大帅早就看九嶷不是好茬，但是没有估计出他的胆子到底会有多大。如今进了火光冲天的院子，他见九嶷沾沾自喜地抱着一只小白狗崽子，心中立时猜出了他的所作所为。揎拳捋袖地走到九嶷面前，他强忍着没有翻脸：“清奇呢？”

九嶷拍打着皓月的后背，想要催促他立刻恢复原形：“驴？逃了！你快派人追他去吧！”

白大帅看了他这个漫不经心的态度，气得牙根痒痒，恨不能拔枪毙了他。而皓月直到此时才明白了九嶷的用意，当即仰起脑袋，睁圆了两只黑眼睛要去看他，又抬起一只前爪不轻不重地扒了扒他的胸膛。四脚蛇觑见了，气得一爪子拍了过去：“不许你对九嶷动手动脚！”

九嶷懒得去管白大帅的喜怒哀乐，抱着皓月自顾自地就要往外走。哪知就在此时，半空中响起“昂”的一声驴鸣，随即一道白影从天而降，正落在了九嶷面前。九嶷正要后退，可是怀中一空白光一晃，竟是吕清奇返回来抢走皓月，如入无人之境一般，飞快地又逃了。

九嶷第一次见识这般速度，又惊又怒，几乎傻了眼。未等他傻眼完毕，他耳中听得“啪”的一声，却是白大帅怒不可遏，因为不便抽他的嘴巴，所以照着他的后脖颈狠拍出了一掌：“混账和尚！既然清奇还活着！那你炸的是什么？！”

说完这话，白大帅怔了怔，忽然意识到地下炸药并未完全爆炸——地下有炸药，也有火，这还了得？

疯了一般的，白大帅甩开身上大氅，呐喊一声撒腿就往院外跑。九嶷来不及多想，也跟着白大帅一路从府后跑到了府前，及至约摸着地下炸药尽数爆炸也无妨了，白大帅停下脚步，暴跳如雷地对着九嶷吼道：“谁许你这样自作主张的？这样好的机会都被你浪费掉了！从今以后，吕清奇一天不死，你就要负责本帅的安全一天！胆敢半路开溜，老子就发你的通缉令！让你滚回你的深山老林吃妖精去！”

第六章

白大帅与清奇的过往

白大帅要气疯了。

院内地下的炸药始终是不炸，导致府内人心惶惶，彻夜不眠地等着那一声巨响。众人惶惶，白大帅心中有鬼，更是惶上加惶。在卫士的簇拥下撤退到了安全房屋里，他如同小型炸药包成了精一般，先是双手叉腰呼哧呼哧地喘粗气，及至喘过瘾了，他猛一抬头，目光如炬地盯住了九嶷，同时暴喝一声："你！"

九嶷夹着四脚蛇站在角落里，看出白大帅这是缓过了一口气，又要对着自己穷追烂打了，便提前把脸一沉，做了个阴恻恻的高深模样："怎么？你这是要迁怒于我了？"

白大帅个子不高，腿却不短，暴跳如雷的时候尤其麻利，屋内众人只觉眼前一花，小小的白大帅已经几大步迈到了九嶷面前。背着双手仰起脸，白大帅气得背头凌乱，眼角皱纹都新增了好几道："迁怒于你？"白大帅猛地一晃脑袋，"呸！"

白大帅这一声怒呸中气十足，唾沫星子向上喷了九嶷一脸。幸而九嶷常年不知卫生为何物，所以还能够昂首而立、岿然不动。而白大帅呸完一声之后，接着上文继续吼道："若是没有你这秃驴妖僧捣乱，现在清奇已经化为飞灰了！如今怎么办？他这一逃，必定对我怀恨在心，有千年做贼的，没有千年防贼的，难道本大帅从今往后正事不干，专门提防他一个人吗？”

说到这里，他抬起一只手，用食指狠狠一指九嶷的鼻尖：“你不要板着脸跟我装死！我告诉你，从今天起，你哪里也不许去，本大帅后半生的安全与幸福，全部由你一人负责！你胆敢失职，本大帅就架炮把你，还有你这条四脚蛇，一起轰成渣滓！”

话音落下，白大帅收回食指顺势一抬手，用耙子似的五指给自己理了理发型。而九嶷端然而立，腋下夹着一条傻了眼的四脚蛇，一时间则是无言以对。

九嶷对于白大帅其人，可以说是毫无情谊可言，两人之间的关系论起来也不复杂——他在白大帅府中肥吃海喝了好些天，而白大帅把他养肥之后送去喂了妖精，幸好他福大命大本领大，并未当真成为妖精之食以及妖精之屎。后来他重回大帅府，没找白大帅报仇，但是坏了白大帅的好事，气得白大帅跳起来给了他一个大脖儿拐，又翻来覆去地骂了他好些顿。

总而言之，他二人之间的关系，堪称是一笔不赔不赚的糊涂账，谁都有理，谁都委屈，谁都觉得自己够仗义。白大帅让九嶷对自己的后半生负责，九嶷立刻粗略地估量了他的寿命。白大帅这种活蹦乱跳八面玲珑的小个子，显然是十分能活，再熬个二三十年想必也是没有问题。九嶷浪荡惯了，宁可夹着四脚蛇跑出去风餐露宿，也不想成天跟着个小老头大眼瞪小眼，尤其这小老头一身权监气派，并且还是个暴脾气的、会跳起来抽人后脖颈的权监。

但是值此非常时刻，九嶷心里另有主意，嘴上一言不发，由着白大帅在自己面前奔突咆哮。四脚蛇躲在九嶷的袍子里，听外面白大帅叫得凶恶，便伸了一只小黑爪子，抚慰似的轻轻摩挲九嶷的胸膛，心中又暗恨皓月——若是没有那只白狗崽子勾了九嶷的魂魄，九嶷又何必要落到如今这般境地，被个糟老头子臭骂？

凌晨时分，一声巨响，如众人所愿，院子地下的炸药终于爆炸了。

白府损失了一角，并且惊动了半座北京城。救火会消防队携着水龙前来救火，一时间纷纷扰扰姑且不提，只说白大帅那一颗悬了整夜的心终于暂时地落了实地，长长地吁出一口气后，他立时感到了饥饿和疲倦。胡乱喝了一大碗热粥之后，他没好气地瞪了九嶷一眼："走！本大帅要休息了！"

九嶷和白大帅共进早餐，此刻手里拿着一只小笼包，他鼓着腮帮子，嘴里还藏着一只。漫不经心地对着白大帅一点头，他含含糊糊地边嚼边答："嗯，去吧！"

白大帅扬手对着桌面一拍，只听"砰"的一声，桌上的碗筷一起跳了三跳："混账东西！清奇现在行踪不定，你怎么敢让我独居一室？"

九嶷心平气和地抬起头问道："那你老人家想怎么办呢？"

白大帅绕过桌子走到九嶷面前，因为九嶷没头发，所以他一把揪住了九嶷的耳朵："怎么办？"他牵驴似的牵着九嶷往外走，"好办！从今往后，你陪老子一起睡！"

九嶷万没想到自己身兼数职，不但要保证白大帅的安全与幸福，还得陪他睡觉，登时就想挣扎。然而白大帅身边的卫士们虎视眈眈，他刚略略一动，卫士们就把长短枪支一起端起来对准他了。

白大帅身为一府之主，起卧之处自然是华丽超凡的，卧室不但大如厅堂，而且永远温暖如春，尤其是迎门一张西式大床最为惹眼，床头栏杆兴许是镀了金的，明晃晃耀人眼目，床尾摆着一架小沙发，小沙发也同样是金光闪烁。而白大帅虽然本人没有多少阳刚之气，但房内的大小丫头们却是个顶个的如花似玉，见白大帅牵着个人高马大的和尚进了屋，朱缠翠绕的漂亮丫头们一起愣了一下，随即其中一个顶伶俐的赔笑上前问道："大帅，这不是咱们府里的那位大师吗？您把他请过来，是要谈事情？"

白大帅疯狗一般，见人就咬："混账话！谈个屁！老子一夜没睡，还不赶紧铺床！"

丫头们吓了一跳，立时全成了哑巴，铺好床后便一起退了出去。而白大帅放开九嶷站在床边，双手叉腰又喘了半天的气，这一回他喘得卓有成效，因为面色渐渐由青转白，脸上的怒意也隐隐地消散了八九分。深深地吸了几口气，他转向九嶷，开始抬手解衣扣："佛爷，你说，清奇确实是走远了吗？"

九嶷抬手捂着耳朵缓缓地揉，同时姿态迟缓地东张西望了一次："吕清奇……”他沉吟着答道，“至少此刻不在附近。”

白大帅脱了外衣，露出贴身的白绸小褂。转身一屁股坐到床边，他弯腰把皮鞋也脱了，然后抬腿爬上了床：“佛爷，不要客气，辛苦了一夜，你也上来休息吧！”

九嶷袖着手站在地上，迟疑着没有动。而白大帅见他不听话，如同变脸一般，登时换了一副横眉怒目的面孔，攥了拳头狠狠一捶床：“要么上床陪老子睡觉！要么出去吃一粒枪子！”

九嶷一听这话，当即一头滚到了床上——滚得太猛了，大脑袋“咚”的一声撞上了白大帅的胸膛。白大帅身材玲珑，胸膛的面积也很有限，如今骤然受了一击，当场被九嶷撞得闭了气。而未等他把这一口气缓过来，房门外又响起了副官的声音：“报告大帅，吴秀斋先生想要见您和佛爷。”

白大帅好容易才恢复了和颜悦色的面孔，此刻受了一撞，面孔登时又要维持不住。而九嶷自知有罪，伸了大巴掌要去为白大帅摩挲心口，可惜为时已晚，白大帅急赤白脸地对他劈面一掌，在他那脸上抽出了一记脆响，然后嗷嗷地吠道：“不见！让他滚蛋！”

九嶷无端地挨了一个嘴巴，因为不便立刻打回去，只得忍气吞声，捂着脸躺了下来。白大帅怕吕清奇将要怕出了心病，九嶷背对着他蜷成一团，也自有一番心事——明明都把皓月抱到手里了，万没想到吕清奇竟然有本事硬抢、而且还当真把皓月抢了去。九嶷从未遭遇过这般失败，越想越是懊恼，待到身后的白大帅打起小呼噜了，他忍不住长叹一声，同时听得四脚蛇把大嘴伸到自己耳边，低声说了话：“九嶷，这个白大帅太难伺候，咱们找机会逃吧！”

九嶷没言语，直接抬手把四脚蛇拽下来掖回了怀里。逃自然是要逃的，只是不知道应当选在何时动身。而且逃了之后又当如何？继续带着四脚蛇浪迹天涯去？还管不管那只落入驴掌的狗崽子了？自己并不是没有设法救过狗崽子，救归救，可是结果没救出来，那么这样一场营救，到底还能不能算数？自己若是就此丢开手不管他了，算不算是薄情寡义？

九嶷常年缺德，洒脱惯了，如今骤然陷入了情与义的大题目中，就糊里糊涂地想不清楚了。

九嶷跟着白大帅过了几天，越过越感觉苦不堪言。当着众人的面，白大帅倒是恢复了往昔和颜悦色的模样，可是背地里对着九嶷，他憋气窝火，说发疯就发疯，拿手绝技是跳起来抽打九嶷的后脖颈和光脑袋。九嶷有心还手揍他一顿狠的，可是白大帅一方人多势众，并且全是荷枪实弹，他敢还手，白大帅就敢对着他开枪。而他虽然是个半人半妖的东西，但是还未修炼成金刚不坏之身，若是平白无故地挨了一枪，滋味定然难熬。

审时度势地咽下一口恶气，九嶷冷眼旁观，一直观到这日下午，他终于是把心一横，定了一条新计谋。

白大帅因为怕吕清奇夜半前来偷袭，所以活成了一根老光棍，男色女色都不近了，日夜只和九嶷厮混在一起。白天他操劳军务，并不得闲，故而天黑之后睡得早。他睡，九嶷躺在他身边，闭着眼睛也装睡，及至听他呼吸沉重、将要打起呼噜了，九嶷轻轻地坐起了身，伸腿下地趿拉了一双拖鞋。四脚蛇早已知晓他的计划，故而此刻也不惊诧，单是一如既往地缩在了他的怀中。

蹑手蹑脚地出门进了院子，他刚一见月亮，就被院内的卫士发觉了。卫士之一上前一步，声音很轻地呵斥道："大师，干什么去？"

九嶷神情自若，一手拢着僧袍，一手抬起来向房后的方向指，声音也是非常之低："我去趟茅房。大帅嫌我放屁太臭，不许我用房里的抽水马桶。"

说完这话，他抱着肩膀，哆哆嗦嗦地往后方跑。卫士们见他衣衫单薄，的确是个刚从床上爬起来的模样，故而也就没有继续盘问，由他往茅房去了。

九嶷刚一转到房后，便恢复了昂然姿态。房后开着院落后门，门外的犄角旮旯处立着一座小小茅房，乃是卫兵们的方便之所。九嶷对茅房一眼不看，迈开大步就要向前跑，可一只大脚丫子刚抬起来，茅房门口便伸出了个油光水滑的小脑袋。月光之下，小脑袋目光如炬，一眼便看清了九嶷的面目，紧接着小脑袋开了口，声音还不小："九嶷？"

九嶷不假思索地拐了弯，一把就捂住了小脑袋的嘴，定睛一看，原来小脑袋也是熟人——吴秀斋。

九嶷这些天活得焦头烂额，早把这人忘到了九霄云外去，如今和他打了照面，也没有好脸色给他：“吵什么！闭嘴！你怎么在这里？”

吴秀斋见九嶷咬牙切齿地小声说话，心内明白了几分，很识相地也压低了声音：“我刚去了白大帅的院子里，想要见见你和白大帅。可是院子里的卫兵不许我见，把我撵了出来，我心里气不过，就顺路撒了一泡尿！九嶷，我是为了救皓月师父才来大帅府的，可是我已经在大帅府住了好些天了，师父没有救出来，也没有人理睬我，这算是什么事情呢？你这是又要去哪里？白大帅呢？”

九嶷心思一转，决定实话实说：“你那个皓月师父，本来都被我救出来了，哪知道那吕清奇实在厉害，又把他抢了去。现在白大帅对我很不怎么样，不但怪我放走了吕清奇，还让我负责他的安全与幸福，老子自己活得还既不安全也不幸福呢，哪有工夫管他？所以我决定今夜逃走，远远地离开白老头儿。你呢，识相的话就闭上嘴赶紧滚，否则的话本佛爷不客气，直接掐死你扔到茅坑里去！”

说到这里，他大眼珠子一转，忽然生出了新的念头——还不能轻易地放了吴秀斋，因为这小子既无胆量也无智慧，自己前脚走了，他很可能后脚就跑去向白大帅告密。而自己若是就地宰了他，多多少少也要弄出些动静来，一旦惊动了附近卫兵，自己这一场夜奔可就前功尽弃了。

思及至此，不等吴秀斋回答，他目露精光地又开了口：“要不然，你跟我一起走吧！你是我带进来的，我若是逃了，难保白大帅不会迁怒于你，万一……”

话未说完，余音袅袅，九嶷看着吴秀斋，让他自己想。而吴秀斋连老家那位胖太太都斗不过，如今又冷又怕，脑浆都要结了冰，自然更是没了思想。九嶷一恐吓他，他战战兢兢的，便真怕了。

“那我，我跟你一起走？”他带着哭腔小声问道。

九嶷一把抓住他的小细手腕，同时转向前方低声答道：“别啰唆，出发吧！”

九嶷这一趟夜奔，逃得十分顺利。

一路上他领着吴秀斋疾行不止，一队巡逻兵也没遇到。迎着寒风直奔了那一套被炸成废墟的破院落，他深一脚浅一脚地走过一大片瓦砾堆，然后翻过一堵被炸豁了的院墙，轻轻巧巧地就离开了大帅府地界。此时正是午夜时分，府外路上莫说行人，连个鬼影都没有。九嶷痛快地喘了一口粗气，耳边就听四脚蛇发了问："九嶷，接下来我们去哪里呢？"

九嶷不假思索地答道："先找个安身的地方，等天亮之后，再定前途！"

在一家黑洞洞脏兮兮的小店里，九嶷找到了安身之处。吴秀斋惊惶惶愣怔怔地跟着他，心里感觉自己像是在梦游，有点想离了他回姐姐家去，可又不是完全地愿意走。轻轻地在硬板床边落了座，他仔细着自己的体面衣服，不敢乱动，生怕在桌角床腿上蹭了污渍。在如豆的一点油灯灯光下，他看见一只大臭虫抖着触角，在肮脏地面上一闪而过。角落里有一双小眼睛闪烁，他想自己如果没瞧错的话，那应该是一只大老鼠在看热闹。

宽袍大袖的九嶷在地上走来走去，是个心事重重的模样，而四脚蛇趴在吴秀斋身边，因为看吴秀斋仿佛是很嫌弃自己似的，所以十分要脸，吴秀斋不理他，他瞪着两只绿豆眼，也是坚决地不理吴秀斋。

如此不知过了多久，吴秀斋又冷又累，因见九嶷一味地只是踱步，便忍不住开了口："喂！明天你到底是打算怎么办？继续找师父去？还是各回各家？"

九嶷停下脚步，沉吟着没有说话，四脚蛇却是忍不住怒道："什么师父！不过是只狗崽子罢了！不许你提他，再提他我就吃了你！"

吴秀斋虽然知道四脚蛇是只有智慧的小妖精，但因他从头到脚没有一丝人气，所以无论四脚蛇如何发表高论，吴秀斋都当他是在鸣叫。抬眼望着九嶷高大的身影，他又开了口："大和尚，出家人不打诳语，你说实话，师父真的……真的也是妖精吗？"

九嶷心不在焉地一点头，然后抬手比划了个长度："小白狗，就这么大。"

吴秀斋听到这里，不知怎的，有种被人欺骗了的感觉，不愤怒，只是悲伤。神情痛苦地交握双手，他仰起脑袋追着九嶷看："看他的气质，不像狗呀！"

九嶷背着手，魂不守舍地继续踱步："不像吗？傻头傻脑的，很像嘛！"

吴秀斋不想接受这个现实，垂死挣扎一般地还要反驳："傻？他哪里傻？皓月师父他不但英俊潇洒，而且深明大义，实不相瞒，我吴某人活了二十几岁，还没有见过这样才貌双全的人。若不是因此，像我这样孤傲的人，能心甘情愿地称他一声活神仙吗？九嶷，你仔细回忆回忆，是不是你看错了？师父他就算真是只妖精，也不该是狗这种俗物啊！你说呢？”

九嶷神游天外一般，有一搭没一搭地回答：“我？哦，真是狗，小公狗，白的。”

吴秀斋听到这里，真痛苦了，深深地低下头叹了一口气。偶像兼靠山居然是只狗，他那脆弱的身心实在是承受不住这个事实。回想起皓月的音容笑貌，他心如刀割，几乎想要痛哭一场，心头的希望之光也彻底黯淡了。

吴秀斋抱着膝盖垂着头，长久地一动不动，脑筋也停了转。而九嶷在地上团团转了许久，末了大概是转累了，他踢开拖鞋跳上硬板床，四仰八叉地躺了下来。这硬板床上除了跳蚤臭虫之外，也堆着一条薄薄的破棉被。九嶷身强力壮，光着屁股跑到雪地里也冻不死的，所以此刻也不盖被，单是闭了眼睛枕了双手，摆了个舒舒服服的睡姿。四脚蛇盘踞到了他的肚皮上，心中有些惶惑，因为没看出九嶷这葫芦里卖的是什么药——自从跟了九嶷之后，四脚蛇的小肚皮里时常会闹一场蛇肠寸断，因为九嶷处处都和他拧着干，而且说不准什么时候就会捉一只新妖精回来抢他的地位与风头。天长日久，四脚蛇酿了一肚子老陈醋，并且因为想做九姨夫而不可得，所以老陈醋酸中带苦，那种滋味十分难尝。

两人一蛇一言不发，静静地熬到了天亮时分。四脚蛇双目炯炯，见窗外现出黯淡天光了，立刻抬起爪子抓挠了九嶷的胸膛：“九嶷九嶷，天亮了，天一亮城门就开了，我们赶紧逃出城去吧！”

九嶷一直一动不动，仿佛是睡了，如今受了四脚蛇的一抓，却是立刻睁了眼睛。吴秀斋在床边坐了小半宿，不但手脚冻得冰凉，甚至鼻尖都红了，周身的关节也结了冰一般，一动便是一酸痛。抬起两只脚互相磕了磕，他脚上的新皮鞋仿佛是冻硬了，石头似的相撞出了响声。在响声中转向九嶷，他吸了吸鼻子，也开了口：“喂！接下来我们怎么办？”

九嶷不置可否地坐起身盘了腿，又把四脚蛇长条条地搭在了自己的大腿上。抬手摸了摸自己的大光头，他抬头正视了吴秀斋：“不知道。”

此言一出，吴秀斋和四脚蛇一起傻了，因为九嶷素来揣着一肚子主意，仿佛是从来没有“不知道”的时候。一起眼睁睁地注视了九嶷的面孔，四脚蛇不知不觉地张开了大嘴，吴秀斋则是试探地小声请求道："要不然……我们再找一找皓月师父？不管成不成，先试一试嘛！"

九嶷一点头，随即向后一仰，"咣"的一声拍回了床板上："好。"

四脚蛇大叫一声："好？"

九嶷翻了个身，把四脚蛇夹在了大腿间："别吵，让我睡个懒觉。那个谁，你有钱没有？出去让伙计送一壶热茶进来，就手再给我弄点儿热饭热菜，去吧！"

吴秀斋眨巴眨巴眼睛，没想出什么主意来，于是乖乖地出门给九嶷找吃找喝去了。

九嶷在这小店里，一住便是三天。

这三天里，吴秀斋和他同起同卧，并且还得负责他的伙食，他吃肉包子吃皮不吃馅，吃豆沙包吃馅不吃皮，恶习十分之多，但因吴秀斋有求于他，所以也都默默地忍了下来——一边忍，吴秀斋也一边犯嘀咕，因为始终不知道九嶷意欲何为。

如此忍到了第四天，九嶷让吴秀斋去估衣铺买了一套半新不旧的裤褂回来。脱了僧袍换了便装，九嶷打了个包袱装好僧袍，又把四脚蛇也裹进了僧袍里。将包袱紧紧地斜系在了后背上，他领着吴秀斋离开小店上了大街。

此时正是傍晚时分，街上熙熙攘攘人来人往，正是一副太平景象。吴秀斋跟着九嶷向前走过了一条大街，见周遭并没有大帅府里的士兵来抓自己，一颗心就跳得平稳了许多："喂！你到底是打算往哪里走？"

九嶷扭头看了他一眼，然后气定神闲地答道："不知道。"

吴秀斋听闻此言，立刻瞪了眼睛："不知道？"

九嶷和颜悦色地问道："你知道吗？"

吴秀斋感觉自己是被九嶷耍弄了三天，简直气得要哭："我怎么可能知道？"

九嶷弯腰攥住了吴秀斋的小细腿，轻轻巧巧地向上一抬。吴秀斋身体一晃，低头看时，发现自己右脚的皮鞋已经被九嶷脱了下来。而九嶷拎着皮鞋直起身，轻描淡写地说了话："既然都不知道，那就扔鞋决定吧！"

说完这话，他把皮鞋向上一扔。皮鞋滴溜溜地落下来，鞋尖正向着东方，于是九嶷向东一指：“好，就往东走！”

吴秀斋以金鸡独立之姿向前跳了几步，摇晃着穿了皮鞋，随即转身面对九嶷，怒不可遏地吼道：“好你个秃驴骗子！我当你是救星，孝子贤孙一样足足伺候了你三天，你可好，竟然把人命关天的大事当成儿戏！算我瞎了眼，几次三番地遇到你这个混账妖僧！我看出来了，你根本没有诚意去救师父，罢了罢了，既然如此，你滚你的蛋，我回我姐姐家，往后你我大路朝天，各走半边！这几天的饭菜，我就全当是喂了狗了！”

说完这话，他愤愤然地扭头便走，一鼓作气走了个无影无踪。而九嶷袖着手迈步向东走了几步，忽然原地做了个向后转。躲在包袱里的四脚蛇感觉他这个势头不对劲，可是包袱外面光天化日人来人往，他又不能公然地伸出脑袋询问。包袱开始一起一伏地起了颠簸，四脚蛇凭着直觉感受了一番，末了认为九嶷应该是正沿着道路笔直地走，步子这样的敏捷利落，可见他也是目标明确、胸有成竹。

四脚蛇困惑了，不知道九嶷到底在打什么主意。而在四脚蛇困惑之时，吴秀斋气哼哼地回到了他那姐姐家中，一进门便和他姐姐走了个顶头碰。密斯吴照例是花枝招展地妆扮着，值此华灯初上之时，正要出门去跳舞厅消遣一番，冷不防见弟弟回来了，她立时变了脸色，恶狠狠地骂道：“这些天你死到哪里去了？说走就走，屁也不放一个，我还以为你让野狗叼去了呢！”

吴秀斋听到“狗”字，心中一乱又一痛，登时效仿其姐，也翻了脸：“我爱上哪儿就上哪儿，你少管我！”

密斯吴急着出门娱乐，本来也没想管他，但是在临走之前，她随口又问了一句：“皓月有消息了吗？”

吴秀斋头也不回地走进了院内：“有个屁！”

密斯吴听他出言不逊，咽不下这口恶气，故而追着他骂了起来。而在吴家姐弟鏖战不休之时，九嶷已经到达了他的目的地。四脚蛇趁着天黑，从包袱口中伸出了个脑袋。目瞪口呆地望着眼前情形，他小声问道：“九嶷，你疯了吗？怎么又回来了？”

九嶷双手叉腰站在一堵豁了口子的砖墙前，低声答道：“我本来也没想走！

我纵横人妖两界这么多年，还没有吃过这么憋气窝火的败仗！到了手的狗崽子，居然还能被那头驴硬抢回去，真是见了活鬼！”

四脚蛇怔怔地仰望着他的后脑勺：“既然如此，那你三天前为什么还要逃呀？”

九嶷将包袱紧了紧，然后上前一步抬手扒了墙头，一边翻墙，一边咬牙答道：“你懂个屁！我这叫出其不意，杀他个回马枪！”

大帅府内不拘何处，无论昼夜总有卫兵往来巡逻，所以九嶷趁着夜色翻过高墙豁口，一步一步走得十分小心。好在他虽然人高马大，但是除了骨头之外，周身的衣物鞋子全是柔软一流，可以让他高抬腿轻落步，大猫一般走得无声无息。瓦砾堆也帮了他的大忙——天气寒冷，不是破土动工重建房屋的时机，所以瓦砾堆成了个无人管理的破烂场，卫兵们也不大往这里来，纵是来了，因为珍惜脚上皮靴，也不肯走得深入，至多只在瓦砾堆外擦边经过罢了。

四脚蛇缩在包袱里，气得尾巴尖都硬了，并且怀疑九嶷是得了失心疯。他和九嶷在一起厮混了这许多年，九嶷是何等人物，他自认为是最了解的。那么缺德带冒烟的九嶷竟然为了一只狗崽子几次三番冒大险，他只能认定九嶷是吃错了饭或者吃错了药。最根本的是，那狗崽子一贯装模作样惹人厌恶，真身尤其令人作呕，竟然从头到脚全是白毛。想起皓月的模样，四脚蛇打了个激灵，真感觉自己浑身都痒起来了。

九嶷在大帅府内过了不短的日子，对于府内方位已经是十分清楚。蹑手蹑脚地直奔了厨房，他在一间空柴房内安了身。及至房外天光微明了，他潜入厨房偷吃了个饱，然后溜入后花园——天冷，后花园内早就没人了。

偌大的大帅府内，总有卫兵们巡视不到的死角。九嶷就在这些死角之中流窜不止，连着过了好些天，居然硬是没有被人发现行踪。这一夜他照例回了厨房想要觅食，可就在他走到厨房门前的一刹那间，他忽然停了脚步，打了个冷战。

他感觉自己嗅到了一丝妖气。

终于等到这股子妖气了！

九嶷这些时日走了又回，游魂一般地藏匿于大帅府内，所为的便是当下这一刻——自己若是公然留在府内，吕清奇上一次受了重创，如今权衡利弊，恐怕只能逃之夭夭；可自己若是不在，府内少了能降妖除魔的人才，那么吕清奇还有必要再逃吗？

这个问题的答案是不言而明的，而九嶷为了给吕清奇卷土重来的时间与机会，特地地闹了一场夜奔，要让众人都知道大帅府内的佛爷溜了，而吕清奇经过了这些时日的休养调息，如今对待失去了佛爷护体的白大帅，他也可以再杀一个回马枪了！

九嶷实在是无法在茫茫人海中找到吕清奇，所以只能采取这个法子守株待兔。那吕清奇是个利欲熏心的妖精，而白大帅作为炙手可热的大人物，麾下雄兵数十万，在吕清奇眼中，当然是天下第一合适的傀儡人选。九嶷不相信吕清奇会轻轻易易地放过白大帅。

妖气渐渐地浓重了，但是吕清奇道行极深，一贯是妖气逼人，所以九嶷心下暗暗估量，认为吕清奇距离自己大概还有着相当长的一段距离。隔着包袱皮与一层单衣，四脚蛇狂乱地用前爪抓挠了九嶷——他是只敏感的小妖精，经常就会惊一惊怕一怕。九嶷能感受到的妖气，他自然也能感受到。

九嶷背过手拍了拍包袱，不许四脚蛇乱动，然后轻轻地转了身，一边提防着巡逻卫兵，一边觅着妖气的方向迈了步。如此走出了没有多远，九嶷心里有了数——自己果然没有估错，若是这样一直地走下去，正是会走到白大帅的起居之所。屏住呼吸加快了脚步，他绕过茅房走后门，悄无声息地进了白大帅的后院。妖气越来越盛了，他迟疑了一下，有心跳窗户进房，可窗户紧闭，并不是轻易可以撬开的；大模大样地走到前院进正门，又很可能在捉到吕清奇之前，先被卫兵们痛揍一顿。停住脚步犹豫了一瞬，他猛一抬头，又发现了新问题——前院太安静了，虽然卫兵们绝不敢在白大帅的卧室窗外喧哗，但天寒地冻，偶尔打个喷嚏还是不能避免的，然而此刻没有喷嚏，甚至也没有清楚的呼吸声音。

九嶷的心向下一沉，怀疑自己是错过了什么。提起一口气抬起脚，他一边安抚似的背过手轻轻拍打了包袱内的四脚蛇，一边贴着墙根慢慢走向了前院。

走着走着，他骤然停了脚步，因为看到前院横七竖八躺了一地的卫兵！

地是洁净的青石板地，因为没有血迹，所以九嶷不能确定卫兵们的生死。四脚蛇正在他背后的包袱里瑟瑟发抖，九嶷想起吕清奇那一身奇谲诡异的功夫，两条腿也有了打战的意思。原地不动定了定神，他继续前行，想要瞧瞧最近一具士兵的身体，看看他们到底是死是活。

可是，就在他刚刚走到士兵身边之时，房屋的大门忽然无声无息地开了。

九嶷一怔，可大门近在眼前，再想后退也为时已晚。扭头望向门口，他就见门前灯下光芒两闪，第一闪是白大帅的背头反光，第二闪是吕清奇的长发反光。一高一矮的两个人并肩站在门前，吕清奇分明是看到了九嶷，然而视而不见，只自顾自地背过一只手，深吸了一口冬夜凛冽的寒气。和九嶷一样，他似乎也是不知寒冷，只穿了一身单薄的黑色长袍，袍子黑，头发也黑，衬得他一张长脸雪白无比。而白大帅裹着一袭绣花睡袍，双手插在睡袍口袋里，愣怔怔地只是向前看。

九嶷逃无可逃，所以索性和白大帅对视了片刻。很快的，他叹了一口气，发现自己迟来了一步。白大帅显然是中了吕清奇的迷魂术，如今已经成了傀儡——迷魂术这本领虽然玄妙，但是施展起来，并不容易。平日白大帅头脑清醒意志坚定，并不会轻易中招，非得是在这午夜时分，白大帅睡得迷迷糊糊、心神一起涣散之时，才有机会让吕清奇趁虚而入。

成为傀儡的白大帅并不是一具彻底的行尸走肉，慢吞吞地抬眼望着前方，他低声开了口，舌头有点硬：“九……嶷？”

九嶷溜了吕清奇一眼，随即一点头：“啊，是我。”

白大帅有样学样一般，也迟缓地点了点头：“回……来……了？”

九嶷转动一双大黑眼珠子，开始端详吕清奇：“回来了。”

吕清奇抬起同样苍白的一只手，手指卷起黑亮的一缕发梢，同时好整以暇地一歪头，和九嶷对视了。

两人对视的时间不会超过半分钟，然而在这半分钟内，九嶷的脑筋转了足有十万八千转。转到最后，他冷不丁地一笑：“嘻！”

吕清奇的手指和发梢纠缠不清，人在门前石阶上，他居高临下地审视了九嶷：“你不是逃了吗？”

九嶷老老实实地答道："我是逃了，可逃了之后发现外面没有我的活路，所以我就又回来了。"

吕清奇一眨眼睛，继续问道："回来干什么？"

九嶷思索着答道："我本来是想找白大帅，可白大帅既然已经中了你的招，我没了东家，那没办法，只好跟你混了。"

吕清奇一瞪大眼睛："跟我？"

九嶷不假思索地一点头："没错！贫僧行走江湖几十年，若是没有一点人生宗旨，又怎么能全须全尾地活到如今？"

吕清奇一皱浓眉："人生宗旨？"

九嶷用力一拍胸膛："没错！贫僧的人生宗旨便是'有奶便是娘'五个大字！白大帅有奶，贫僧就做他的法师兼保镖；如今白大帅着了你的道，你断了贫僧的财路，那没办法，贫僧以后只好吃你的了！"说到这里他上前一步，气冲霄汉地继续高叫，"贫僧的本领，不必说，你长了眼睛的，定然能看出七八分虚实！这口奶贫僧是吃定了！"

吕清奇听到这里，两道浓眉皱得快要掉毛："粗俗！胡说八道！信不信本尊一脚踢死你？"

九嶷当即后退一步："皓月那个狗崽子都被你当成宝，本佛爷这样金玉一般不世出的人才，你反倒舍得踢死？你想想，那夜若不是我搅了白孝琨的局，你早被炸成驴肉火烧了！吕清奇，你若是略有几分良心，就该立刻收留了我，我若成了你的人，自然也不必再劳心费力地去救你那狗崽子小师弟，你放心，我也舒服，这岂不是一桩皆大欢喜的美事？将来你雄霸天下了，我也不求荣华富贵，只要你肯给我修一座大庙，再封我做个国师就成！"

吕清奇那两道浓眉平展开来，慢慢回复到了原位："秃驴，在本尊这样一双慧眼之前，你最好不要耍花招。"

九嶷一扭宽肩膀："嘻，那我哪敢呀！"

吕清奇抬手揽住白大帅的肩膀，见九嶷虎背熊腰扭扭捏捏，不由得牙疼似的一吸气，心想："太丑恶了。"

然后他转身向内走回房中，两只耳朵微微地动了，他听九嶷步伐轻快地跟了上来。一只手垂下去轻轻捻动了手指，他随时提防着对方偷袭。鼻子忽然翕动了一下，他怀疑自己嗅到了身后的杀气，于是猛地回转过身，他一指捺向了九嶷的眉心！

然而他的手指刚刚伸到半路，整只手就被九嶷严丝合缝地合握住了。双手捧着吕清奇的手，九嶷对着他含情脉脉地一眨眼："驴哥。"

吕清奇打了个冷战，感觉自己简直是被九嶷玷污了，有心当场踢出他的肠子，可是转念一想，他又管住了自己的脚，因为知道九嶷的确是有点本领法术，不是一盏省油的灯，而自己虽有通天彻地之能，但也不敢保证让对方一脚毙命。万一第一脚没踢死他，再想踢第二脚，怕是就不容易了。而九嶷若是因此与自己为了敌，四处散播自己的底细，想起来也是一桩大麻烦。

思及至此，他用力抽回了手，转身带着白大帅继续向卧室走去，一边走，一边柔声又道："孝琨，天色还早，你继续睡吧。"

白大帅像是沉浸在梦境中不能自拔一样，痴痴地答应了一声，然后慢慢地走到大床边坐下来，姿态机械地脱鞋上床，直挺挺地躺进了被窝里。

吕清奇听闻九嶷逃之夭夭，白大帅暂时成了孤家寡人，这才趁着夜色潜入大帅府，略施小计控制了白大帅的神魂。对于白孝琨其人，他自认为是有相当的了解，虽说白孝琨暂时是成了傀儡，但凭着此人一贯的冷酷果决，吕清奇真是不敢保证自己究竟能够控制他多久。毕竟同样一招迷魂术，对于糊涂虫和对于白大帅，效果是完全不同的。

因此，他决定姑且留下九嶷，免得发生冲突，再横生枝节。九嶷若是个见利忘义之徒，那自然好，吕清奇正是处在招兵买马的时候，只要九嶷肯忠心耿耿地跟着他，他可以不计前嫌；九嶷若是别有心肠，也没关系，吕清奇认为自身上下此刻并无弱点，不怕九嶷兴风作浪。

白大帅乖乖躺下了，吕清奇在白大帅身边也躺下了。九嶷看他像是要睡，便沉吟着开了口："我说……皓月呢？"

吕清奇看了他一眼，嗓门不小地反问："干你屁事？"

九嶷没有上床的兴趣，横竖地面铺着一寸多厚的地毯，所以他索性在大床一旁席地而坐："上次在洞里，他救了我一命，我还没向他道过谢。本来我打算找机会把他救走，可是现在我也在你手下混饭吃了，自然也就没有再救他的必要。所以……"九嶷对着吕清奇咧嘴一笑，"我当面谢他几句，也就算了。"

吕清奇面无表情地望着九嶷，忽然感觉九嶷貌似鹰鹫，并且是只险恶的鹰鹫，眼窝黑洞洞地陷在阴影中，让人瞧不清他的眼睛，笑的时候他露出一口白森森的结实牙齿，仿佛随时能咬下谁的一口肉来，看着也很不善。这样的九嶷让吕清奇感觉很是嫌恶，所以翻身背对了九嶷，决定不搭理他。身后起了窸窸窣窣的响动，吕清奇没有回头，凭着两只耳朵，他听出九嶷是在换衣服。

一夜过后，院内东倒西歪的士兵们糊里糊涂地一起醒了过来。

他们全都差一点就活活冻死，如今醒了，也还是摸不清头脑，不知道自己怎么会无端地睡到了地上。东倒西歪地爬起来，他们就见前方房门缓缓开了，戎装整齐的白大帅缓缓走出来，眼神平静，语气冷淡："混账，怎么一起打起了瞌睡？"

说完这话，他明显地愣了一下，与此同时，他的身后黑影一闪，正是披头散发的吕清奇缓步而出，无声无息地停在了他的身后。而白大帅愣过之后，迅速恢复了常态。吕清奇在后方说"走吧"，他便也镇定地一挥手："走！"

然后这二人便一前一后地真走了。

他们一走，后方又有人露了面，此人宽袍大袖，正是九嶷。士兵们见了他，开始纷纷地用冻僵了的手指揉眼睛，并且怀疑自己睡了不止一夜——怎么搞的？忽然间白大帅房里不但多了个黑袍客，连失踪了好几日的佛爷也重新出现了！

九嶷把双手揣进大袖子里，只神情冷峻地亮了个相，然后便一转身又回房里去了。

九嶷吃了顿很丰盛的早饭，其间四脚蛇一直耷拉着爪子尾巴趴在他的肩膀上，不言不动，是个心如死灰的模样，因为九嶷不听他的话，非要和驴与狗掺杂不清地搅在一起，他简直快被九嶷气死了。

四脚蛇很愤慨，九嶷却是活得心旷神怡，吃饱之后便是满府里溜达。及至到了中午时分，他正站在大帅府的正门口向外张望，忽见白大帅的汽车队伍远远地从路口拐了过来。及至领头汽车在大帅府前停稳当了，卫兵上前打开前后车门，九嶷先见白大帅在前方弯腰下了汽车，随即吕清奇从后方也牵扯着一个人下了来，九嶷看得清楚，发现那一位正是恢复了人形的皓月。

皓月穿着一身薄薄的青缎子面皮袍，袍子青，越发衬得他面如冠玉，可惜玉中没有血色，也泛着青。长身玉立地在汽车门前站住了，他很疲倦憔悴地向前一抬眼，正和九嶷打了个照面。

若是放在先前，他和九嶷乃是一对冤家，见面之后必定都没有好脸色；但是经了那夜一场爆炸惊魂之后，皓月显然是知晓了九嶷的心意，所以一双眼睛一亮又一暗，他那脸上虽然无喜无悲，却是对着九嶷微微地点了点头。而九嶷上下盯着他细瞧了一番，仿佛第一次看清楚他一样，心中忽然有些惊讶——原来狗崽子变成了人，也还是很好看。

这个时候，吕清奇一手领着白大帅，一手领着皓月，迈步走向了大帅府正门。白大帅仰着头，虽然目光有些呆滞，但风姿做派还是一如往昔;皓月则是低着头，眼角眉梢全是倦意。吕清奇大踏步地走到了九嶷面前，然后对着皓月一抬下巴，眼睛盯着九嶷开了口："我的小师弟已经来了，你道谢吧！"

九嶷背过手，隔着袍子挠了挠屁股，而后对着吕清奇"扑哧"一笑："当着这么多人的面，我还怪不好意思的。"

吕清奇自认为身份境界都是天下第一的高，所以看了九嶷这副不男不女的忸怩模样，登时心头一阵恶寒，恨不得一脚把他踢去九霄云外："那你想怎么着？"

九嶷小声说道："以后咱们都是一家人了，来日方长，有机会再谢吧！"

吕清奇听了"一家人"三个字，登时把厚嘴唇撇到了耳根："胡说八道！谁和你是一家人？本尊之丰神俊朗雄才伟略就不提了，我这小师弟也是一位比花花解语、比玉玉生香的美男子好儿郎！哪怕是孝琨，也比那些无知无聊的凡人强一万多倍！在我们三人面前，有你说话的分吗？让开！否则本尊踢死你！"

吕清奇这番话说出来，白大帅似笑非笑不动容，皓月则是一皱眉头，像要作呕一般周身一起抽搐了一下。九嶷看了皓月一眼，然后也不生气，乖乖地让开道路，随即紧跟着吕清奇向内去了。

九嶷一直想找机会和皓月搭话，然而从早找到晚，直到天黑之后吕清奇和白大帅又出了门，两人才有了交谈的机会，只是房内房外都有卫兵守候，这卫兵们本是白大帅的人，如今自然也成了吕清奇的耳目。

九嶷比皓月更明白大帅府内的情形，所以规规矩矩地和皓月相对而坐，他是难得的很正经。电灯光从天花板上倾泻而下，正好照在了他的头顶上。他连着许久没有收拾自己的脑袋，以至于生出了若有若无的一层头发茬，让他的光头不复往日之光。但这一层头发茬也给他增添了几分人味，否则他脑袋光亮，皮肤无论洁净与否，也是光滑的底子，总让皓月怀疑他是个什么奇怪东西变化成的。

对着皓月清了清喉咙，他溜了门口的卫兵一眼，随即小声问道："你……现在还好？"

皓月端端正正地坐在椅子上，两条手臂也软软地搭上了椅子扶手。抬眼正视了九嶷，他低声答道："不好。"

九嶷也看出了他的不好，所以进一步追问道："病了？伤了？"

皓月面若冰霜，声音也是冰冷的："他取走了我的内丹。我如今能够维持人形，已经是竭尽全力了。"

九嶷立时变了脸色："没有内丹，你岂不是法力全无？"

皓月没言语，只轻轻地一点头。

九嶷站起身，动作很大地踱步喝水打喷嚏，及至踱到皓月身边了，他掩人耳目地嘀咕道："弄回来！"

话音落下，他低头去看皓月，结果发现皓月抬手捂嘴紧锁眉头，竟是失控一般地当真干呕出了声音。很吃惊地退了一步，他弯腰去看皓月的面孔："你吃坏肚子了？"

皓月依然捂着嘴，可是趁着九嶷尚未直起身，他飞快地低语了一句："内丹藏于丹田之中，你让我怎么弄？"

九嶷顺势用胳膊肘支了桌面，姿态悠然地摆弄了桌上茶杯："他怎么给你弄出来的，你就怎么把它弄回去！"

皓月猛地一扭头："这种令人作呕的事情，我办不到！"

九嶷听了这话，不禁起了疑心："他是怎么把你那内丹抢走的？"

皓月冒着脖子转筋的危险，把头又向一旁扭了扭，九嶷看他拧着雪白的脖子，小小的喉结很活泼地上下滚动，是个随时会呕吐的光景，便识相地直起了身，而皓月很艰难地咽了口唾沫，同时抬手摸了摸自己乌黑锃亮的小分头。

没有内丹，便没有力量，他纵是全身而逃了，做人也做不长久，之前成百上千年的修炼，也全成了泡影。九嶷深知内丹的重要，所以回头又向门外望了望，他低声说道："既然如此，你不如变回你那狗样子，还能省点力气。"

皓月神情痛苦地闭了闭眼睛："不，我不喜欢做狗。"

九嶷沉默了一瞬，随即又道："放心，我会帮你拿回内丹。"

说完这话，九嶷坐回原位，开始吃桌上盘内的蜜饯，吃得挑三拣四，因为蜜饯这东西往往表里不一，所以他吃一些吐一些，皓月感念他那一夜冒险来救自己，刚刚对他怀了一点好感情，如今看了他这做派，不由得又一皱眉。

九嶷在想，如何才能夺回皓月的内丹。

他和无数大小妖精打过交道，也曾经抢过人家的内丹吞服，这抢的方式无非有两种，第一种是连打带吓，逼着妖精自己吐出内丹；第二种则是直接行凶，直接宰了妖精剖出内丹，顺手把妖精也烤熟吃掉。九嶷自认为没有本领把吕清奇吓吐，唯一的出路就是将吕清奇开膛破肚，可这显然也不甚现实。

九嶷嘴上不说，一颗心却是快转成了陀螺。吕清奇终日和白大帅出出入入，目前看着倒还没有立刻雄霸天下的意思，但凭着他那一双腿和大嗓门，雄霸大帅府显然是没问题。以着白大帅的名义，他往大帅府里叫了个戏班子，每晚都带着皓月听几场好戏，九嶷冷眼旁观，发现他对皓月倒是并不禁锢——皓月的内丹在他肚子里，没了内丹的皓月连人都做得勉强，自然不会轻易地离开他。

九嶷看到这里，心里隐隐有了主意。这一日趁着四周无人，他又找到了和皓月单独说话的机会："喂！我看那驴挺喜欢你的，你能不能找机会和他睡一觉，半夜一刀豁了他的肚皮？"

皓月听到这里，露出了和吕清奇类似的嫌恶表情："九嶷，不要胡说八道！"

九嶷绕着他走了一圈，有些发急："小狗崽子，你想什么呢？让你和他睡一觉，只不过是要找个能够和他近身的机会而已，你没睡过觉哇？等他睡着了，你用符咒把他镇住，我到时候提刀上场，把他宰了——”

皓月立刻摇了头：“我们师出同门，我的符咒，制不住他。你的符咒，也未必能对他有作用。他道行太深，已经不是平常的妖精了。”

九嶷停到他面前，双手叉腰歪着脑袋问道：“那我怎样才能取回内丹？你那内丹到底是怎么被他抢过去的？我看你这狗肚子挺严密，不像被驴开过刀。”

这话一出，皓月的脸色瞬间开始千变万化，青一阵红一阵白一阵，整个人也有些哆嗦，喉结尤其是上下活动得欢，仿佛预备着大吐一场。姿态僵硬地坐在椅子上，他慢慢地抬眼向上望了九嶷。“他……他……”他的声音越来越颤，“他是趁我虚弱，强行，强行……吸出来的。”

九嶷一听这话，没听明白，于是在他面前弯了腰：“啊？怎么吸的？吸你哪里？”

皓月的声音变得低不可闻：“嘴。”

九嶷想了想吕清奇那两片苍白的大厚嘴唇，不由得也一咧嘴：“呃！”

皓月半闭了眼睛，仿佛随时要昏迷：“这是我师父的独门功法，非得法力高强才能办到，我如今这个样子，就算给我机会，我也办不到了。”

九嶷直起身，仰头望着天花板想了想，忽然笑了一下：“不，办得到，而且不难办。”

九嶷拟出了一套异想天开的妙计，皓月听了，先是抵死不从，并且感觉脏了耳朵，恨不得立刻跑去洗个热水澡，然而九嶷拦住他的去路，直接问道：“你是想做人，还是想做狗？”

皓月一听这话，便不动了——他想做人，而且还是顶天立地、降妖除魔的好人。连让他乖乖做妖，他都感觉是自甘堕落，更别提当那四脚着地、摇尾乞食的狗了。

于是，像吞服了一大碗黄连水一般，他神情痛苦地对着九嶷点了头。

点过头的皓月和九嶷分了开，在接下来的一个礼拜之内都没有再聚首。到了这一夜，天寒地冻，吕清奇照例是坐在暖和屋子里听戏，陪坐的人乃是白大帅。白大帅这一阵子活得愣愣怔怔，然而因为始终没闹出大纰漏，所以也没有人敢贸然揣测他的异常，只知道他不知从哪里又弄来了个新神棍，名叫吕大师，风头比前一阵子的佛爷更胜，竟然和白大帅亲密到了形影不离的程度。

伶人们站在屋子中央，并没有上妆，纯粹只是唱个调子给吕清奇听。吕清奇换了一身雪白长袍，照例还是披头散发。单手端着一只高脚玻璃杯，他一边轻轻摇晃着杯中洋酒，一边跷着二郎腿，脚尖随着锣鼓点打拍子。正是心旷神怡之际，忽然有人轻轻地走过来，一言不发地坐到了他身边。他扭头一瞧，发现来人居然是皓月！

皓月对他一贯冷如冰霜，从来没主动向他示好过，而吕清奇因为认定了皓月是个可造之材，有成为自己左膀右臂的潜质，所以软硬兼施，颇有几分巴结之意。如今见皓月不但走了过来，并且紧挨着自己落了座，他心头一惊又一喜，一时间嗓门失控，驴叫一般地开了口："小师弟！今天怎么这么有兴致？"

皓月向后仰靠在椅背上，因为面色苍白，所以显得眉毛睫毛特别黑。闭着眼睛轻轻地喘息了一声，他随即低声答道："我不行了。"

吕清奇听闻此言，大吃一惊："昂？！"

皓月缓缓地倾斜身体，一点一点地倒向了吕清奇的肩膀，同时气若游丝地喃喃说话："师兄，我很累，救我一救……"

话未说完，他已经软到了吕清奇怀中，吕清奇放下酒杯扶抱了他，心下恍然大悟——皓月先前曾被自己打伤，失了内丹之后，全凭着体内残存的几丝力量支持，熬到如今，灯枯油尽，自然是要"累"的。心思一转，他随即低头问道："小师弟，师兄一直在等你一句话，只要你愿意跟了师兄，那么不要说你的安危，连你将来的荣华富贵，师兄也可以一并负责。你我不是寿数有限的凡人，我们的好日子，满可以过到天长地久，届时你我二人携手同行，好好享它几世繁华，岂不快哉？"

皓月闭着眼睛气息奄奄，也不言语，只做了个要死的模样，同时喉结快速地上下滚动。但单是装死还不够，所以他勉强平定了情绪之后，轻声说道："师兄，我如今别无所求，只要你肯把内丹还给我，让我能够维持人形，那我就……我就……"

不等他把话说到尾，吕清奇自认为已经了解了对方的心思，便提前开始得意地哈哈大笑起来。及至笑过一场之后，他小心地搀扶起了皓月，同时说道："小师弟，你的内丹，恕师兄还不能给你，不给，但是可以借你一用。"然后他头也不回地又丢下一句，"孝琨，不要听了，回房睡觉！"

白大帅眨巴眨巴眼睛，仿佛刚刚听懂一般，乖乖地答应了一声。

吕清奇不能当众施展法术，所以扶着皓月出了房间，往居所走。而他前脚一出房门，后脚房门缝隙之中黑光一闪，正是四脚蛇闪电一般地也跟着溜了出去。

四脚蛇，作为一名不情不愿的探子，因为身躯异常娇小，所以此时此刻占了便宜，可以在花木丛中抄近路。肚皮贴地狂爬一气，他像一阵黑风似的刮到了九嶷面前："来了！马上就要来了！"

他说这话时，一身短打扮的九嶷正站在皓月的卧室之内。听了四脚蛇的报告，他当即跪下来一掀上衣下摆，四脚蛇会意，火速爬上了九嶷的后腰，张开爪子紧紧地搂抱了他。而九嶷展开提前预备好的布条，一层一层地缠到腰间，几乎把四脚蛇和自己缠成了一体。

然后放下衣服就地一滚，他滚到了床底。真丝床单曳地而垂，正能把他遮挡个八九分。耳听外边当真响起了隐隐的脚步声音，他气沉丹田，将呼吸一点一点地压到了极轻。

吕清奇搀扶着皓月进了卧室，皓月仿佛已经是虚弱到了极点，进门之后直奔了床边坐下，而吕清奇站在皓月面前，张了张嘴，忽然感觉有点不好意思。一掀袍子把手插进裤兜里，他掏出了一条美国造的留兰香口香糖。剥出一块口香糖塞进嘴里，他一边飞快地咀嚼，一边后悔自己不该在晚餐之时吃大蒜。及至感觉自己口中的气味比较怡人了，他吐掉口香糖，又倒了杯茶漱了漱口，然后才走到皓月身边，像新婚夫妇要入洞房似的，他紧挨着皓月也坐下了。

缓缓地扭过头，他抬手一撩披肩秀发，然后压低声音开了口："小师弟。"

皓月也转过脸，近距离地看了他的大眼睛大鼻孔和大嘴唇，看完之后心神一乱，险些当场变成狗。

吕清奇看皓月一哆嗦，还以为他瞻仰了自己的容颜之后身心震动，故而内心还颇有几分窃喜之意。伸手一抬皓月的下巴，他慢慢地张开了嘴，喉咙深处隐隐现出了一抹白光。

白光越来越盛，很快映得吕清奇舌头牙齿都成了白色。白光之中一枚丹丸缓缓飞出他的口中，正是皓月的内丹。皓月本是半死不活的，如今见了内丹，双眼立时一亮。调整气息也张开嘴，他要将内丹收回丹田之中——收回之后，立刻开溜！否则凭着吕清奇的本领，随时可以摁着肚子堵着嘴，再把他的内丹生生吸走。

然而未等他调匀气息，床下忽然响起了一声惊天动地的大喷嚏！

喷嚏一响，吕清奇和皓月登时一起张着嘴全愣了。与此同时，床下猛然向上蹿起一个光头，正是刚刚打了喷嚏的九嶷！

九嶷一言不发，钻出床底之后一个翻身转向大床，闪电一般的一嘴拱向了吕清奇。一口衔住了那枚刚刚出口的内丹，他随即猛地扭头，一边将口中内丹喂向了皓月，一边牵起皓月的一只手，不由分说地便要往外跑。皓月糊里糊涂地闭了嘴，同时感觉口中多了一枚温润如玉的圆珠子。不假思索地将珠子狠狠吞咽入腹，他瞬间只觉周身汗毛一竖，整个人如同要爆炸一般，竟被丹田中突如其来的力量震荡得踉跄了一步。

正当此时，后方的吕清奇发出了一声怒吼："好哇！原来你们要暗算我！"

这一声怒吼响彻云霄，震得九嶷与皓月全是五内沸腾，门外起了一阵骚乱，正是附近的卫兵受了一惊，纷纷跌坐在了地上。皓月如今有了力量，头也不回地向外狂奔，九嶷眼看房门狭窄，两个人是决计不能并肩通过的，便控制双脚落后了半步，想让皓月先行出门。然而就在这时，他忽然感觉脑后刮过一阵疾风，而被他裹在了后腰间的四脚蛇出于预感，恐慌而又憋闷地哀鸣了一声。这一声哀鸣让九嶷不假思索地一侧身——侧身之后的下一秒，他身不由己地凌空飞起，只听"啪嚓"一声巨响，他连叫都没有叫出一声，直接合身撞向门板，乌烟瘴气之中，门板带着门框、门框连着墙皮砖块一起倒地。而九嶷一翻身爬了起来，像不知道疼似的，眼看皓月在自己前方停顿了一步，便挣扎着迈开大步，同时喘息着喊了一声："跑！"

皓月自从收回了内丹之后，法力迅速恢复了十之八九，干别的不成，在平地上逃命还是没有问题的。而九嶷昏昏沉沉地跟着他跑，也是跑得飞快，只是心头一阵一阵的很恍惚，脚底下也发飘——如果没记错的话，他方才在房内，被吕清奇结结实实地踹了一脚。

连石头都能踹碎的脚，踹到他的肉身上，他居然还活蹦乱跳的没有死，这实在是一桩奇迹。九嶷知道自己肯定是受了伤，并且一定是重伤，但是管着自己的眼睛和心思，他只许自己向前看，同时暗暗的又有些喜悦，心想："老子这回算是对得起那只狗崽子了！"

逃跑路线是他和皓月早就暗暗商议过的，所以此刻他们目标明确，转往瓦砾堆的方向疾行。皓月一边跑，一边轻声怒道："你怎么不按计划行事，忽然蹿了出来？若是等我吞下内丹之后再动手，又怎么会落得这般狼狈？凭你我二人之合力，我们——"

九嶷很不服气地截住了他的话："你当我愿意打喷嚏吗？你床底下有狗毛，全钻到老子的鼻孔里去了！"

"不可能！我是人！"

"你是个屁！"

说这话时，九嶷的声音有些含混，像是嘴里含了东西。皓月忙中偷闲回了一次头，结果在星月光芒之下，他就见九嶷不知何时变了模样，鲜血一股一股地从他口鼻中涌出，他下半张脸都成了血淋淋的红色。而九嶷自己像是无所察觉一般，还在神情紧张地跟着他狂奔。

皓月压下惊惶，再往后瞧，这一次，他看到了吕清奇的身影——吕清奇并未奔跑，而是像跳蚤一般跳跃前进，每跳出一步，那距离都抵得上旁人的几十步！

皓月到了此时，因为知道自己再无退路，所以反倒冷静了。伸手一把抓住了九嶷的粗胳膊，他提起一口气转向前方，也不管身后情形如何，一路脚不沾地地掠过瓦砾堆，不出片刻的工夫，他越过围墙，已经带着九嶷逃出了大帅府。

按照原定计划，他是打算在收回内丹之后，和九嶷合力制服吕清奇——他们是有备而战，吕清奇是措手不及，纵算双方实力不甚相等，他们也能有个七八分的胜算。然而如今计划失败了一大半，吕清奇是安然无恙，九嶷却是受了重伤，皓月站在府后的小街上怔了怔，随即趁着吕清奇没有追踪而来，撒开大步跑向了远方。

九嶷心里越来越迷糊了，身上虽然还有力气，可是两条腿沉重绵软，开始不大听他的使唤。梦游一样地跟着皓月奔跑着，他听自己硬着舌头问道:“这是……去哪儿啊？”

皓月死死地抓住了他的手腕，同时低声答道：“找个地方，安身！”

第七章
你来我往

对于逃跑的方向，皓月嘴上不说，心中却是迅速地定了主意。一只手死死攥住了九嶷的腕子，他不敢回头再瞧吕清奇的行踪——不敢看吕清奇，也不敢看九嶷，因为知道九嶷还在吐血，鲜血滴滴答答地顺着嘴角往下淌，已经染红了他的小褂前襟。血吐得这样凶，偏偏他还一脸恍惚的不知道，这让皓月感觉格外恐慌，因为习惯了他是个大呼小叫小题大做的无赖和尚，他若是忽然的不无赖不作恶，便仿佛他不是他了。

跑着跑着，皓月向后伸出的手加了力气，因为九嶷的脚步越来越沉重，拖泥带水地开始拽他的后腿。咬紧牙关提起一口气，他一言不发地放开九嶷，猛地刹住脚步一屈膝一弯腰，而在后方的九嶷跌跌撞撞地扑向他时，他向后伸出双手，一把托住了九嶷那打着晃的两条大腿。

紧接着双腿运力向上一起，他背起九嶷撒开腿，一溜烟地疾冲入了夜色之中。头也不回地连拐了无数个弯，最后他在一条黑黢黢的小胡同中放缓了脚步。紧闭嘴唇深深地吸了一口气，他没回头，但也知道自己暂时是甩掉了吕清奇，因为空气寒冷而又清新，是纯粹的夜风味道，没有妖气掺杂。

“九嶷……”他侧过脸，压低声音轻轻呼唤，“你现在觉着怎么样？”

九嶷高高大大地趴伏在他的后背上，胳膊腿儿全都是又粗又长，东一条西一条地在他身上乱挂。听了皓月的问话，他只气若游丝地呻吟了一声。而皓月同时只觉脖子上一热，正是九嶷的鼻血滴落在了他的领口中。

皓月气运丹田，把周身的力量全运到了两条手臂上。将九嶷的大腿屁股向上又托了托，他向前继续迈了步："你挺住了，我这就找地方给你疗伤！"

皓月心急火燎地串胡同，幸好天冷而黑，他可以由着性子走成大步流星，不怕迎面遇到路人。末了钻进一条没灯没火的黑胡同里，他在一扇瞧不出颜色面貌的大门前停了脚步。腾出一只手摸索着找到了门环，他向左右望了望，见四周连条野狗都没有，这才放心大胆地将门环拍打出了声音。

院子里很快有了回应，是个妇人的声音："谁呀？"

皓月迟疑了一下，随即用不高不低的声音做了回答："我找吴秀斋。"

妇人的声音越来越近了，是一边往大门口走，一边扯了嗓门喊："少爷，您有客啦！"

话音落下，一扇大门也随之开了。胡同黑暗，院内却有电灯光芒。开大门的老妈子抬头先看皓月，发现这乃是一张颇俊美的熟面孔，登时就要满脸堆笑，然而目光一斜扫到了九嶷的大脑袋，老妈子立时把眼一瞪，喉咙里"咕"地挤出了一声哀鸣："哎哟我的娘——"

没等老妈子哀鸣完毕，皓月已经强行向前挤进了院内。与此同时，厢房的房门一开，吴秀斋披着缎子面小棉袄走了出来。对着皓月眨巴了半天眼睛，他末了又抬手一揉眼珠子："活，活神仙？"

皓月抬眼正视了吴秀斋，言简意赅地只道："我来避难。"

吴秀斋听闻此言，先是一愣，随即侧身向门内一伸手："请——"

话音未落，他眼前一花，正是皓月已经背着九嶷冲入了房内。

吴秀斋活了二三十年，虽然体格与智慧全都不甚发展，一直如同一朵娇花一般，但是并非彻底的愚蠢。停在门口思索了一瞬，他随即对着老妈子开了口："没你的事了，你回屋歇着去吧！"

老妈子轻轻巧巧地关了门，又道："小姐说是明早回来，少爷要是不出去的话，我就上门闩了。”

所谓“小姐”者，乃是恢复了自由身的密斯吴。吴秀斋听了这话，只胡乱答应了一声，然后转身迈步进房，他不但把房门关了个严密，并且不消皓月吩咐，他自动地将里外两间屋子的窗帘也拉拢。最后把脸转向床边，他本意是要先同皓月搭话，可是在见到了九嶷之后，他抬手一捂嘴，和方才的老妈子一样，也在喉咙里“咕”了一声。

皓月已经把九嶷长条条地放在了床上，并且解开了他的纽扣，以及缠在他腰间的层层白布条。布条一松，黝黑的四脚蛇立刻张牙舞爪地爬了出来。从九嶷的后腰攀上九嶷的胸膛，他在看清了九嶷满脸满身的鲜血之后，立刻张开大嘴，呱呱地叫了起来。

皓月将染了血与汗的布条缠在手上充当毛巾，用力擦拭了九嶷的头脸胸膛。九嶷半睁着眼睛一动不动，仿佛是还有些许意识，可是微弱气流萦绕在他的口鼻之间，他微微地张了张嘴，却是发不出声音。一只小黑爪子扒上了他苍白的嘴唇，四脚蛇依旧在呱呱地叫，皓月这回听懂了，原来四脚蛇并非乱叫，他是在哭，哭得什么都说不出来了，就只剩了一片呱呱呱。

回头又看了吴秀斋一眼，皓月低声说道：“他为了救我，被吕清奇踢成了重伤。”

不等吴秀斋能否领会自己这一句话，皓月自顾自地又道：“劳驾你去端一盆热水回来。”

吴秀斋愣眉愣眼地盯着皓月，也不知道听没听懂他的话，盯了片刻之后忽然一转身，他趺趺撞撞地推门出去，果然飞快地端回了一大盆热水，水里还浸了一条旧毛巾。

皓月面无表情，拧了毛巾继续为九嶷擦拭嘴角鼻洼的残血，又深深地俯下身去，在他耳边轻声说话：“九嶷？告诉我，你哪里疼？”

九嶷保持着仰面朝天的姿势，两条腿伸得很长很直。一双眼睛缓缓地转向了皓月，他气若游丝地终于开了口：“我……死不了……”

皓月和他对视了一眼，随即飞快地移开了目光，望着他的耳朵重复了一遍：“你哪里疼？”

九嶷慢慢地闭了眼睛，忽然牵扯嘴角笑了一下："狗崽子……这回我可是……对得起你了……"

皓月悄悄地抬眼又注视了他的面孔，看他在一瞬间中憔悴了十年，眼窝陷了，血色没了，他面孔晦暗，骤然成了个没有光彩的病人。

"告诉我，你哪里疼？"皓月用冷静的声音，第三次发问。

然而一句话刚问完，四脚蛇的黑爪子已经抓向了他的白脸："狗崽子！问问问，就知道问！你的狗眼睛是瞎了吗？！"

皓月猛地一晃脑袋，并没有完全躲开四脚蛇的一抓。鬓角之处疼了一下，是被四脚蛇的爪子抓破了油皮。他并没有为了这一抓而多看四脚蛇一眼，但是伸手抓住四脚蛇的细尾巴，他毫无预兆地发了狠，竟是拎起四脚蛇，不管不顾地向后便是一抡一甩。只听一声怪叫，正是四脚蛇猝不及防地凌空撞了墙，七荤八素地落在了墙角地上。

吴秀斋吓了一跳，后退一步再去看皓月。然而皓月并没有继续大动干戈的意思。低头定定地凝视着九嶷，他没再说话，只叹了一口气。

良久的沉默过后，吴秀斋去了一趟厨房，不声不响地运回了几样饮食。四脚蛇爬回了床上，很惶恐地趴在九嶷枕旁。皓月并没有要吃要喝的意思，只端了一碗热汤，弯腰站在床前想喂九嶷喝几口，然后九嶷昏昏沉沉的没知觉，汤水即便进了嘴，最后也是要顺着嘴角再流出来。

皓月试了又试，最后端着小碗直起身，他转向吴秀斋，低声说道："我要在你这里躲藏几天，行不行？"

吴秀斋一直像是在梦游，直到听了这句话，他如梦初醒似的打了个冷战，这才回了魂："行！那有什么不行的？都是自家兄弟——你们把谁惹了？是不是那个谁？"

皓月迟疑了一下，然后一点头，决定实话实说："是吕清奇，还有白大帅。"

吴秀斋搓了搓手，心中乱纷纷的，一时间也没个头绪："那个……活神仙啊，听说……你是只小狗？"话到这里，他神情茫然地赔了个笑，"我可没有冒犯您的意思，就是问问，问问……"

皓月的脸色变了一下，然而并非大变，转身在床边坐下了，他自言自语似的轻声答道："是。"

吴秀斋先前对皓月十分的崇拜，如今确认了皓月真是狗变的，他望着皓月扪心自问，发现自己依然很折服于活神仙的风采。

"兴许他和猪八戒是一类。"他在心里自己宽慰自己，"本来是个天上的神仙，一不小心投了猪胎——不对，是狗胎。投了狗胎的神仙也是神仙，况且他的法力，我是亲眼看见过的，绝不会有假。唉，罢了罢了，管他投的是什么胎，反正我现在一无钱二无人，连家里太太都打不过，到了北京花自家姐姐几个臭钱，还要成天看她脸色受她斥骂。哼！我算看清楚了，天下的娘们儿全是贱人，等老子东山再起了，非再讨十个小老婆出出气不可！"

思及至此，他也不说话，直接就走到皓月身边，紧挨着对方也坐下了。皓月扭头看了他一眼，他迎着皓月的目光，咧开嘴一龇小虎牙，很甜蜜地笑了一下。

皓月没心思笑，而且感觉自己和吴秀斋也无话可说，故而把头转回原位，继续盯着九嶷发呆去了。

九嶷沉沉地睡了几个时辰，其间口鼻之间只悬着悠悠一缕似有似无的气息。四脚蛇静静地趴伏在枕边，一双眼睛成了晦暗的珠子，一动不动地没了光芒。九嶷上身的小褂是大敞四开了，皓月一眼不眨地盯着他瞧，因为始终没看出他到底是哪里受了伤，直到在天色将亮未亮之时，他发现九嶷的左侧腰眼泛了红，红得浓重，是一片艳丽的瘀伤。试探着伸出手轻轻触碰了那一片鲜红皮肤，在双方相触碰的一刹那间，皓月哆嗦了一下，因为发现那片皮肤异常柔软，让人联想起一只过了沸水的番茄，指尖稍稍一用力，就能戳出他的鲜血了。

目光顺着自己的指尖向上走，他一路看向了九嶷的面孔。九嶷，先前在他眼中，一直是位不干不净的莽夫，脸上带着尘土，头顶透着油光，令皓月嫌恶到不能正眼直视他。然而此刻的九嶷变了模样，灯光之中，他的头脸因为曾被皓月用毛巾狠擦了一遍，所以成了洁净的苍白色。一双眼睛紧闭着陷入深眼窝中，原来是一双很大的眼睛——很大的眼睛，很深的双眼皮，很黑的睫毛与眉毛。高鼻梁上皮肤紧绷，微微反射了电灯的光。

像是第一次看清了他的面目，皓月静静地盯着他，一时间心中空空荡荡，竟是有些失神。而就在他迟疑着想要慢慢收回手指之时，毫无预兆地，九嶷忽然半睁了眼睛。

乌沉沉的黑眼珠子向下瞟了皓月，九嶷没头没脑地一抿嘴唇一翘嘴角，露出了个阴沉而又得意的笑。笑容的力道很足，然而来得快去得更快，像是雷雨夜窗外的一道闪电，在他脸上倏忽一闪，令人无法定睛细看。

然而皓月看清楚了他的笑。

在皓月的眼中，九嶷一身邪气，处处都邪，包括笑容。强定心神板了脸，他轻声发问："你……会有事吗？"

九嶷迟缓地转动眼珠，斜斜地望向了枕边的四脚蛇，同时用气流一般的轻声唤道："阿四。"

四脚蛇一个激灵，立刻扬起了大扁脑袋："九嶷？！"

九嶷很艰难地抬起了一只手，摸索着攥住了四脚蛇的细腰身，同时耳语一般地嘀咕道："我饿了。"

话音落下，他颤巍巍地侧过脸张开嘴，抖抖索索地张口含住了四脚蛇的细长尾巴。皓月只听"咯吱"一声响，在四脚蛇隐忍着的低低惨呼声中，九嶷合了牙关，竟是已经齐根咬断了四脚蛇的尾巴。浅淡血迹蹭上了他的面颊和嘴唇，他虚弱地喘了一口气，然后开始慢慢地咀嚼。而四脚蛇依旧趴伏在枕边，浑身上下一起颤抖，抖成了风中一片黑色的大叶子。

皓月看在眼中，心里明白了。

九嶷真是个妖僧，在垂死之际，妖才是他的药。暗无天日的妖精洞，才是他最好的疗养所。可他分明又是个人——好好的一个人，怎么会将自己炮制成了半人半妖的邪祟？若是真成了邪祟，倒也罢了，怎么偏偏又要舍生忘死地非救自己不可？这么一个东西，到底算好还是坏？到底是人还是妖？

皓月并非无所不知，想到这里，他就又不明白了。垂下眼帘望着自己抬到半路的手，他迟疑了一下，随即起身转向了吴秀斋，想要向他要一把刀。

若论妖法，十只四脚蛇加起来也抵不上他一个人的力量。四脚蛇的尾巴是九嶷的补品，那么他想，自己的血肉想必也可以成为九嶷的药物了。而吴秀斋本是正趴在桌子上打盹，蒙蒙眬眬地听床边有了动静，便眯着一双睡眼抬起了头。

然而皓月心思一转，却是转身走回床边，重新坐回了原位。望着九嶷出了半天的神，他见九嶷的腮帮还在一动一动，显然是嘴里的蛇尾巴还未吞咽干净。静候着九嶷的唇舌彻底安静了，他起身向前挪了挪，眉宇之间冷冰冰的，像是凝了一层寒霜。

然后伸出双手捧了九嶷的面孔，他慢慢地俯身低头，同时轻声说道："张嘴，我把我的内丹给你。"

此言一出，伏在枕边忍痛的四脚蛇猛然回了头，九嶷怔了怔，也睁了眼睛。在满嘴的血腥气中，他张了张嘴，本意是要说话，然而一缕气息存在胸中，他竟是虚弱得一时断了气，成了个哑巴。眼睛盯着皓月的嘴唇，他就见对方口中隐隐起了白色光芒。

皓月面无表情地半闭了眼睛，一股热流顺着他的丹田向上走，一路经过咽喉，走出去，离了他。

下一秒，一只小黑爪子拍上了他的白脸，是四脚蛇怒不可遏地叫道："色迷心窍的狗崽子！想要乘人之危占他的便宜吗？呸！吃了你！"

与此同时，九嶷糊里糊涂地含住了皓月的内丹。一股子说不清道不明的浓郁妖气在他口中弥漫开来，水一样地向下沉向下渗，一直渗入胸膛，渗入五脏六腑。五脏六腑本是如同落入烈火一般又热又疼，然而遇了这一股子阴寒的妖气，烈火立时弱了，一点凉意从他的心窝中向外发散，让他舒服得从鼻子里长出了一口气。

他的确不算是个完全真正的人了，一个人在生死关头所应有的悲哀恐怖，他全没有。先前他只是虚弱痛苦，此刻又只是舒服安然。在痛苦与舒服之上，另有一种情绪，乃是得意——他立志要把皓月救走，也真救走了，所以，很得意。除了得意，再没别的。

他知道怎样吸收妖气为己所用，可是这一回很有控制，因为这内丹还是要归还给皓月的。没了内丹，皓月也撑不了多久。

天亮之前，九嶷把内丹吐到了皓月的手中。闭上眼睛又做了个深呼吸，他虽然还是动不得，然而头脑清醒了许多。

“我饿了……”他哼哼地说话，“我想吃碗热馄饨。”

皓月吞下了内丹，吞的时候没敢细想，怕自己吞到一半会呕出来，及至内丹归了位，他恢复了力量，这才起身说道：“我去给你买。”

四脚蛇抢着说了话：“还要两个芝麻烧饼，要热热的软软的，九嶷喜欢吃刚出炉的烧饼。买不到你就不要回来了！”

皓月照例是不搭理四脚蛇。对着半睡半醒的吴秀斋一点头，他不言不语地推门走了出去。

至多不过十分钟，房门一开，皓月无声无息地空手回了来。

九嶷动弹不得，倒也罢了，吴秀斋独自坐在桌边抬头看他，同时就听四脚蛇恶声恶气地怒道：“狗崽子！馄饨呢？烧饼呢？什么都没有，剁了你的狗尾巴给九嶷炖汤喝！”

皓月随手关掩房门，然后走到九嶷身边低头说道：“我在胡同外面，看到了白大帅的兵。”

九嶷听了这话，面不改色。吴秀斋试探地开了口：“那个……那些兵是找你们的？”

皓月扭头转向了吴秀斋：“我见他们正在四处打听我和九嶷的行踪。”

吴秀斋六神无主地搓了搓手，嗓音立时细了许多：“哎哟……那可怎么办呢？”

这个时候，九嶷奄奄一息地说了话：“吵个屁！把大门关严了，你不说我不说，谁知道我们在这里……”喘了一口粗气，“等老子养好了伤，自然有办法远走高飞。”

皓月听了这话，不很信服，但是一时也没有新主意。吴秀斋茫茫然地望着床上床下两个人，心里有些害怕，理智上认为自己应该找机会溜出去，让大兵赶紧把这二位抓走，自己好落个平安清静；可想到皓月待他的种种的好处，他那一颗小心灵不由得软了又软，无论如何冷硬不起来。

正当此时，窗外院门一响，却是密斯吴回来了。

吴秀斋率先迎出房门，嘁嘁喳喳地向他姐姐做了一番报告。密斯吴色迷心窍，听闻皓月回来了，当即乐得咧开红唇要笑，然而还未等她从红唇中露出白牙来，吴秀斋越说越是深入细致，她便渐渐地笑不出来了。

吴秀斋没敢向她细讲皓月的底细，只说他和白大帅身边的一位红人结了仇，现如今他带着朋友逃了过来，自己若是不收留他，那位红人挟天子令诸侯，非打着白大帅的旗号调兵杀他不可。

密斯吴虽然迷恋皓月的容颜，但是绝没有为了皓月卖命的意思。听了弟弟这一番言语，她站在院中左思右想，末了夹着小皮包一转身，她另采取了个新战术，装聋作哑地出大门上汽车，跑到朋友家暂住去了——这一走，家里的事情便与她再无关系，若是真有大兵打上门来了，拳脚刀枪也不会直接落到她的头上。这样一来，她既对得起弟弟，也对得起皓月，等皓月这一颗俊美的扫把星滚蛋了，她密斯吴再回家便是。

密斯吴说走就走，并且带走了家里仅有的小老妈子。院门一关，吴宅清清静静，只剩了吴秀斋同皓月九嶷。吴秀斋站在晨风之中想了想，没想出接下来的路途应当如何走，耳边听得身后房门一响，他回头一望，结果吓了一跳。

他看到了一个光着屁股的大嘴少年。

大嘴少年青白着一张面孔，像不知道冷似的，光溜溜的赤脚站在门前台阶上。对着吴秀斋一瞪两只绿豆眼，他张开大嘴，发出了四脚蛇的声音："喂！哪里有东西吃？九嶷要饿死啦！"

吴秀斋下意识地抬手向旁一指："那边房后是厨房……厨房里有米……"

不等吴秀斋把话说完，少年已经弓腰驼背地迈了步。吴秀斋看得清楚，只见那少年的屁股上血迹斑斑，尾巴骨处赫然少了一块皮肉。

"看来这个才是真妖精……"吴秀斋恐慌地想，"妖精和神仙到底是不一样的。"

从这一日起，吴宅的大门便不再开了。

四脚蛇忍着伤痛，一边重长尾巴，一边时常地化为人形，跑去厨房给九嶷煎炒烹炸。吴秀斋隔三差五出一次门，负责买回米面菜肉。四脚蛇恶狠狠地剁着青菜肉骨头，仿佛刀下躺着的乃是皓月——他恨死皓月了！

九嶷长久地躺在床上，起初是完全不能动，可在饱足地吃喝了几日之后，他也渐渐恢复了几分活气。皓月不分昼夜地盘腿坐在床尾，是个打坐参禅的冷淡模样，不搭理他，但也不离开他。

这天夜里，九嶷忽然开口说了话。

他说："狗崽子，今天吴秀斋对你说了什么？我们上了通缉令，是吗？"

皓月坐在夜色之中，距离九嶷的双腿很近："是。"

九嶷在黑暗里笑了一下："有趣。"

皓月抬眼望向了他："有趣？"

九嶷的声音有点沙哑，然后中气是有的，字字句句都很平稳："我还没有上过通缉令。"

皓月垂下眼帘，恢复了冷淡神情："无聊。"

九嶷歪了脑袋，去看坐在床尾的皓月："哎，小狗崽儿，我睡不着，给我讲讲你的来历吧。"

皓月眼观鼻、鼻观心，端庄如佛菩萨："我的来历，吕清奇已经讲得很清楚了。"

九嶷又笑了，感觉皓月这个煞有介事的正经模样非常可笑："再讲讲。"

皓月微微地一摇头："没什么可讲的。我无名无姓，只有一个师父。师父仙去之后，我便独自行走江湖。青云山上的青云观里有位道士，名叫皓月，很善良，是个好人。所以那天我顶着他的名字，前去吴宅降妖除魔。"

说到这里，他顿了顿，然后低声继续道，"我也想做人，做好人。"

九嶷沉默了片刻，手指指尖轻轻滑过了柔软床单："做人，做妖，都是活着，有什么区别？"

皓月问道："你呢？我从来没见过你这样的人，你又是如何变成这般模样的？"

九嶷对着天花板闭了眼睛："我不告诉你。"

说完这话，他意犹未尽地调动左腿，轻轻踢了皓月一脚。对他来讲，欺负皓月乃是个乐子，他是无力起身，若是能够坐起来的话，他还想捏住对方的细脖子，把对方那个漆黑的小分头拂成乱草。

“哎。”他又开了口，“明天让吴秀斋出去探探风声，我估摸着再过两三天，我就能下床了。吕清奇这一蹄子是真厉害，也就是我，换了旁人，当场就得被他踢成两截。这样的驴，我可惹不起，所以三十六计走为上，能跑赶快跑。”

皓月沉吟了一下，随即却是反问道：“惹不起，为什么还要惹？”

九嶷很低地笑出了声音，嘿嘿嘿一大串，阴恻恻的不像好笑：“闲着没事做，救只狗崽子玩玩。”

皓月把牙一咬，颇想摁住他狠捶一顿，可念他受了重伤，很可能一捶即死，故而攥着拳头忍了又忍，他终究还是没有妄动。

一夜过后，吴秀斋出门买了肉包子白馒头回来，顺手又带了一份日报。四脚蛇自从断了尾巴之后，身体虚弱，不能时常化为人形伺候九嶷，所以皓月分担了他的差事。扶着九嶷坐起身依靠了床头，他一手拿着肉包子去喂九嶷，一手拿了报纸随意浏览。

未等九嶷吃完一个包子，他一抖报纸，忽然疑惑地“嗯”了一声。

九嶷留意到了他的神情，于是开了腔：“看见什么了？”

皓月抬头看了看他，又看了看站在一旁的吴秀斋：“直隶开了战，是白孝琨先发的兵。”

九嶷点了点头：“驴要开始打天下了。”

皓月捏着包子和报纸站起了身：“不行！我不能由着吕清奇涂炭生灵！”

九嶷斜着眼睛看他：“你想怎么着？”

皓月斩钉截铁地答道：“当然是要阻止他——起码也要把他从白孝琨身边赶走！”

九嶷伸手，从他的手中接过了吃剩的半个肉包子：“我的狗——皓月啊，好汉不吃眼前亏，现在整座北京城都归那头驴管了，咱们哪是他的对手？听我的话，咱们先跑，等缓过这一口气了，再去找驴算账。”

吴秀斋这时试探地开了口：“可是，你们怎么跑呢？”

皓月回头看了九嶷一眼，九嶷靠着床头半躺半坐，因为嘴里含着半个包子，所以一侧腮帮子鼓溜溜。他这些天并未少吃少喝，然而明显是瘦了，皮肤是晦暗的灰白色。真的，带着这么个半死不活的九嶷，他们可怎么跑呢?

“怎么跑”三个字摆在桌子上，让九嶷等人盘算了小半天。四脚蛇自知没有置喙的资格，所以扁扁地趴在九嶷身边，后背上顶着个大白馒头，随时预备着给九嶷吃。小半天过后，两人一妖商议出了个法子，这法子说起来堪称恶俗，总而言之四个字，乃是“乔装暗逃”，然而通缉令现在满大街的贴着，通缉令上画着两个人像，一个九嶷一个皓月，画得也是十分之像。在这种情形之下暗逃，还真是不甚容易。幸而吕清奇在明处，他们在暗处，所以叽叽喳喳地交谈许久之后，他们倒也定了个不甚成熟的主意。

主意既定，九嶷和皓月一起松了口气，吴秀斋偷眼瞧着他们，意意思思却是还有话说：“你们这一走，出城之后打算去哪里呢？”

皓月不假思索地答道：“自然是要设法阻止吕清奇，不能让他操纵白大帅兴兵作乱。”

九嶷听了这话，一声没吭。伸手拿起大馒头咬了一口，他自己摸了摸腰。腰疼，糙皮厚肉下面的五脏六腑也疼。为了一只狗崽子受这份罪，他自己也不知道值不值。忽然斜眼看了看秃屁股的四脚蛇，他没看出四脚蛇的好处来，只想起自己当时若是不闪身一躲，那么吕清奇一蹄子踹中自己的后腰，这四脚蛇想必早已骨断筋折了。连着救了两个妖精，未免过于慈善，不符合他的人生宗旨，本来妖精遇了他，不被他吃了就算走运了。

不知不觉的，九嶷边想边吃，将最后一块馒头塞进了嘴里。一碗水忽然从天而降递到了他的嘴边，他抬眼一看，看到了皓月的脸。

皓月的脸很白，头发很黑，梳得一丝不乱，端着碗的手也很洁净，九嶷抽了抽鼻子，甚至感觉他带着一点芬芳气息。就着他的手喝了一大口水，九嶷忽然很想咬他一口，因为和他对着斗惯了，不欺负欺负他，总像是自己少占了几分便宜。

但是现在不能真咬，因为他腰疼，不敢摇头摆尾地乱动。

在接下来的几日内，九嶷从早到晚肥吃海喝，想要迅速恢复元气。依着他的意思，他颇想让皓月出去给自己捉几只小妖精回来开开斋。然而通缉令已经贴遍全城，而皓月也并不同意捕捉无辜的妖类给九嶷做补品。白日里大门一关，九嶷和四脚蛇趴在床上睡觉，吴秀斋和皓月坐在外间屋子里发呆。吴秀斋这回连姐姐都失去了，失魂落魄的很不安，非得和皓月在一起才踏实。他已经决定了，这回还是跟着皓月一起走，因为他那姐姐吝啬成性，既不肯给他钱花，也不肯给他娶个小老婆慰藉长夜——这样的破姐姐，要她何用？

如此又过了一个礼拜，九嶷能够下床了。

他不但能够下床慢慢地走动，并且还长胖了一圈，一身麦色的皮肉充盈紧绷了，他看起来有种结结实实的光滑。这些天皓月和吴秀斋二人合力，把他收拾得很干净，所以他扶着床栏直立起来时，众人——包括四脚蛇——一起向他行了个注目礼，都感觉他仿佛是变了模样。先前的九嶷一直是个肮脏邋遢的怪人浪客，怎么看怎么是个疯和尚，如今在床上休养了这许多天，他的头脸因为每日都要被皓月狠擦一通，所以皮肤透出了洁净的光泽。皮肤有光，高鼻梁有光，一双大眼睛黑沉沉的，也藏着光。人高马大地站在床旁，他转动眼珠审视众人，目光滑到皓月脸上时，他不怀好意地一笑，人不是先前的人，笑却还是先前的笑，阴鸷险恶，是个妖僧的模样。

皓月当即把脸一扭，不想正视九嶷的眼睛。

下了床的九嶷得到了一身新制的西装，这西装料子很糟，连料子带手工，加起来也不值多少钱，乃是吴秀斋对他的奉献。吴秀斋除了奉献一身西装之外，还给九嶷买了一顶假发。此假发是黑油油的薄薄一层，怎么看怎么像个壳子，稍有眼力的人都能瞧出它是假发，所以吴秀斋又在假发上面加了一顶旧礼帽。

九嶷对于这一顶假发壳子非常感兴趣，这天他戴上假发坐在床边，对着刚进门的皓月招手："过来，你看我这模样如何？"

皓月看了他一眼，转身走了，面无表情，也不理他。

九嶷满不在乎地微笑，皓月怎么想，他不是很关心——他从来不会关心一只妖精的情绪，他只是想让皓月看看自己的怪模样，而皓月也的确看见了，这就足够了。

又过了三天，按照计划，吴宅的这一帮人启程了。

吴秀斋穿了自家姐姐的一身皮袍，因为有过男扮女装的经验，所以这回索性直接扮作密斯吴，又打电话从汽车行里叫了一辆汽车上门。九嶷东倒西歪地穿好了那一身西装，又把假发和礼帽也尽数披挂了上，并且还在嘴唇上沾了一撮假胡须。皓月倒是简便，直接显出了真身，成了吴秀斋怀中的一只小白狗。于是汽车发动开上大街，车内的人便正好成了一男一女的格局，女的花枝招展，男的西装革履，也的确是密斯吴出行时才有的阵势。

汽车阶级自然是高贵的，城门口的士兵们虽然也恪守命令，一丝不苟地检查往来行人的身份，然而此时见汽车锃亮，车内的人也是先生太太之流，而且绝没有任何一张脸和通缉令上的面孔类似，故而直接将汽车放了行，九嶷和吴秀斋在车上并肩而坐，本来都预备好了一番言辞预备敷衍士兵，哪知汽车说走就走，他们竟是异常顺利地便出了城。

九嶷像是从来不知道什么叫作愁，平安无事地出了城，他也不窃喜，只是感觉有趣。伸手从吴秀斋怀里拎起小白狗，他像捧一只小苹果一般，用双手捧住了小小的狗头。然后张大嘴巴低下头，他一口含住了小白狗的大半张脸："哈……"

下一秒，他猛然抬头，哀叫一声，因为皓月忍无可忍，一口咬中了他的舌头。

在城外的一处小镇子里，汽车停下来，放下了九嶷一行人。

通缉令似乎是没有出城，起码镇子里面的八方墙壁上，花花绿绿的虽然也贴了几层政府告示，告示上也画着几张大麻子脸，然而麻子脸们乃是附近时常出没的马贼，和九嶷等人并无关系。

天寒地冻的，九嶷穿着单薄西装站在风中，单手抱着小白狗；吴秀斋穿着他姐姐的缎子面细腰皮袍，袍子挡风，倒是比九嶷更暖和。九嶷抱狗，吴秀斋拎着皮箱，皮箱里除了衣物金钱之外，还有一条缩成一团的四脚蛇——四脚蛇是怕冷的，冷到了一定的程度，他昏昏欲睡，不由自主地就要冬眠。

皓月不便在大街上化为人形，只能是不情不愿地趴在九嶷怀中。隔着薄薄的一层西装，他能感觉到九嶷的心跳——很轻很慢，若有若无，弱得异常。他疑惑地抬眼去看九嶷，然而又没有看出什么问题来，因为九嶷的气色不算十分坏，走路也还算稳当，并没有要死的征兆。

九嶷不理会皓月的窥视，自顾自地和吴秀斋并肩同行，找了一家小旅店落了脚。小镇子上的小旅店，自然不会高明，然而门窗俱全，墙壁也够厚，洋炉子生起火来，绝对冻不着他们。等到伙计送进了热水，吴秀斋一关房门，先把自己的阔檐大帽子摘了下来，又撕撕扯扯地脱了他那一身女装。快手快脚地打开箱子换了男装，他有些兴奋，也有些惶恐。而九嶷一言不发地坐在床边，只抬手一把抹掉了自己脑袋上的礼帽与假发。

皓月跳出了他的臂弯，趁着吴秀斋正背对着自己穿裤子，他通身白光一闪，迅速地恢复了人形。九嶷扭头看了他一眼，然后意义不明地嗤笑了一声。

光着屁股的皓月听了他这一声笑，立刻就要恼羞成怒，可是对待九嶷，他现在又实在是不知道自己应不应该再怒——他们本是一对仇敌，可不知怎么搞的，糊里糊涂地又成了同伴。他不记得自己对九嶷有什么大恩大德，只知道九嶷若不是要救自己，绝不会被吕清奇踢去半条命。

不声不响地从皮箱里也找来长裤小褂穿了上，他又走到墙上一面破镜子前，很仔细地系好了长袍纽扣。皮箱是他的皮箱，十分之大，百宝箱一般，各种什物应有尽有。又找出一把梳子很细致地梳了梳小分头，皓月很有感情地盯着镜中人，怎么看怎么感觉自己仪表堂堂、清新脱俗，无论如何不该是只妖精。一只手轻轻地捂住了小腹，丹田之内暖融融的，因为内丹正安安稳稳地藏于体内，让他四肢百骸全有力量。

轻轻巧巧地转了个身，他面对九嶷开了口："我看这里还算安全，你身体虚弱，就暂且留下来养息一阵吧！"

九嶷眨巴着眼睛看着他，没说话。

皓月自顾自地又转向了吴秀斋："秀斋，你的心意，我也明白。但接下来的路途十分凶险，所以你也还是留在这里不要妄动。我会留下一笔钱给你们，足够你们这几个月的花销。你若是不愿意和九嶷相处，那么也可以另找地方安身，或者干脆回城，等我大功告成之后，再去找你。"

吴秀斋听了这话，发现原来皓月虽然一贯冷若冰霜，心里却是还有自己这一号人物，还知道在"大功告成"之后来找自己，心中便是十分喜悦，笑得眉飞色舞，露出了一颗亮晶晶的小虎牙："哎呀我的活神仙，我吴某人虽然只是一介书生，但也曾经投笔从戎，领过一旅的士兵，称得上是文武双全。你不要看我风流文雅，就以为我是那弱不禁风的少爷。咱们说好了要有福同享、有难同当，如今刚刚出了城上了路，哪能就让你一个人去——”说到这里，他忽然一愣，“活神仙，你要去干什么？”

皓月理直气壮地答道：“把你们安顿好了，我要再去会一会吕清奇！”

此言一出，九嶷“咣”的一声向后仰卧在了床上，随即发出细细的呻吟：“嗯……浑身疼……”

四脚蛇挣扎着爬出了皮箱，想要上床，然而皓月快他一步，已经几大步迈到了床边：“你怎么了？”

九嶷用光头蹭了蹭旅店床上不干不净的被褥：“我累着了，现在头疼脚疼屁股疼，好像是要死。”说完这话，他一抬两条长腿，很灵活地缠住了皓月的双腿，“我看我非得休养个一年半载才行了，否则的话，非完蛋不可。狗崽子，我对你有救命之恩，你可不能不伺候我。”

皓月试图后退，然而没能挣脱九嶷那一双长腿的束缚：“九嶷，我并不是不管你，可若是让我等个一年半载再露面，恐怕吕清奇早把这人间祸害得不成样子了！”

九嶷哼了两声，忽然睁大眼睛一抬头：“既然如此，我们索性往远了跑，去南洋吧！横竖你我都是有点儿本领的人，到了哪里都是一样的混饭吃，何必在这里和一头驴较劲呢？”

皓月看了九嶷的表现，忽然怀疑他是在虚张声势，故而把脸一板：“九嶷，你我道不同、不相为谋。我来人间走一遭，为的是替天行道，不是吃饭！你若想去南洋，请尽管去，但我是不会走的，吕清奇一天不除，我便一天不离此地！”

九嶷听闻此言，当即向下一躺，人高马大地在床上扭了三扭：“完了完了，我现在心肝脾肺肾全疼起来了！”

他骨重肉沉，一扭之下，压得床板吱嘎乱响。吴秀斋感觉九嶷这行为堪称是肉麻至极，简直不堪入目，故而立刻把脸扭了开；四脚蛇此刻千辛万苦地爬上了床，却是另有一番思想。慌里慌张地蹿到九嶷身边，他恶声恶气地对着皓月开始骂：“臭狗崽子！又来欺负九嶷！”

皓月照例是不理睬四脚蛇，双手托着九嶷的两条腿，他运了力气，想要给对方一点颜色看看。然而出乎他的意料，九嶷那两条腿看着修长有力，哪知一扯便开。而九嶷本人也并没有扭个不休，两只脚沉重地落在地上，他躺在床上，开始呼呼地喘粗气。一边喘，一边又歪了脑袋对皓月发笑："你瞧，我可不是虚张声势吓唬你。"

皓月双手叉腰看着他，既无可奈何，又心急如焚地很恼火。暗暗地磨了磨一口雪白牙齿，他忽然很想摁住九嶷痛咬一顿。

皓月按捺下满腔的怒火，在这小旅店内安了身。

这回他不提他那降妖除魔的大业了，老老实实地只说要照顾九嶷的起居。九嶷看他沉着脸噘着嘴，感觉十分有趣，四脚蛇则是气得眼中冒火，含恨趴在床尾，他连九嶷都懒得搭理了。

到了夜间，九嶷和四脚蛇睡做一床，皓月则是和吴秀斋在隔壁房间里挤着过夜。九嶷夜里喝水也叫人，撒尿也叫人，叫来的不是旁人，只能是皓月。皓月伺候着他，嘴上不说，冷眼旁观。观了两三天之后，他发现九嶷的精气神显然是越来越足了。于是这天傍晚，他把心一横，走到九嶷面前开口说道："我给你留下了一笔钱，足够你吃上一年饱饭的，你我就此别过吧！"

九嶷正盘腿坐在床上嗑瓜子，听闻此言，险些把瓜子皮咽了下去："什么？"

皓月直视着九嶷，很沉重地叹了口气："我知道你不会听我的话，但我还是想劝你一句，苦海无边，回头是岸，你收了你那套损人利己的把戏，堂堂正正地找个差事过日子吧！"

九嶷抬手挠了挠后脑勺，秃脑袋上长出了一层短短的头发，让他的头皮粗糙了许多："我，我受了内伤，你——你又要抛弃我了？"

皓月一皱眉头："胡说八道，难道我还要照顾你一辈子不成？"

九嶷把手中的瓜子往床上一撒，然后在皓月面前跪起了身。他个子大，跪在床上也是一样的高。近距离的和皓月对视了，他心里没别的想法，只觉得自己还没有玩够，不能就放了这只狗崽子走。可是一只手背在身后动了动手指，他又发现自己体内空空荡荡的没有元气，他甚至连一道最简单的镇妖符都画不出来。

心思飞快地转了几转，他因为有着无数张面孔可以选择，所以一时间反倒不知应该采取何种面目。最后忽然把嘴一咧，他颇不要脸地做了个哭相，同时一抬手搂住了皓月，带着哭腔号道："我的狗宝贝儿啊！没有了你，我可怎么活呀！"

皓月吓了一跳，登时挣扎着扭头去看九嶷："你疯了？"

九嶷没疯，不但没疯，而且还趁机把脸蹭上皓月雪白的衣领，深深地吸了一口气——皓月的身上有妖气，但是洁净温暖，是非常动人的妖气。

"我都是为了你好……"九嶷絮絮叨叨地又开了腔，"我是一把年纪的人了，过的桥比你走的路还多，识时务者为俊杰，你和一头驴斗个什么劲！驴不打仗，别人也要打仗，难道没有驴，白孝琨就一辈子不动刀兵了？我为了你，被驴踢了个半死，现在你放下半死的我不管，还要去找驴送死，你——你——你还是人吗？"

皓月歪着脑袋，想要躲开九嶷那热烘烘的气息："我本来就不是人，你也不必拿这话来拦我。"

九嶷一听这话，发现装可怜这一条路走不通，立时搂着皓月变了脸。

他的哭相一扫而光，浓眉立起来了，瞳孔之中也有了亮，"再不听话，老子吃了你！老子连吕清奇都不怕，会怕你？敬酒不吃吃罚酒的狗东西，再敢说一个走字，我立刻让伙计给我生火架锅，正好现在天寒地冻的，老子吃狗肉喝烧酒，也补补身体！"说到这里他一瞪眼睛，"老不老实？再不老实我舔你啦！"

皓月听闻此言，勃然变色。双臂用力将九嶷推了个仰面朝天，他从椅背上拎起褂子往身上一披，然后冷淡地说道："钱在吴秀斋那里，你自己去取吧！"

说完这话，他拔腿就走。九嶷爬起来"哎"了一声，他已经掀开门帘子，风一般地推门出去了。

九嶷愣在床上，愣了没有半分钟，忽然伸腿下床去找鞋。四脚蛇见状，登时急了："九嶷九嶷！干什么去？"

九嶷趿拉着鞋站起身，回头对着四脚蛇诡谲一笑："把狗崽子抓回来！"

旅店的屋子偏于寒冷，所以九嶷这些天缠绵病榻，身上没穿他那件华而不实的西装上衣，而是披着一件从估衣铺内买回来的半旧棉袄。此刻他趿拉着一双没系鞋带的皮鞋，胡乱穿了棉袄便跑出了店子。他是浪荡惯了的人，常年不知道什么叫作正经，到了这个时候，他也还是笑嘻嘻的，想要去惹一惹气急败坏的皓月。

然而在见了天日之后，九嶷发现皓月速度极快，竟是只给自己留了个远远的背影。那背影在前方街口一闪而逝，急得九嶷顾不得许多，拔脚就要去追。幸而皓月是个妖精，九嶷凭着直觉，也能对他追踪个八九不离十。气喘吁吁地连跑了两条大街，他们一前一后地出了镇子。

镇子的繁华程度，自然和北京城有着天壤之别。皓月和九嶷也没觉得自己怎样狂奔，便进了白雪皑皑的荒野之中。荒野并非无边无垠，再往前走，会有村庄，可是九嶷没法追着皓月进村了，跑着跑着双脚一软，他“扑通”一声，向前仆倒在了大雪地上。

皓月回头看了他一眼，然后不为所动地继续逃，逃了将近半里地，回头又看了一眼，看过这一眼后皓月不动了，因为九嶷双手撑地弓着腰，明显是在奋力地往前爬，然而爬到一半手臂一弯，他又合身拍进了雪中。

皓月转身面对了九嶷，将双手抬到嘴边围了个喇叭：“喂！你不要再装模作样了！从今往后，你走你的阳关道、我过我的独木桥，若有机会，我定会回来报你的救命之恩！”

九嶷翻了个身，摆了个仰面朝天的姿势。一只手下意识地捂到了肋下，这一回他笑不出也闹不动了，因为他真的受了内伤，那伤到底有多严重，他自己是不知道的，他只晓得自己方才肋下猛地一痛，痛得他险些流了眼泪。

他不动，皓月也不动，双方如此僵持下来。皓月站在雪中，一只脚几次三番地想要抬起来向后转，可是九嶷这回装死装得未免太像，让他没法狠下心肠当真转身离去。

“他可不是个好人！”皓月在心里对自己说。

“但是似乎也没有那么坏。”他在心里又补了一句。

九嶷远远地趴在雪地里，看着比平时小了一圈，他的头脸，平素在皓月眼中总是脏兮兮油亮亮的，这一阵子也洁净了，发迹分明，头是头，脸是脸，并且是很端正的头，很英俊的脸。皓月喜欢人，尤其喜欢好人，九嶷如今有了八九分的人模样，皓月就没法把他彻底地归入邪祟一类了。

“讨厌！”皓月又在心里说了话，“这人怎么还不起来？真是麻烦极了！”

这句话说完，他忍无可忍地迈了步，大步流星地走回了九嶷面前。

居高临下地低了头，他拧起两道清清楚楚的长眉，因为不耐烦，所以一张小白脸仿佛蒙了霜，脸色是相当的不善：“九嶷！你到底要干什么？想耍赖吗？”

这句话落了地，他不甚自然地抿了抿嘴唇，因为有些后悔。仰卧在大雪中的九嶷微微地张了嘴，眼睛向他睁得很大，然而目光涣散，并非平时的狡黠模样。

于是单膝跪地伸了手，皓月费了一点力气，把九嶷从雪地上扶了起来。让九嶷靠着自己的臂弯坐稳当了，他一字一句地冷淡说道：“我现在把你送回去，但我还是要走的。你喜欢过逍遥快活的日子，我不喜欢。你也不必再使苦肉计拦我了，实不相瞒，自我进入人间以来，也曾经受过许多诱惑，有四个大姑娘和三个小寡妇想要招我当上门女婿，企图向我投怀送抱的女人，那就更是多不胜数。这样的诱惑我都能够克服，你个一身妖邪之气的和尚，又怎能——”

话到这里，皓月停了停，因为忽然感觉自己这话说得似乎入了歧途，飞快地重新理了理思绪，他把这话又拽回了原路：“总而言之，无论你怎样捣鬼，都挡不住我去找吕清奇。上次我没有准备，才败给了他；这回我有备而战，必定不会再一败涂地。等我把吕清奇解决了，再回来看望你！”

九嶷憋着一肚皮花言巧语，然而周身寒冷如冰，一点热气也没有，唇舌也麻木，让他只能有心无力地含糊嘟囔了一句：“等你回来……我都死了……”

皓月怀疑九嶷又要耍花招，所以很警惕地板了脸：“胡说八道！”

九嶷动作迟钝地撩了他一眼，硬着舌头又道：“我还没有康复……”

皓月把他往雪地上一推：“你再啰唆，我可真走了！”

九嶷姿态扭曲地歪在雪地上，呼呼地开始喘粗气。皓月见势不妙，只得薅着后衣领又把他扯回了怀里。伸手拂去了他满头满脸的冰雪，他就听九嶷哑着嗓子喃喃说道：“好，好，咱们各退一步。我陪你一起去找吕清奇算账，但是现在不行，就算我活蹦乱跳没受伤，你我也绝不是吕清奇的对手……你跟我回旅店……咱们斗智不斗勇，想个专门治驴的法子来……”说到这里，他垂下头，神情痛苦地吸了一口气，“否则你再让驴逮去，我可救不了你了……”又警告似的对着皓月竖起一根手指，“到时候那驴伸着大嘴抢你的内丹，你可抵挡不住，只有乖乖等着变狗的分……”

皓月听到这里，气得又把他搡回了雪地。

九嶷歪在雪中，脑子一阵一阵地发昏，肋下也刀割一般地作痛，然而忍不住地想笑，因为发现狗崽子就是狗崽子，逗起来实在是有趣。颤巍巍地抬起一只手，他抓起一把雪拍在了皓月的头上：“别生气，消消火。”

皓月一把打开了他的手，然后双手一起上阵，匆匆拂净了头上的雪沫子，又重新整理了自己的小分头。他自知是妖，又不愿做妖，所以格外地自重自爱，极力要做个飘飘欲仙的模样。然而今日遇了九嶷这般货色，他忍了又忍，最后忍无可忍地站起身，对着九嶷的屁股便是踢出了一脚。踢完之后他没解恨，但又不好对个弱者欺负不休，所以咬牙切齿地重新弯腰，他使出力气，将九嶷从雪地上拎了起来：“走！”

皓月把九嶷背回了镇子上。

九嶷的下巴抵在他的肩膀上，呼呼地向他耳根脖颈喘热气。他有点嫌恶，但是又没嫌到不可忍受的程度。热气让他的耳朵有些作痒，痒得他不时地要歪脑袋，可是脑袋一歪，耳朵又不由得要触碰九嶷的鼻子尖，这种触碰也让他很不自在。如此别别扭扭地走了一路，他刚回旅店，便听到了新消息。

店内的伙计告诉他，说是镇子上要过大兵，仿佛是直隶地界又要开大战了。

皓月心中一凛，登时问道：“谁的兵？”

伙计告诉他：“白大帅的兵，这一回就得过好几万，说是后头还有呢！”

皓月这时已经将九嶷由背改搀，九嶷站在地上，听了这话便轻轻一拉扯皓月。皓月会意，不再多问，扶着九嶷往房里走，一边走，一边就听九嶷轻声说道：“小狗儿，我看此地不能久留，咱们还得走。”

皓月又要咬牙：“我说过我要去找吕——”

不等他说完，九嶷自顾自地又开了口：“小狗儿，你还有没有什么老不死的师叔师伯师兄师弟？你师父既然能够教出那么一头活驴来，想必也该有治驴的法子流传下来吧？”

皓月一听这话，因为万万没想到，所以一时间彻底地怔住了。

第八章
避风头

皓月站在屋子正中央，一手背在身后，一手摸着下巴，长久地沉吟不语。及至实在是思索到山穷水尽了，他毫无预兆地一扭头，静静地注视了九嶷：“我仿佛真是再无师叔师伯了。其余的师兄弟也都零落江湖，早失了音讯。我乃是家师的关门弟子，家师仙去之后我才下了山，记得那时道观里已经不剩了什么人，纵是有人，如今也早该老死了。至于降妖除魔的法器，更是不会有，本派子弟所修炼的全是正道功夫，发乎心念动于肢体，乃是一点一滴的积累，绝不会凭着某样法器克敌制胜。”

九嶷披着棉被盘腿坐在床上，单手端着一碗热水慢慢地喝。热气蒸腾向上，虚化了他那一张浓墨重彩的面孔，唯独一双眼睛熠熠放光，光芒透过水汽，能一直射到皓月的小白脸上。

“没有？”他嗤笑一声，嘴唇被热水烫得通红，“修道的人我没见过一万也见过八千，你们那套把戏我了解得很。没有？没有才怪！”

皓月登时竖起了两道长眉：“妖僧！不许你诋毁先师！”

九嶷得意洋洋地一仰头：“诋毁了又怎么样？想咬我一口？”他放下碗一抬胳膊，“好，请咬吧！张开狗嘴咬你救命恩人的肉吧！”

然后他自得其乐地一笑，赶在皓月勃然大怒之前改了口：“别生气，逗你玩的。

不过话说回来，咱们若是真想和吕清奇斗上一斗，不找帮手是不行的。而解铃还须系铃人，那头驴既然是从你那师门里出来的，想要扳倒他，少不得还用从你师门中找找法子。”

他一时贫嘴恶舌，一时又侃侃而谈，皓月暗暗地咬了咬牙，最后决定不和他一般见识。

“怎么找？”他憋气窝火地开了口。

九嶷对着他一挤眼睛，不知怎的会那么津津有味兴致勃勃：“你从哪儿来的，我们就到哪儿找。”

皓月登时疑惑了：“你的意思是……”

九嶷对着他咧嘴一笑，嘴笑，眼睛不笑，看着依旧是阴森森的很瘆人：“对，一是找法子，二是避风头，一举两得，好不好？”

皓月向他走近了一步，眼中目光闪闪烁烁，显然是已经活了心思：“可如今天寒地冻，那地方可不是容易去得的！”

九嶷一扬浓眉，压低声音笑道：“不要别人拖后腿，只要你和我上路。”

话音落下，房门自动地欠了一道缝隙，四脚蛇肚皮贴地，“刺溜”一下钻进了进来。下一秒，房内青光一闪，四脚蛇向上一跃，化成人形直起了身：“九嶷！你要去哪里？！”

九嶷立刻竖了眉毛：“阿四！你好大的胆子，敢偷听我说话！”

光着屁股的四脚蛇望着九嶷，整个人瑟瑟发抖，声音也颤得不成了语句：“你，你不要我了？”

“谁说我不要你了？可现在天气这么冷，你跟着我走远路，除了睡觉还会干什么？上次要不是为了救你，我何至于被那头活驴踢成半死？区区一个杂碎小妖精，竟然险些害了老子一条命，吃你一条尾巴算你占了便宜！”

四脚蛇再次一跃，这回“咕咚”一声，直接跃到了床上去。张开双臂将九嶷连人带被一起搂住了，四脚蛇开始摇头摆尾地撒娇耍赖：“不嘛不嘛，我保证不睡觉，天气再冷我也不睡。我路上可以照顾你，你走到哪里我跟到哪里，我生是你的阿四宝贝，死是你的死阿四宝贝——”

未等他把话说完，九嶷已经弯腰低头连连摆了手：“别说了，我要吐了。上次你在外面装九姨夫，我没活吃了你已经算你命大，你现在又跟我硬充小宝贝——我发现了，妖精没有好的，全是蹬鼻子上脸的货！阿四，你给我老老实实地等在这里，等老子回来了，兴许还用得上你！要是老子找你的时候不见你的影子，别怪老子不客气——”他用手掌一划咽喉，“喀！宰了你！”

这话平时是能够吓得住四脚蛇的，但是今天失了效。四脚蛇一咧大嘴，很突然地哭出了声音。他太喜欢九嶷了，九嶷的一举一动，包括打架骂街的姿态，在他眼中都极富魅力。他知道九嶷之所以肯抛弃自己，完全是因为又瞄上了新的猎物。九嶷虽然在他眼中是可爱得要死，但他也知道九嶷绝非善类。九嶷不能算是个纯粹的人了,但和妖精又不能算是一族。妖精在他的眼中全是虫兽一类，看上了，便追逐逗弄一番，看不上，则会干脆地将其吃了果腹。而自己作为一条小四脚蛇，想和九嶷讲真感情，完全是自讨苦吃。哭着哭着打了个冷战，他不由自主地恢复了本相。四只小黑爪子撕撕扯扯地扒住了棉被，他挣扎着爬到了九嶷的肩膀上。不管不顾地和九嶷狠蹭了蹭脸，他随即顺着九嶷的领口钻了进去，想要紧贴着皮肉抱住他。

九嶷不为所动地吹了一声口哨，心里空荡荡的无情无绪，只有隐约的一点兴奋，因为即将和皓月结伴启程往远了走，不但可以暂时离开凶神恶煞的吕清奇等人，还可以顺路逗一逗狗崽子取乐。他半人半妖，寿命已不可考，人生苦短四个字放在他身上是不成立的，他也没有及时行乐的打算，只不过是得过且过、得乐且乐罢了。况且在另一方面，人皆有爱美之心，依着他的眼光来看，皓月堪称是美得可以，并且一惹就恼，时常的狗急跳墙——皓月恼而他不恼，岂不快哉?

主意既定，他便没了烦恼，并且愉快得过了分，竟然暂时忘却了身体上的伤痛。皓月转身走去隔壁，对着吴秀斋宣布了自己和九嶷的新决定，吴秀斋坐在一把破椅子上，听了这话，他眨巴眨巴一双妙目，又张了张两片薄唇——大冷天的让他翻山越岭往远走，他当然是不愿意，几乎和让他回到姐姐家里吃白食和白眼一样让他不愿意，所以眼睁睁地望着他的活神仙，他一时间没了主意，不知是赞同好还是反对好，直到皓月将一沓钞票塞进了他的手里。

“我出发之后，你自行找个地方安身。”对待软绵绵娇滴滴的吴秀斋，皓月板着脸，声音冷淡，然而思想周到，“我至迟在开春之时回来，等我解决了吕清奇，自然还会去找你。”

吴秀斋见了钱，不由得乐得露了虎牙：“哟……”

皓月放开了他的手，正色又问：“够用吗？”

吴秀斋对于钞票，因为也曾经阔过，堪称是见多识广，所以此刻粗粗扫视一遍，心里立刻估算出了它的总数：“够！够！这不是英镑吗？这东西可值钱，别说让我找房子安家等你回来，再娶一房小老婆都够了！”话音落下，他又仰脸对着皓月嘻嘻一笑，两只眼睛亮晶晶的放光，“活神仙，这钱都是你抓妖怪赚来的吧？”不等皓月回答，他伸手一打皓月的手背，“我就知道我没看错人！看在我这一趟担惊受怕送你们出城的分儿上，你可一定得收我为徒，传我个三招两式才行。我这个人什么都好，就是缺钱。要是能像你似的大把捞钱，那我还要什么家呀？房子地全扔给家里那个胖娘们儿去，我重起炉灶另开张，再娶她十房八房姨太太，看谁再敢说我半个不字！”

皓月静听着吴秀斋的高论，一个字也不想回答。说起来此人也是个活宝，不知是怎么搞的，居然死心塌地地赖上了自己。皓月完全没有收他为徒的打算，但日后如果他实在是对自己纠缠不休，皓月倒是愿意隔三差五地给他点钱，让他不至潦倒。居高临下地望着吴秀斋，皓月强忍着不皱眉头，同时又暗暗地纳罕，因为吴秀斋显然是比他姐姐密斯吴更为女性化，可竟然心心念念地总想娶姨太太，皓月总感觉他细皮嫩肉心术不足，不被人娶去就是好的。

对待这样一位兄台，皓月想了又想，终于还是无话可说，只道：“我和九嶷会尽快出发，没了我们，你的行动必定可以更加自由安全。你一个人，多保重吧！”

吴秀斋方才得了钱，一味只是乐，如今听了这话，像刚反应过来似的，他心中一动，随即猛地站起了身：“你们到底要往哪里去？路上危不危险？”

皓月摇了摇头：“我们往关外去，路上无非是寒冷罢了，倒是没什么危险。”

“可那九嶷一贯狡诈猥琐，活神仙你这样品貌高洁，对他是不可不防啊！”

皓月听了吴秀斋对九嶷的评语，只感觉啼笑皆非，九嶷的确不是一盏省油的灯，但目前看来似乎只是惫懒顽皮，似乎还没有恶劣到“狡诈猥琐”的地步。不过转念一想，皓月管住了自己的嘴，没有为九嶷做辩护，因为一直和九嶷是对仇家，他不好意思忽然变了口风。

九嶷把四脚蛇托付给了吴秀斋，让吴秀斋找个暖和地方供四脚蛇冬眠。吴秀斋听闻此言，心中真有百分之一万的不情愿，然而犹犹豫豫地瞄着九嶷，因为身旁的皓月没有出言为他撑腰，所以他嗫嚅着搓了搓手，没敢公然拒绝。

四脚蛇在九嶷身上爬了半天一夜，其间使出浑身解数，一会儿哭哭啼啼一会儿寻死觅活，苦求九嶷在远行之时带上自己，然而九嶷躺在破床上睡了又睡，态度是非常的冷淡，简直像是没长人心，任凭四脚蛇在他枕边哭得啼血。四脚蛇苦求无果，一股恶气终于压制不住涌上心头，抬头瞪住了站在屋角的皓月，他开始大骂："狗崽子——"

一句话没骂完，皓月面不改色地迈步出门去了。

四脚蛇哑然，心里恨死了皓月，真想和皓月拼个你死我活，然而皓月的品性过于高洁，从来不和他搭话。而骂街也是需要听众的，皓月走了，九嶷睡了，那他一个人骂给谁听？

一滴很大的泪珠子滚出眼眶，四脚蛇气得哽咽出声——都是妖精，谁又比谁更高贵？皓月化为人形的时候，或许比他高明一点，可若是比起本相真身，四脚蛇认为自己显然是更美丽。狗崽子头圆腿短，周身一团团一片片全是乱毛，想一想都要令人喉咙做痒，简直不堪入目，哪像自己修长光滑，伶俐可人？

四脚蛇越想越悲，认为九嶷不分美丑，真是瞎了狗眼。

吴秀斋不想照顾四脚蛇，四脚蛇对吴秀斋也是毫无兴趣。但吴秀斋得了钞票，心有底气，还能愉快地帮着皓月收拾行装；而四脚蛇一无所得，只成了个孤家寡人，所以死气活样地往桌子上一趴，他一动不动，只转动一双眼睛追着九嶷瞧，同时心中暗暗使劲，拼了命地诅咒皓月。

如此又过了一天，在白大帅的大兵一拨一拨将要过境之时，九嶷和皓月动了身。

皓月虽然一直是单枪匹马走江湖，然而不知为何，居然颇有资产。资产全被他收进他的皮箱子里，箱内除了资产，还有不少华服，以及生发油和小木梳。

在这兵荒马乱的时节，以着个洋装阔少的面貌出远门显然是不智，所以皓月不甚情愿地改头换面，做了个长袍马褂的平常打扮，九嶷则是穿了一身薄棉袄裤，是个很利落的短打扮，乍一看正像是皓月的随从或者保镖。

在十分寒冷的清晨时分，九嶷和皓月悄悄地离开旅店上了路。走出几步之后九嶷转身又回了房，将随身携带的皮箱打开来，他从里面拎出了偷藏着的四脚蛇。

把四脚蛇往床上一扔，他三下五除二地锁好皮箱，迈步要往外走。四脚蛇含着一点眼泪望向他，忽然小声开了口："九嶷九嶷，你不要提箱子，箱子太重了，你还带着伤呢！有重活让那狗崽子干，有好东西你自己先吃。"

这时九嶷已经拖着皮箱走到了门口，听闻此言，他回头对着四脚蛇一笑，眉毛黑压压的，眼睛乌溜溜的，是个顽劣的坏笑脸。笑过之后他向前一扬头，东一摇西一晃地真走了。

九嶷和皓月上了路。

本地人士若是想出远门，常见的交通工具乃是大骡子车。这骡子车远可走京城，近可去乡村，坐一趟也花不了几个大子儿。九嶷和皓月清晨上了大骡子车，天黑之前到达了最近的一座小县城。路上九嶷并不叫苦，可是一进旅店内的暖屋子里，他便立刻瘫坐在了洋炉子旁的砖地上。皓月见状，心中一惊，但是白脸上不露情绪，只在他一旁蹲下来问道："你怎么了？饿了？"

九嶷蜷缩着也蹲了起来，他生得高大，蜷缩了也是巨大的一团。大脑袋极力地往领口里缩了，他闭着眼睛一点头："嗯。"

皓月见他颤巍巍地抬起了一双手，无知无觉似的向洋炉子直伸，便犹犹豫豫地伸手一摁他的手背："当心烫着。"

九嶷仿佛是很虚弱，从鼻子里哼出了话："找个澡堂子，我想洗个热水澡。唉，你这狗崽子是真害人，本来凭着我的体格，我光着屁股都能过冬。现在可好，我在路上差点儿活活冻死。"

皓月听了这话，无言以对。九嶷的手背的确是寒如冰，他说冷，想必就是真冷。

讪讪地站起身，他最后只低声又嘱咐了一句："别烫了手。"

这天晚上，九嶷没能去成澡堂子，但是吃了一顿热气腾腾的好饭。皓月有钱，足以驱使旅店内的伙计们跑去饭馆，将饭菜一样样地搬运进房。及至两人吃饱喝足了，不消吩咐，伙计又自动地送进了热水。

望着摆在凳子上的两盆热水，皓月有些尴尬，说话之前先清了清喉咙："九嶷，今晚我们同屋睡。一是你身上有伤，我在你身旁，便于照顾；二是我们是上了通缉令的人，时刻都有危险，一旦出了事情，你我二人共同行动，也还利索痛快些，你的意思呢？"

九嶷病怏怏地坐在床边，对着皓月一踢长腿："道理都让你说了，我还能有什么意思？过来，给爷洗脚！"

皓月横了他一眼，没理他，只把水盆搬到了他脚边，然后自顾自地拧了一把毛巾擦头擦脸擦脖子擦耳朵。最后把自己那一盆热水也端到了桌旁地上，他往椅子上一坐，弯了腰脱皮鞋脱袜子，开始洗脚。

九嶷东倒西歪地坐在床上，因为吃饱喝足有了余力，所以蠢蠢欲动，又想招惹皓月。此刻伸着脖子垂眼向前一望，他冷不丁地又开了腔："嘿嘿，狗爪子挺白呀！"

皓月一拧眉毛，依然是不理他。

九嶷自得其乐地继续开腔："这床不大，我一个人睡都不自在，再加一个你，我怕是连身都翻不过来，这可不利于我的病体。所以呢，你洗完爪子之后立刻给我变成小狗儿，免得夜里要挤老子！"

皓月抬眼望向了他，见他似笑非笑，显然是在等着自己还击。将一口恶气忍了又忍，皓月决定还是不理他。

然而他的沉默战术并未能持久，吹灯上床之后躺了没有三分钟，他猛地一挣，同时背对着九嶷怒道："不要碰我！"

九嶷从被窝里抬起双手捧住了他的后脑勺："不行，我冷！"

"胡说八道，你冷个屁！"

"没良心的狗崽子，吃了你！"

话音落下，九嶷张大嘴巴，竟是当真在皓月的后脑勺上啃了一口。皓月正想向后一肘杵开他，可是未等出击，被窝里又闹了新情况。急赤白脸地拼命回了头，他压低声音怒道："不要踢我的腿，你还没有洗脚！"

夜色之中，九嶷对着他嘿嘿发笑，牙齿和眼珠一起反射了窗外的月光，看起来真有点如鬼似魅的诡异模样。

"笑什么？"皓月转身面对了他，正色呵斥道，"不许笑，睡觉！"

九嶷环抱双臂一缩脖子："我身体虚弱，怕冷，你得抱着我。"

"异想天开！成何体统！睡觉！"

"抱着我。"

"睡觉！"

"不抱就不睡。"

"无耻的家伙，你还对我耍起赖了？"

"嘿嘿嘿！"

九嶷怪笑出声，笑到一半气息一乱，却是吭吭地咳嗽了起来。皓月听他上气不接下气地乱喘，心中忽然有些发虚——九嶷，按理来讲，的确是受了能要性命的重伤，但九嶷本人一直嬉皮笑脸，一会儿要好了一会儿要死了，皓月冷眼旁观许久，到底也没看出他究竟恢复了几成。

等到九嶷渐渐把气喘匀了，皓月低声开了口："其实你不必跟着我走。我能安顿吴秀斋，自然也会安顿你。你找个僻静地方好好养伤，比现在和我颠沛流离要舒服得多。"

九嶷这回再开口，中气显然就不那么足了，并且微微地还是有点喘："闲着没事做，陪你走走也不错。"

"你不必把话说得这样轻描淡写。此行吉凶未定，你我都清楚。"

"哦，那我是想去山里捉几只妖精吃。"

皓月默然片刻，又说了话："你吃妖精，吃了多少年了？"

九嶷一本正经地喃喃自语，一五一十地算了片刻，末了却是对着皓月做了个鬼脸："记不清楚了。"

"为什么要吃妖精？我只见过妖吃妖，还未见过人吃妖？妖气入体，对于人身本是有害的。"

九嶷向皓月靠近了些许，很久没和人同床共枕了，虽然皓月本质上不能算人，但毕竟有个人形，而且温暖洁净。九嶷和他面对面躺着，几乎感觉自己年轻了许多，还是古刹里的一名小僧，和自己的小伴儿亲热地凑到一起，喊喊喳喳。

“妖气伤人，我早知道。我当初吃妖精，既是为了解恨，也是为了寻死。哪知道我天赋异禀，竟然一直不死。”

“解恨？解什么恨？”

九嶷想了想，然后对着皓月一笑：“是只黄鼠狼精，变成人很好看，像你一样，是个美人。我和它相好了几年，可是最后它说什么人妖殊途，不要我了。”

抬手摸索着握住了皓月的肩膀，他恶狠狠地一呲雪白牙齿：“在认识它之前，人人都说我是三藏转世、真僧下凡，认识了它之后，我为它抛弃了名声身份，成了人人得而诛之的邪祟恶魔，我只能和它一起躲在深山老林里。它不想要我，我还想要它！”

探头把嘴唇凑到皓月耳边，他轻声说出了后面的话：“我杀了它，吃了它，生吞活剥，然后等着死，可是始终没有死。”

说到这里，他颓然倒回了原位，紧握着皓月肩膀的双手也松了开来。而皓月先是在暗中静静地注视倾听，此刻望着九嶷，他依旧是不发一言，只向上扯了扯棉被，盖住了九嶷的肩膀。

皓月几乎是搂着九嶷睡了一夜。

床的确是小，九嶷在清醒的时候贫嘴恶舌十分欠揍，睡了之后却是隔三差五地打冷战。皓月有点后悔，悔不该带着他一起上路，但现在悔之已晚，因为九嶷明显是一口叼住了自己，并且像是属王八的，咬住了就不撒口。皓月的自我感觉一向不错，知道自己即便处在人类之中，也该属于上等货色，可自己尽管有着无数的好处，但也不至于迷倒一位疯疯癫癫的妖僧，况且他身为男子，引来个和尚对他穷追不舍，也算不得什么体面成绩。

可又不能把九嶷推出去冻死。

皓月犯了愁，愁得甚至暂时忘记了吕清奇。吕清奇与九嶷，在招人烦这一道上堪称是各有千秋，但和志在天下的吕清奇相比，胸无大志的九嶷又仿佛是可爱些许，还没有糟糕到无药可救的地步。

午夜时分，皓月想救九嶷一救，让他将来洗心革面，做个好人。然而九嶷拱在他胸前呼噜不止，大脑袋不住地向上顶他下巴，吵得他双目炯炯心乱如麻，最后他忍无可忍抬起手，对着九嶷的后背猛捶一拳，总算捶出了片刻的宁静。

如此熬到了天亮，皓月和九嶷吃饱喝足之后又上了路。皓月一手拎着皮箱，同时斜眼瞄着九嶷。九嶷在他眼中真堪称是千变万化，夜里闹得不堪入目，如今到了光天化日之下，却又摆出了一张正经面孔。面无表情地走在皓月身边，他心不在焉地单只是走，一张面孔因为没有龇牙咧嘴做鬼脸，所以也很庄严，不是慈眉善目的庄严，是阴森邪佛式的庄严。走着走着忽然一扭脸，他对着皓月微微一笑，眼角有隐约的浅淡纹路，这点皱纹给他增添了不少人气。

皓月没有笑，而且心里有点乱："你……你现在冷不冷？"

"冷。"

"那……累不累？"

"累。"

皓月忽然有点恼火："那你回去吧！"

九嶷摇了摇头。

"为什么？"

九嶷转向前方，神情愉悦怡然："回去干什么？装神弄鬼的日子过了这么久，我也过腻了。我看你这个小妖精挺不错，要不然，咱俩搭伙一起过吧！"

皓月一咬牙，气得险些变成狗。

气归气，皓月还得带着九嶷继续走。说起来他们还是通缉令上的人，然而京畿一带风云变幻，那张通缉令仿佛是根本没出北京。皓月按照出发前和九嶷商定好的计划，在县城内的火车站上了火车，向北直奔关外去了。

火车走得顺利，路上也没有军警盘查他二人的身份。及至火车开到了尽头，他们下火车换马车，辗转着又走了好几日。及至马车也坐到头了，皓月在一处乡村中落了脚。

九嶷没来过这一带，也不知道这乡村的名字。此地仿佛是颇为贫瘠，乡村疏疏落落，时常是连走几里不见人烟。村庄依傍着大山，大山连绵如海，山顶云雾缭绕的，是个高不可测的模样。这里说起来也算是皓月的故乡，然而村中众人显然是没一个认识他，皓月对待村民，也自有一套托词——他说他是来找他哥哥的，他哥哥跟着商队往西走，一去不复返，仿佛是迷失在山里了。

这话听着没头没脑，但本地乡民并不惊讶。山路虽然险阻，然而是条捷径，很受马帮们的青睐。马帮们一路押送的全是鸦片，从西北往华北长路漫漫，要走大路，非得交上无数的税不可，想要省钱省时间，就只能翻山越岭走小路，虽然小路是十分的危险——路险，山中的土匪也不好打发。

乡民认为皓月应该节哀顺变，哪来的回哪去，然而皓月思兄心切，居然在村中买了两条毛驴，非要带着随从进山。乡民们又不是皓月的爹，见拦不住他进山作死，只好冷眼旁观，不再多言。

皓月一手牵着驴，一手领着九嶷，就此往山中走去。及至出了村庄，他自己骑上了驴，又回头去看九嶷："翻过两座山，就是我的家了。"

九嶷也抬腿跳上了驴背，压得驴子一晃："你家？你多少年没回家了？"

皓月叹了口气："很多年了。"随即他又盯着九嶷说道，"这山里有位山神，乃是九尾狐所化。他法力高强，然而从不恃强凌弱，是个好妖精。我们若是和他见了面，你可万万不要冲撞他，我们犯不上与他为敌。"

话音落下，他看见九嶷喉结一动，竟是大大地咽了一口口水。

"你又饿了？"他问道。

九嶷摇头不语——他的确是饿了，因为嗅到了空气中淡淡的陌生妖气。吕清奇那一脚踢散了他七八成的元气，他急需吞吃几只妖精补养一番，然而一直没有机会。平时嗅不到妖气，他也不想；如今忽然嗅到了，他不由得开始垂涎三尺。瑟瑟发抖地坐在驴背上，他一眼一眼地偷看皓月。皓月细皮嫩肉的，看着是特别的可口，他强忍着不扑上去咬人，因为怕把皓月咬翻了脸。

山路难行，幸而是个大晴天，阳光照在人身上，倒也有几分暖意。皓月带着九嶷走了又走，一路上也不知道转了多少弯，甚至还经过了几道山洞。最后他们通过一道长而黑的洞子，眼前豁然开朗，却是一片小小谷地，谷底远方伫立着几座古旧房屋，房屋周围盛开了几株腊梅。

皓月下了驴，先是静静地审视眼前风景，紧接着连跑带跳地向前赶了几步，站在雪中做了个深呼吸。笑着转身面对了九嶷，他大声说道："回家了！"

九嶷也从驴背上溜了下来。放开缰绳让两头驴自己溜达开了，他信步向前，周身的骨头有点疼痛，但是还可以忍耐，肚子里也有食，然而依旧是饿。没想到皓月会忽然高兴得蹦蹦跳跳，九嶷觉得他这样子很有趣——这才是只小狗儿该有的模样。

他想撩拨皓月，让皓月别别扭扭地跟自己打闹一场，然而又不敢真的动手，因为周遭的妖气越来越重了，他的食欲也越来越强了，偏偏皓月又总是温暖洁净，看着又像是特别的好吃。他大概真的天生不是好坯子，作恶的时候，他时常会管不住自己。

跟着皓月向前走，他进了远方那几间破房子。房内空空荡荡，然而并非特别的肮脏，皓月袖手站立了，告诉九嶷："山里的妖精，但凡是良善的，都受过先师的恩惠，所以这房子虽是很多年无人住了，但是年年都有妖精前来修缮，总不至于倒塌。只是……"他犹豫着环顾了四周，"除了里间卧室里还存留着先师留下的一些什物，这里再没其他的宝贝。想在这里找到诛杀吕清奇的法子，实在是……"

话到这里，他不再说了，只摇了摇头。

九嶷让自己的两道浓眉上下活动了一番，心里不甚相信皓月的话。如果他是皓月的师父，他想，自己定然要留几手绝活，否则俗话说得好，教会徒弟饿死师父，尤其徒弟还都是山精水怪之流，师父若是不够厉害，又怎能镇压得住这帮东西？

"小笨狗！"他自顾自地转身迈了步，"你懂个屁！看哥哥的吧！"

皓月跟上了他，随即反应过来，立刻又要发怒："九嶷！收起你的轻薄言语！"

九嶷就喜欢看皓月气急败坏，所以完全没有停止轻薄的意思。在里间一间类似卧室的屋子里，他从一口前清时代的木头箱子里掏出了厚厚一沓子古书和破符。一张一张地翻看了，看到最后，他若有所思地问道："小狗儿——"

皓月冷着脸答道："闭嘴！不要和我说话！"

"小狗儿，你那头驴师兄既然是你师父逐出去的，那么你师父就没想到自己这是养虎为患，贻害人间吗？"

皓月横眉怒目地答道："我师父他老人家说冥冥之中自有因果循环，吕清奇固然法力高强，但强中更有强中手，他总有一天还会再回来的！"

"回来干什么？"

"不知道！没问！"

九嶷笑微微地不再多说，自顾自地扭头往窗外看——总有一天还会回来的，既然要回来，就必定是有所图，可这苍茫深山之中，又有什么是值得吕清奇图的？财宝？应该不是。法术秘籍？看样子也没有。还有什么？妖精？这地方的妖精倒的确是不少，够吕清奇敞开吃，吃到吐了。对于妖精来讲，吃妖自然是个大补的法子，到底有多补，九嶷自己最清楚。

"小狗儿。"他轻声又开了口，"你刚才说，这山里有九尾狐？"

"是有一条。"

"怎么没人想过要吃掉他？你师父慈悲为怀，不肯吃倒也罢了；吕清奇并非善类，怎么也没打过他的主意？"

"据我所知，吕清奇被先师赶走的时候，还没有本领去和九尾狐相斗。"

九嶷不言语了，同时忽然怀疑皓月的师父是个老滑头。

九嶷当初一口咬定，说皓月的师父必定留下了治驴之法，哄得皓月也活了心，带着他跑到了此处山中。然而在和皓月对了一番话之后，九嶷也不知是存了什么心肠，忽然转了话锋。扔了手中的凌乱破纸，他开始叫苦叫累，让皓月立刻烧热水给自己喝。

这几间房屋虽然古老之极，然而不缺乏照料，应用之物俱全，屋后有小溪流过，凿开冰面就能汲水。皓月捡来枯枝败叶生了炉子，又将一壶冷水坐到了炉子上。九嶷没心没肺地跟着他转，转着转着向前一栽，很准确地扑上了皓月的后背。

皓月不理他，也没撵他，因为一路上和他朝夕相处，已经习惯了他的无赖举动。等到水开了，他不知从哪里摸出一只粗瓷大碗，洗净之后倒了一碗开水给他，眼看他端着水低头要喝了，皓月又下意识地抬手摸了摸他的脑袋——九嶷的头发太短，又不喜欢戴帽子，皓月总怀疑他会被寒风吹出病来。

摸过之后，他看见九嶷抬眼对着自己笑了一下，眼睛明亮，笑容诚恳，居然不是坏笑。

“小狗儿。”九嶷开了口，声音很低，“你对人好起来，倒是真好。”

皓月板了板脸：“我只对好人好！”

九嶷嗤笑了一声：“我不在乎别人的好坏，也不在乎自己的好坏。不过你要是肯一直对我好，我也可以考虑做个好人。”

皓月忽然生出了一点兴趣：“我看那只四脚蛇对你也很不错。”

九嶷单手端碗，低头又喝了一大口热水，然后抬头笑道：“阿四是个小笨蛋，我还不至于为了个小笨蛋洗心革面。”

“我不笨？”

九嶷弯腰把碗放到了灶台上，随即用力搓了搓双手：“你也笨。”

忽然有个声音在一旁响了起来：“咦？你不是三鞭老道的小徒弟吗？”

皓月一愣，闻声转身一瞧，发现前方不知何时出现了个长身玉立的青年。这青年穿着一身薄薄的青布衣裤，空手赤脚，披着长发，乃是个干干净净的清秀模样。

“山……”皓月迟疑着开了口，“山神？”

青年笑了，笑得双目弯弯：“小白狗，你还认识我？”

皓月听了对方的称呼，颇觉尴尬：“山神，我在外面有了个新名字，叫作皓月。”然后他不甚情愿地向九嶷的方向一摆头：“他……他是我的……我的……”

皓月不想承认九嶷是自己的朋友，但是一时间又想不出他的新身份，故而有些张口结舌。幸而山神善解人意，对着皓月摆了摆手：“好好好，不必说了。这位兄台一表人才，放在人类中也算是仪表堂堂了，很好很好。”

皓月紧紧地闭了嘴，一张脸红上加红，简直快要气急败坏。忽然扫了九嶷一眼，他怔了怔，发现九嶷此刻正在原地傻笑，笑得十分憨厚，看上去正是个十成十的傻大个兼老好人。察觉到了皓月的目光，九嶷开了口，语气平和，还是个好人的面貌：“你就是山神啊？我和小狗儿想搬到这儿住两天，小狗儿有个师兄，是头驴，也不知是怎么了，专盯着我俩找麻烦。我俩打不起躲得起，就跑到这里来了。”他羞涩地笑了笑，“还求山神你老人家多关照关照我们。”

山神听了九嶷的话，抿嘴一笑，仿佛是很觉有趣，而皓月心里打了鼓，因为方才说话的那个老实人，简直就不该是九嶷。

这时九嶷又出了声："山神，你进屋坐，这屋子里还挺干净的，小狗儿刚烧了热水，我们还带了茶叶过来。别的好东西也没有，就是一口热茶，大冷天的，请来喝口茶吧！"

说完这话，他跌跌撞撞地往驴子的方向跑，因为驴背上垂着褡裢，里面的确是有些存货。山神很好奇地回头看了看九嶷，然后又对着皓月笑了笑。

皓月脸上红一阵白一阵的，有心当场戳穿九嶷的谎言，可话到嘴边还是没说，因为九嶷这谎扯得蹊跷，很明显是别有用心。

不出片刻的工夫，九嶷真把热茶送进了山神的手中。

然后他不再多说，只是一趟一趟地把褡裢中的食物往屋子里运，又把房屋四周的枯枝捡到门前充当柴火。皓月由他装模作样，独自留在屋中向山神讲述人间事情。一边讲，他一边心中惴惴，因为九嶷此刻的表现太反常了。无缘无故的，他在山神面前装什么乖？这绝不是他表达善意的方式，他表达善意的方式乃是无休止的撩拨与骚扰——这一点，皓月自认为已经是相当的确定了。

在皓月心中七上八下之时，山神喝光了一大碗热茶，心满意足地告辞而走。而他前脚出了门，九嶷后脚也从里屋走了出来。皓月回头看他，就见他笔直地站住了，脸上颜色不定，像是个受了刺激的模样。

"我第一次见到九尾狐。"九嶷忽然开了口，"我听说狐狸精每多修行一千年，才能多长出一条尾巴。这话虽然有些夸张，但大体上总不会错。"

神经质地抽了抽鼻子，他的嘴角亮晶晶的，是口水的痕迹："他的妖气真重。"

皓月紧张了："你要干什么？"

九嶷的喉结上下滑动了一下，脸上重新浮现出了阴鸷神情："我？我饿了。"

"我们是来找办法对付吕清奇的，你不要节外生枝！况且你以为你是山神的对手吗？"

九嶷听到这里，却是又笑了，一边笑，一边对着皓月摆了摆手："傻小狗儿，我逗你玩的！九尾狐哪是我能吃到嘴的？等我吃了晚饭，再好好研究研究你师父留下的那些破玩意儿。我就不信，世上还没人治得了那头活驴了？！"

第九章
他们的家

皓月冷眼旁观，发现九嶷在这苦寒贫瘠之地，似乎还住出乐子来了。

他们在这几件破屋子里翻箱倒柜，克敌制胜的秘籍法宝是一样没找到，他们只落得了一身疲惫和一头热汗。皓月强忍着不闹脾气，同时大大地后了悔，认为自己是先前意志不坚，受了九嶷的煽惑，糊里糊涂地跑来了这里，结果不但白跑一趟，还耽误了许多时间，那吕清奇的野心他是最知晓的，简直如同野火一般，遇到一点风就能蔓延成一片；如今他肆意地燃烧了这许久，手里又有个手握重兵的白大帅任他揉圆捏扁，想必此刻他已经烧成一片火海，涂炭无数生灵了。

皓月想要走，可是天寒地冻，大雪封山，他一时走不得了。

这天下午，空中乌云密布，眼看着是要下大雪。九嶷用草木等物将破房子牵牵连连地遮挡了一番，然后蹲在房内生起了火。此地乃是山林，最不缺少的便是树木，他在房内地上挖了个浅坑，将几块木炭丢进坑里，表面又盖了一层草木灰。

门口青光一闪，九尾狐照例是披发赤脚，踏雪无痕地进了门。房屋再怎么四面透风，也比无遮无拦的旷野温暖，九尾狐很惬意地伸了个懒腰，随即像变戏法似的，双手一晃，手中便多了东西，分别是一坛子酒和一只叫不上名字的大飞禽。

九嶷把酒坛子放到火旁温暖处，又拎着那只沉重的死禽出了门，想要将其拔毛剥皮。皓月见他忽然恢复了精力，显然先前的虚弱都是惺惺作态，心中便存了怒气。强压恼意和九尾狐坐在了火边，九尾狐兴致很高地让他讲述山外情形，他吃了人家的嘴短，也就只好慢悠悠地开了口，讲故事一般要哄九尾狐欢喜。

皓月嘴忙，九嶷手忙。冬季天短，天色一黑，串了大块鸟肉的细树枝便被九嶷架在了火上。那九尾狐来了兴致，端着一只破碗大口喝酒，又连说带笑地回首往事。皓月一度动了心思，想请他下山去斗一斗吕清奇，然而转念一想，他闭了嘴，因为九尾狐对于人间的大善大恶一贯是不甚关心，法力虽然高强，然而只爱过自得其乐的清净日子，和他实在不是一对同志。

他不想吃油腻腻血淋淋的鸟肉，所以只掰开了一只烤土豆慢慢地吃。土豆烤得很够火候，单吃它一样也吃得下，皓月含着一口土豆抬起头，结果正看到了眼前九嶷的手。

九嶷正搬了大酒坛子给九尾狐倒酒，又把烤好的鸟肉往九尾狐手里送，九尾狐看他一眼，他便笑上一笑。皓月先是纳罕，不明白他何以要如此恭维九尾狐；紧接着心里就有些不悦，因为九嶷的两只大手冻得通红——平日此人一旦手冷，必会趁机偷袭自己的头脸，顺便取个暖；如今给九尾狐做杂役，他倒是不怕冷了，一坑烈火近在眼前，他连烤烤手的工夫都没有了。想到被九嶷抛弃了的四脚蛇，皓月不由得有些心寒，感觉九嶷终究还是缺乏感情，不是一个值得深交的朋友。

将最后一点土豆填进嘴里，他忍不住抬头又向前看。九尾狐已经喝了七八分醉，然而并不狼狈，颇有几分潇洒不羁的仙气，自从皓月和九嶷迁入山中，他每隔几日便要前来造访一次，早已经不见外了。

看过九尾狐一眼，皓月没看出什么问题来，可就是隐隐感觉有什么地方不对劲。微蹙着眉头想了又想，他迟迟疑疑地一抬眼，结果这一回，他留意到了暗中的九嶷。

九嶷就蹲在九尾狐身后的阴影中，皓月看不清他的神情，就只觉得他是笼统的黑，仿佛是被夜色永远地笼罩禁锢住了。

皓月因为天生为妖，所以有了人形之后，格外地站有站相坐有坐相，要做个有模有样的文明人。可是不知道怎么搞的，他对着九嶷瞟了又瞟，不明白自己为何会和这么个货搅到了一起。九尾狐是飘飘欲仙的，喝酒吃肉的时候看着也依然那么仙，相形之下，他身后的九嶷就有了点不堪入目的意思。在山里住了几日，他那光头上生出了一层很密很短的黑头发，这个喇嘛似的脑袋让他显得年轻了些许，然而也不是好年轻，是个山中野小子式的年轻。松松垮垮地蹲在暗处，他徒有一副高大的骨架子，从头到脚，没有一根骨头是笔直的。

皓月对九嶷看过几眼之后就不看了，怕自己看得久了，会忍不住对他降妖除魔。强行把目光移向了九尾狐，他很温和地开了口："山——"

皓月只说出了这一个字，因为在九尾狐闻声抬头的一刹那间，一个大脑袋忽然猛撞向了九尾狐的侧脸。皓月惊叫一声，定睛看时，只见九尾狐满面愕然地歪了脖子瞪了眼睛，脖子歪得古怪，竟是如同弯折了一般。而九嶷毛茸茸的头顶正对了皓月，一口牙齿已经深深嵌入了九尾狐的皮肉筋骨之中。滚烫的鲜血顺着嘴唇脖颈交接之处向外喷涌，九嶷恶狠狠地合拢牙关，耳中听到了筋肉断裂的微妙声音。

九尾狐愣了一瞬间，随即两只圆睁着的眼睛里浮动了红光。光芒越来越盛，他横眉怒目地抬起手臂，用手肘向后一击，正好击中了九嶷的软肋。房内响起了两声痛哼，一声是九嶷的，另一声，却是九尾狐的。

因为九嶷不知何时操了锋利短刀，一刀插入了九尾狐的腹中。紧握刀柄缓缓地向上划去，他在第二次受击之后拼命地向外一甩头，隔着一堆火，他将一串大血珠子甩上了皓月的面孔。口中衔着九尾狐颈部的一片血肉，他大吼一声，一刀破开了九尾狐的肚腹。

九尾狐本有了七八分的醉意，又是在山中过惯了平安日子，万没想到会在此时此地遭受突袭。目眦欲裂地紧瞪了九嶷与皓月，他忽然一挥袖子，挥出了一阵掠地的疾风。风助火势，火焰暴起，熊熊地卷向了九嶷与皓月。皓月见势不妙，一跃而起向后一退，然而九嶷逆风而行，却是一头冲进了火中。

皓月万没想到会有如此变故，一时间又急又怒又慌，屋内灌满了浓烟，他顶了烟火迈步向前，心急火燎地要阻拦九嶷行凶，然而隔着一层烟雾，他猛地停了脚步。

他看见九尾狐现了原形，仰卧着瘫在了地上，一身雪白毛皮被鲜血浸染了个透；而九嶷四脚着地地跪伏下去，把整张脸全埋在了九尾狐的肚腹之中。

“你——”皓月难以置信地出了声，可是言语哽在喉中，他只将一个字重复了又重复，“你——”

双手缓缓攥成拳头，皓月看清了眼前事实，有那么一瞬间，他瞳孔之中光芒一闪，几乎动了杀机。将要呕血一般，他哑着嗓子大喝了一声：“九嶷！”

走兽一般的九嶷抬起了头，慢慢地把脸转向了皓月。

他整张脸都沾染了鲜血，领口与双手也全是血淋淋。口中衔着一枚氤氲含光的银色珠子，他刚刚挖出了九尾狐的内丹。唇舌灵活地一运动，在皓月的怒视下，他把内丹吞入了腹中。

仿佛被内丹噎住了似的，他微微地一直脖子，然后对着皓月咧嘴笑了一下。

“别怕。”他的声音低沉而颤，仿佛体内正发生着某种大震动，“九尾狐是千年难遇的好东西，我不能错过。服了他的内丹，我的身体就能康复了。”

说完这话，他打了个冷战，黑暗瞳孔中有星星点点的红光闪烁。

皓月没有留意到他的异状，只痛心疾首地怒吼：“九嶷！我当你已经改恶从善，没想到你竟然——”

他欲言又止，因为从来不会骂人，而且无论怎样骂都像是不够劲。对着九嶷点了点头，他长呼出了一口气。仿佛将自己的精气神也一起呼出去了，他的声音虚弱了许多：“九嶷，我看错了你，你依然是个坏人。”

九嶷听了这话，没言语，只痉挛似的猛一挺身。

九尾狐的妖气太强了，甚至已然胜过了吕清奇，如果不是偷袭，九嶷绝不会有得逞的可能。他认为自己也是个有道行的，而且吃惯了妖精，九尾狐再强大，入了他的肚腹，也不过是一道补品而已。哪知那枚内丹火辣辣地悬于他的丹田之中，妖气失控一般的顺着他的经脉乱走。九嶷感觉这不对劲，想要把内丹立刻呕吐出来，可是内丹牢牢地在他体内扎了根，下意识地抬眼盯住了皓月，他吸了吸气，嗅到了皓月的身体气息。

口水顺着嘴角流了下来，他忽然感觉皓月的血肉会是十分美味，利齿扎破白嫩的皮肤，温暖的血液就会流入他的口腔咽喉。多么可爱的小狗儿啊，他的血液一定是又热又甜的。

失控了的妖气顺着他的心脉横行，一路横冲直撞到了他的右手指尖。不由自主地横伸了右臂，他一眼不眨地盯着皓月，同时很灵活地打了个响指。灼热的指肚摩擦出了一朵红色火焰，如同一朵颤颤的红莲花苞，欲绽未绽，始终是在盛开之前。

摇晃着向前递出指上火焰，他的眼中红光闪烁，也有妖异的火焰在跳。

“小狗儿……”他用含糊的声音发问，语气却是从未有过的诚恳，“给你变个戏法，火莲花，好不好看？”

皓月勃然变色，后退了一步。这火他是第一次见，可在见之前，他曾经无数次听说。

这火叫作业火，是有大神通的妖精在临死之前，为了免得遗体留存世间而自行腾起的火焰。这样的火焰，能够焚化世间一切妖物，包括死的，和活的。

所以，它也是同归于尽的招数之一。

皓月确定九嶷是个人，即便他不是人，也没有制造出业火的力量，可那一簇火焰的确是跳跃在他的指尖了。他很警惕地注视了九嶷，而九嶷慢慢调转目光，也凝望向了火焰。

皓月知道的，他也知道。皓月不知道的，他也不知道。

他不知道自己是如何制造出了业火，仿佛一切都是自然而然，业火自己要来，便真来了。体内东奔西突的妖气让他的脑筋停了转，他想自己也许很快就会被业火烧得什么都不剩，同时，把小狗儿也烧得什么都不剩。

他不想死，万分的不想死，所以自作主张地合拢了手指。燃烧在指尖的火焰被他攥入了掌心。火灭了，他也没觉出疼。

他不疼，只是热。屋里热，屋外却是冰天雪地、清凉世界。

于是他翻身爬起来，头也不回地冲出去了。

皓月在房内站了许久。

浓烟散尽了，灶内的火也熄灭了。寒风把雪沫子往房里卷，门口地上躺着九尾狐的尸体，尸体已经被冻硬了。本来世间无人能伤害九尾狐分毫，然而毫无预兆的，他被个疯疯癫癫的妖僧取了性命。

如梦初醒一般，皓月打了个冷战。动作迟钝地环顾了房内四周，他走去打开皮箱，找出一件洁净长袍，仔细包裹了九尾狐的尸体。

在做这些事时，因为物伤其类，所以他的手指一直在发抖。他也想起了九嶷，想九嶷的时候他不是恨，而是极度的痛心，痛心极了，心都痛了。

因为九嶷终归还是个坏人，终归还是要做坏事。

费了很大的力气，皓月在冻土上刨了个坑，深深地埋葬了九尾狐。

然后他回了房屋，坐在一块石头上发呆。发呆的时候他也不知道累，也不知道饿。良久之后他猛地一抬头，结果发现窗外天光已经暗淡，自己竟是在大石头上活活地坐了一天。

他渴了，出门走到一片平整雪地上，弯腰捧了雪往嘴里填。吃过几口雪之后，他肠胃冰凉，头脑也随之清醒了许多。围着房屋走了几圈，他心中暗想："他跑到哪里去了？怎么还不回来？"

他一圈一圈地踱步，越踱圈子越大，最后半路拐了弯，他进入了茫茫山林。山林之内野物横行，但他乃是野物之中成了精的，自然无所畏惧。兜兜转转地逛了许久，他连根九嶷的毛也没有找到。顶着满天星光回了住处，他不声不响不叹气，只给自己重新拢了一堆火。

很寂寞地打了个盹儿，他在天亮之后出门再看，还是没有看到九嶷回来。

皓月想要离开此地，然而下山路上的积雪将有半人多深，他倒是不畏寒冷，自信绝不会走到半路冻死，然而他这一走，就算是和九嶷彻底的分道扬镳，而九嶷自从那夜跑出去后就再不见踪影，皓月日夜悬着一颗心，不同情对方，只是很想知道对方的死活。

房屋内的食物越来越少了，皓月像要修仙一般，终日不大吃也不大喝。山中的野物其实是不缺乏的，可让他东奔西跑地捕猎，他嫌丢人，宁愿以雪充饥。

幸而他先前也一直过着修道者的生活，不畏清苦，并没有馋成一只垂涎三尺的困兽。

只是实在找不到九嶷。

然而九嶷像个鬼似的，要找的时候无论如何找不到；疲倦了，不找了，他反倒自己试试探探地露了影子。

九嶷是在一个雪夜里回来的。

那时皓月已经预备安歇了，屋角用石头砌了简易炉灶，石头被皓月用雪水洗了个干干净净，几条潮湿手帕搭在火旁石上。到了如今这个时候，皓月依然保持了个人的卫生，头发脸面一尘不染。盘腿端坐在了破床上，他坐禅一般闭了眼睛，不肯真睡，只是闭目养神。

正在昏沉宁静之际，他耳朵一动，忽然听见了门外起了窸窸窣窣的响动。慢慢仰起头翕动了鼻孔，他嗅到了一丝熟悉的血腥气——熟悉，不是因为他闻惯了血腥，而是血腥得不甚纯粹，里面还夹杂了淡淡的肉体气味。

是九嶷的气味。

他立时睁开了眼睛，随即就见前方的破门慢慢开了，一个高大身影摇晃着挤了进来。

果然是九嶷。

皓月冷着脸不出声，一动不动地注视了他。九嶷跑出去时是穿着血污了的短衣长裤，如今回来了，却是光着膀子打了赤脚。踉踉跄跄地走到床前，他力不能支似的，一屁股跌坐在了地上。仰起脸对着皓月一笑，他从头到脚一起向外散发寒气。

皓月面无表情，不知道应该如何回应他才好。

九嶷的笑容很短暂，几乎就是一闪即逝。屋角小小的一炉火光跳跃着勾勒了他身体的轮廓，他有一身线条流畅的肌肉，看着依然是远远壮于常人，只不知道他此刻是不是徒有其表。在外面下落不明地野跑了几天，他大概是一直在冰雪之中打滚，滚得周身上下干干净净。抬起一只手搭上皓月的膝盖，他半闭了大眼睛，做了个轻轻的深呼吸。寒冷气息逸出口鼻，他低声开了口，声音中含着笑意与恶意："小狗儿，想没想我？"

皓月推开了他的手，依然是盯着他沉默。

九嶷很艰难地起身要往床上爬，可就在他将一只膝盖跪上床板时，皓月再次出手，干脆利落地将他推了下去。

九嶷屁股着地，摔出了沉闷疼痛的一声响。满不在乎地重新跪起身扶了床，他笑不是好笑，说不是好说："小狗儿，你得帮帮我。"

坏笑在他脸上闪闪烁烁，笑得仓皇而又痛苦："我好像是打错了算盘。九尾狐狸的那枚内丹，我消化不动。"

大手重新搭上了皓月的膝盖，他的笑容渐渐消失，就只剩了仓皇与痛苦："好小狗儿，想想办法，别让我走火入魔。我的命长，一旦走火入魔，我就不知道要活受罪到什么时候，我也不想死——我造了无数的孽，我是个坏人，死了之后一定会下无间地狱，我害怕。"

皓月冷笑一声："你怕了？你现在怕了？"

九嶷仰头看着他，瞳孔之中有红光隐隐地闪。微微张开嘴唇喘息着，他这一刻是无比的坦白与诚实，脸上心里什么都没藏，看着雪，便只有雪；看着皓月，便只有皓月。

他后悔了，可是悔之晚矣。吕清奇那一脚踢去了他半条命，而他谋杀九尾狐，也只是出于贪婪心。他坑蒙拐骗抢夺惯了，对待妖精，更是完全不客气。他没想到九尾狐的内丹中蕴含着如此强大的妖力，虚弱的他竟是完全消受不得。九尾狐虽死犹生，如今在他身上已经狠狠地报了仇。

他怕自己会一时狂性大发，再把皓月也一并开膛破肚生吞活剥，所以那天趁着神智尚存，慌里慌张地逃进了山林之中。如今他不怕冷也不怕饿了，打着赤膊在雪地里走也冻不死了，可一阵一阵发疯似的昏迷一阵，他再清醒时，一定会发现自己口中有血有肉。

几天之内，他杀了林中七八只小妖精，以及一头挺大的野羊。杀戮并没有给他带来快乐，妖气如同火焰，时不时的就要从丹田之内直冲向上，无形的烈火熊熊燃烧，烧得他五内如焚，疯了一样的在大雪之中翻滚。

他没办法了，只好狼狈地回了家——在他心中，这几座破房子，加上破房子里的皓月，便凑成了他的家。非常幸运，从进入家门到现在，他一直通体清凉，完全没有要发烧的意思。

“是。”他轻声答道，“我是怕了。”

说完这话，他转动眼睛，忽然看到了堆在床里的那条大棉被。疲惫忽然水一样地袭来，席卷了他冰凉的身体。欠身退下了身上的破裤子，他自顾自地光着屁股又爬上了床。扯过棉被包裹了自己，他躺到了皓月身边：“我一直没有睡觉，要困死了……”他的声音越来越弱，“我给你带回了一只野羊，很干净，我只咬了它一口……”

声音终于低不可闻，没头没尾地断了。皓月扭过头垂了眼，去看九嶷的脸。看过之后，只觉不可思议，因为想不通自己怎么会和这么一个东西共处了一室兼一床。

好像他们有着天大海深的交情似的。

忽然又疑惑起来，皓月问自己：“真有吗？什么时候有的？怎么就有了？原来不是没有吗？”

他问得清楚，答得却含糊，自己的口不肯和自己的心对质，不知为何，他仿佛是宁愿继续疑惑。

因为道不同，不相为谋。一个要做好人，另一个却已经做惯了坏人。

试探地伸出手，皓月用手背蹭了蹭九嶷的面颊，又用指节蹭了蹭九嶷的鬓角。很大的九嶷蜷缩在很大的被窝里，本是睡得无声无息，此刻受了皓月的碰触，他忽然睁开眼睛，直勾勾地看了皓月。

看过片刻之后，他似乎是看明白认清楚了，便一言不发地重新闭了眼睛，又把额头抵上了皓月的大腿，是个安安然然的老实模样。

皓月叹了口气，心中有些动摇——他总认为九嶷不应该是这样的，九嶷是可以好起来的。

他决定暂且收留罪大恶极的九嶷。

皓月当真重新收留了九嶷。

天亮之后他起了身，照例用雪水洗漱了一番，然后在门外雪地上找到了冻硬的死羊。这羊周身完整，只在脖子上少了一大块肉，露出了白森森的骨茬。皓月对着死羊叹了一声，随即设法切割了一大块羊肉下来，带到房内用火烤了给九嶷吃。

羊肉烤到五成熟，九嶷也醒了。一丝不挂地坐在床边，他对着皓月揉眼睛，神情是恹恹的，像个小病新愈的壮汉。等到揉够了眼睛，他赤脚下床，走到了皓月身边说话："小——"

皓月横了他一眼："穿上！"

九嶷没说什么，非常听话地找到了自己那条破裤子，撕撕扯扯地套了上，然后又凑到了皓月身边："小——"

皓月厉声喝道："漱口，洗脸！"

九嶷依然是很合作，出门将自己收拾了一番。带着冰雪气息回了来，他第三次开了口："小狗儿，我看这地方其实也不赖，起码羊肉管够。要不然，咱们别走了，留下来过日子吧！正好还能搭个伴儿，也不寂寞。"

皓月站起身，认为九嶷这话纯属找骂："胡说八道！这地方要什么没什么，怎么能过日子？"

"缺什么填什么，原来你师父不就是一直住在这里？"

"那时候人丁兴旺，当然可以住；如今家师仙去了，师兄弟也早都散了，只剩了几间房屋，又怎能——"

"房子破，修修就好了。"

"这房子哪里还值得一修？梁柱都腐朽了，再说——"

话没说完，皓月忽然回过了味，"九嶷！你少东拉西扯！我好端端的，为什么要在这地方和你搭伴过日子？"

九嶷笑着对他一扬浓眉："我是个光棍，跟谁过都行。现在我看你这个小东西挺不错的，你要是不嫌弃，咱俩凑合着过个几十年试试，如何？"

皓月正色答道："不要说了，我对你是十分的嫌弃！"

皓月认为自己真是非常的嫌弃九嶷，而九嶷自己也很不做脸，只老实地在房内抱膝坐了一天，入夜之后皓月一眼没留意，他便又失了踪影。

皓月板着脸，不肯承认自己很焦虑，然而围着房屋兜起了越来越大的圈子，他走到最后忽然吼了一嗓子："九嶷！"

呼出的热气在冷风之中凝结成雾，他气喘吁吁地又吼一声："回家！"

没有回应，只有枭鸟在远方哭似的叫。仰起脸缓缓扭过了头，他翕动鼻子做了个深呼吸，想要从空气中寻找出九嶷的蛛丝马迹。然而疾风之中只有雪的气味，九嶷消失得很彻底，让他无迹可寻。

于是最后一甩袖子回了房屋，他决定不再管那野和尚的死活——本来就不是一路人，他和九嶷纠缠至今，已经算是他发了失心疯。

皓月想得斩截，心中的头绪该止则止，并不拖泥带水，然而到了凌晨时分，九嶷却是自己回来了。

像是被人捉奸在床撵回来的一般，他光着膀子抱着衣裤，也不怕天寒风硬。皓月端坐在床上，眼睁睁地看他像大鱼一样一侧身闪进了门。而他掩好房门站在床前，展开衣裤抖了抖雪沫子，随即把衣裤草草叠好找地方放了，自己一言不发地又要往床上跳。

皓月看他是个要直接钻被窝的架势，便忍不住先开了口："你跑到哪里去了？"

九嶷扯起大棉被裹住了自己，紧接着像座小山似的坐在了皓月面前："天不错，我出去散了散心。"

"你还敢满口胡言地敷衍我？！"

九嶷笑了，用大棉被遮住了自己下半张脸，闷声闷气地说道："饿了，出去吃了顿饭。"

皓月竖起两道长眉："还说谎？！"

九嶷一摇头，露出宽阔的额头和两只亮晶晶的大黑眼睛："没骗你，我真吃了，不信你看——"他向两旁一展棉被，从上到下能露的全露了，"你摸摸我的肚子，看看是不是真的有食儿！"

皓月瞪了眼睛："无耻之徒，给我盖好！"

九嶷一撇两边嘴角："你不也是公的吗？你害什么臊？难不成你是女扮男装？不能够哇！"

赶在皓月要变脸色之前，九嶷正了正神情，却是恢复了正经颜色："小狗儿，别生气，我不闹了。说实话，我夜里是不能不出去。你知道我的毛病，我怕我一时发疯，再把你活嚼了。"

皓月冷眼望着他，忽然感觉身遭浓雾茫茫，不辨方向。九嶷是个让他永远看不清楚的人，他真不知道他哪句话是真，哪句话是假。九嶷预谋要杀九尾狐有多久了？他不知道，在九嶷动手的前一刻他都没瞧出任何端倪来。再往前追溯，九嶷到底被吕清奇踢出了多重的伤？他也依然是不知道，九嶷嬉皮笑脸地说自己没大碍，他便真相信他是没大碍。世上怎么会有这样的人，真是狡猾透顶、卑鄙到家。他对他以诚相待，可他就这么骗他。到了如今，他说走就走，说回就回，仿佛，还是在逗弄他！

对着九嶷注视良久，最后皓月低声问道："你会死吗？"

九嶷要笑不笑地摇了摇头："应该不会，你看我现在不是活得挺好的？"

皓月转身给了他一个侧影，低头闭眼做了个冥想的姿态："我知道了。"

半晌的沉默过后，他忽然又开口问道，"你当初极力怂恿我来这里，真是为了寻找克敌之术吗？"

九嶷犹豫了一下，然后答道："不全是。"

连人带被地蹭到了皓月身旁，他一歪脑袋，深眼窝中垂下了沉重的睫毛："我受了很重的内伤，一时间没有治疗的法子，所以想找个地方补养补养身体。你师父既然惯会驯服妖精，那么我想这里的妖精定然不少，我挑几个法力高强的吃了，兴许很快就能恢复健康。"

停顿了一下，他又说道，"我也不想让你单枪匹马地去战吕清奇。你的本领还不如我，我都不是那头驴的对手，你去了还不就是送死？我行走江湖这么多年，见过的妖精多了，可像你这么——你这样的小狗儿还真是挺少见，你若是糊里糊涂地让驴踢死了，多么可惜。"

皓月点了点头，眼望前方答道："你这几句话，我相信是真的。"

九嶷的黑眼珠悠悠一转，目光斜斜地射向了皓月。房内只有一点炭火的余光，月光透过窗纸，将房内一切都照得影影绰绰。皓月纹丝不动地盘腿打坐，周身的一切都是一丝不乱、一尘不染。九嶷对他看了又看，看到最后，就觉得他像个玉人。皓月是个从来不露妖气的妖精，唯独此刻，因为太清冷太端庄，太没有人间烟火气，这才显露了一点他的来历。

“哎。”九嶷一时有点欢喜，半截赤裸身体从棉被中探出来，他露出了块垒分明的胸膛和修长结实的手臂。光滑皮肤反射了月光，他姿态诡异地向前伸头扭脸，一直把脸凑到了皓月眼前：“你真好看。”

皓月本是似睡非睡地半睁着眼睛，听闻此言，他气息一乱，随即却是紧紧地闭了眼。抬起一只玉雕般的白手，他凭着直觉抚上九嶷的面颊，随即恶狠狠地向旁一搡。

九嶷被皓月搡得一栽，保持着委顿在床的姿势没有变，他只抬起头，又慢慢地把脸仰向了皓月，然后低低地笑了一声。

皓月依然紧闭着双眼，无论如何，不看不听不言，甚至，也不想。

一夜过后，天光大亮。皓月发现九嶷恢复了惫懒的老样子，也不穿戴也不洗漱，单是裹着大棉被蹲在床上发呆。

他有发呆的闲心，皓月却是没有陪他一起呆的时间。他进山不是为了避世，而是为了寻找法子治驴。如今法子既是铁定的没有了，那么他就该立刻出山回京城去。自身力量虽是不敌吕清奇，可修行之人既然入了世，便没有瞻前顾后贪生怕死的道理，有几分的本领，就出几分的力量。况且那吕清奇论起来历，还和他有着渊源，不念苍生只念师门，他认为自己也有义务清理门户，诛灭师父的恶徒。

可是他抬腿走了，九嶷怎么办？来的时候，九嶷尽管病病歪歪，但除了病病歪歪之外没别的问题；到了如今，他的身体倒是健康了，病灶从四肢百骸转移到丹田和脑子里去了。走火入魔会是何等后果，皓月心里清楚得很，万一九嶷出山之后大开杀戒，没有人能制得住他，那么自己就算是又犯了一桩大罪。

思及至此，皓月十分为难。愁眉苦脸地给九嶷融化了一碗雪水，又唉声叹气地给九嶷烤了一大块羊肉，他自己不吃不喝，单是给九嶷甩脸子。

九嶷吃了肉喝了水，然后草草穿了衣服，没事人似的出门捡拾柴禾，用枯草堵住房屋墙壁的缝隙。忙忙碌碌地干了一天杂活，他在傍晚时分忽然安静了。

拢着棉袄的前襟坐在门口灶旁，他长久的不说话。皓月一直不爱搭理他，此刻见他状态有异，便情不自禁地多看了他几眼。炉火熊熊，映出了他瞳孔中两点红光，红光活泼地一跳一跳，连带着让九嶷额角的青筋也一蹦一蹦。

皓月不动声色地凝视着他，忽然怀疑那两点红光不是炉火的影子。目光随即转到了九嶷的手上，他看见九嶷的右手有些哆嗦，指尖尤其颤抖得厉害。猛地想起九嶷曾经制造出的业火，皓月心中一惊，当即大踏步走上前去，弯腰一把握住了九嶷的手："你怎么了？！"

九嶷梦游一般地抬起头，一张嘴，口水顺着他的嘴角流了下来："我……我该出去走走了。"

皓月一咬牙，死死攥住了九嶷的手指："别走！今夜你就留在这里。"

九嶷六神无主地环顾了四周，声音又轻又飘："那你把我绑起来，快点儿！"

皓月放开九嶷拎出了自己的箱子，从箱子中取了两件半旧的长袍。三下五除二地将长袍撕成布条，他把九嶷的四肢紧紧捆绑了，而且是里三层外三层的五花大绑。把九嶷放在了屋子中央，他捡枯枝围着九嶷画了个大圈。紧接着脱下了外面长袍，他挽起两只衣袖，露出了半截白皙的小臂。端端正正地跪在了圈子外，他正对了九嶷的头顶。将右手食指送到口中齿间，他面无表情地用力一咬，咬出了指肚一滴殷红的血。

将染了血的指尖向下抵住九嶷的天灵盖，他凝神静气，开始一边喃喃地念诵咒语，一边笔走龙蛇地画出血咒。这本是镇压妖物的法子，不该对九嶷有效；可皓月走投无路，只能是赌命一试。试好了，九嶷体内的妖气被暂时压制住，他和九嶷还可缓一口气，再找救命的法子；可试不好的话又会如何？他没来得及想。

指肚的血流汹涌起来，他每一笔都是浓墨重彩；然而鲜血在九嶷的头皮上四散成珠，也不沾染也不弥漫，纷纷的只是滚落。而九嶷本是被他绑得如同大粽子一般，丝毫都动不得的，此刻却是猛地一抬头，将一双红光四射的眼睛直瞪了他。皓月心中一惊，可是不肯后退。屏住呼吸抬起左手，他在左手掌心迅速又画了一道符咒，随即高举左手，对着九嶷的眉心便拍了下去！

一掌过后，他哀鸣了一声，怀疑自己是拍上了火炭。

与此同时，九嶷大喝一声，瞬间挣断了周身的束缚。他的眼中有火，心中有火，血管里流淌的仿佛也是火，一时间他忘了天地岁月，只想横冲直撞大杀大伐，忽然意识到了前方有个活泼泼的生物，而且还散发着熟悉的妖气，他在恍惚中一喜，当即纵身一跃扑了上去。泰山压顶一般地将皓月压到了身下，他垂涎三尺地露出利齿。鼻尖蹭过皓月的面颊一路向下，他的嘴唇找到了最柔软的颈侧血管。抬起头深吸了一口气，他痛快淋漓地一口咬了下去。

可是在合拢牙关之前，他无端地清醒了一瞬间。理智回来了，虽然还没占上风，但的确是回来了。口水淋漓地含着温暖的皮肉，他凭着本能，硬逼着自己不要咬。他大睁着眼睛，眼前是一片朦胧的红光，仿佛瞎了一般，他看不见也动不得，只咻咻地喘息着，用牙齿轻轻啃过对方的皮肤。

"啊……"红光裂开了一道缝隙，透露了些许人间光芒，他感觉自己仿佛明白了点什么，想要说话，可是话在心里，每个字都各行其是，只有意思，不成句子。于是像只野兽一样，他只能直着喉咙发出叹息："啊……"

他身体的大部分依然是失控的，只能是尽量地把皓月往暗处藏。这一刻他感觉皓月非常柔弱非常小，他一会儿想皓月是只气哼哼的小白狗，一会儿又想皓月是个飘然若仙的美青年，想到最后，他恍恍惚惚的，也想不清楚皓月究竟是个什么模样了。

在天色将亮未亮之时，九嶷恢复了神智。

皓月睁着眼睛，只看见他对自己慢慢地咧嘴一笑，仍旧是他一贯的坏笑。

"小狗儿。"九嶷开了口，声音低而哑，"吓坏了吧？"

皓月不言语，直接抬手用力推开了他。紧接着一挺身也坐了起来，他姿态僵硬地爬起身走出门。九嶷扭过头追着他的背影看，见他对着满地大雪弯了腰，用手掬雪满脸满脖子地擦。

"怎么着？"九嶷吊儿郎当地笑问，"要梳洗打扮了往山外逃命了？"

皓月直起腰转向了他，两道长眉微微蹙着，除此之外再无更多表情："我的确是要出一趟山，买些盐和米回来。"

九嶷惊讶地一挑眉毛："你愿意在这里长住了？"

皓月摇了摇头："不，我是给你买。凭你如今的模样，你若是下了山，难保你不会狂性大发伤害无辜，不如暂时留在山里，对旁人好，对你自己也好。"

九嶷骤然警惕起来："什么意思？我留在山里，你呢？"

"我自然是要去找吕清奇。"

九嶷听到这里，立刻变了脸色："好哇，你这忘恩负义的狗崽子！我一片赤心对你，你一身有肥有瘦的好狗肉，看着这么好吃，我夜里都强忍着没吃你，你可好，天一亮就要脚底抹油往外溜！老子本来在外面过得逍遥快活，若不是你非要管闲事，老子又怎么会接二连三地连倒霉带被驴踢？"说到这里他略顿了顿，飞快地化用了白大帅的理论，"皓月，老子落到这般模样，全是你害的，你要为老子的终身幸福负责任！"

皓月听了他这一番狂言，却是心平气和，并不动怒："九嶷，我知道你对我有好意。"

九嶷一愣，随即紧盯着皓月逼问了一句："真知道吗？"

皓月一点头，依然平静："真知道。"

"那你还要抛了我自己走？"

皓月显然是经过了深思熟虑的，所以此刻有问有答，并不犹豫："等我打败了吕清奇，还会回来找你。"

"不怕我吃了你？"

皓月笑了一下："怕。但我相信天下没有无解的题，我迟早会想出办法除去你体内的妖气，让你还和先前一样。"

九嶷想了想，最后很有保留地摇了头："我不信，你分明是想甩了我。"

皓月低头掸了掸身上的雪沫子，然后迈步走向了房门："你不信，我信。"

九嶷坐在炉灶边，看皓月穿好皮袍，提了褡裢往门外走。他们当初曾领来了一头驴，如今那驴不知道跑去了哪里，所以皓月只能自己凭着两只脚往山下走了。

九嶷没有阻拦他，只在心里打鼓。不该对个妖精这么好，他告诉自己，人妖殊途，自己不是没栽过这种跟头。妖精是什么？妖精不过是些飞禽走兽，权当他们是些小猫小狗就好。对个妖精太用感情，犯不上，也很可笑。

强行把皓月从脑海中驱逐了出去，九嶷爬到床上打了坐，想要设法控制体内那枚内丹。然而内丹仿佛自有了灵魂一般，静静地蛰伏在九嶷体内，随着九嶷如何指挥，它自岿然不动，专等着天黑之后再兴风作浪。

于是九嶷白忙活了一气之后，就感觉很后悔，悔不该打九尾狐的主意。他一直以为天下妖精全是一理，就没料到九尾狐与众不同，原来天下也有他消化不掉的宴席。

百无聊赖地坐了一天，傍晚时分他按时发了烧，光着膀子跑了出去。后半夜他回了来，身上全是血，嘴角还沾着几根羽毛——他吃了一只年高德劭、将要成精的老猫头鹰。

很细致地把自己收拾干净了，他静等着天亮。天的确是如约亮了，可是他站在雪中向远方张望，却是不见皓月归来。

“狗东西！”他在心里大骂，“真不要我了？早知道有今天，当初就不该管他，让他跟着驴过去吧！”

到了中午，九嶷喝了一肚子雪水，又捕捉了一只鸟烤了吃。一边啃着细小的鸟骨头，他一边在门前的大雪地上来回踱步，不时地抬头继续远眺。

“还不回来？难道山下有了吕清奇的大兵，把他抓去了？”

傍晚时分，九嶷还是不肯进屋，并且有些难过：“狗崽子！真的真的不要我了？唉，这混账狗崽子真是一缸祸水，他要长得像阿四似的，老子肯定不会管他的死活！要是不管他的死活，老子现在说不定是在哪里快活呢？很久没有吃到好饭好菜了，九尾狐一见阎王，也没有人给我送酒了。唉，唉，真想吃个炖肘子，要炖得稀烂入味才好，火候不到家我不吃。”

然后他百无聊赖地抬头又往远望，一眼过后，他猛然挺起了胸膛。

远方大雪地上出现了一个黑影，若他没有看错的话，那人正是皓月！

皓月背着一座小山似的大包袱，一路走得弓腰驼背。九嶷乐得一拍大腿，撒丫子就飞奔着迎了上去；而皓月看着姿态艰难，其实速度并不慢，他还没奔出几步，皓月已经喘息着走到了他近前，热汗涔涔地抬头面对了九嶷，他开口说道：“我回来了。”

九嶷抬手拍了拍他的脑袋：“好狗宝贝儿，算你有良心，没把哥哥扔到山里当野人。”

皓月继续向前迈了步：“滚。”

九嶷颠颠地跟上了他，一路陪着他进了屋子。而皓月把大包袱放到床上打开来，九嶷凑近了一瞧，发现包袱里面应有尽有，既有大棉袄大棉裤，也有盐糖茶叶以及一口袋米。

“我的力量有限，只能运回来这么多。”皓月说道，“你俭省一点，应该也能对付着过上一两个月。我这一趟出去，不会和吕清奇多做纠缠，若能获胜，定会尽早归来。若是败了，搭上了性命，那么你自己审时度势，该走就走吧！”

九嶷偷眼瞄着他：“不怕我为害人间了？”

皓月掏出手帕擦了擦额上热汗，然后抬头望向了他，目光坦白：“怕，但是也管不得了。”

说完这话，他自顾自地淘米煮了一锅粥。用粗瓷大碗盛了一碗热粥递给九嶷，他自己不吃不喝，只站在一旁望着九嶷喝粥。九嶷也不客气，自顾自地捧着大碗喝出了一头热汗。然后抬头面对了皓月，他忽然说道：“告诉你一件事。”

皓月心不在焉地答道：“说。”

“其实我没有骗你，这里真有克制吕清奇的法宝。”

皓月的眼中登时有了光：“怎么会有——难道在我离开的时候，你有了发现？那法宝是什么？”

九嶷抬手一指自己的胸膛：“小笨狗，那法宝近在眼前，就是在下！”

皓月立刻皱了眉毛：“你又在戏耍我吗？”

九嶷长吁了一口气，然后笑嘻嘻地说道：“我的本领，你最了解。一个九嶷或许不是那头活驴的对手；一个九嶷加一只小笨狗儿，还是不大有胜算；可一个九嶷加一只小笨狗儿再加一条九尾狐，难道还不能和活驴比试比试吗？”

话到此处，他豪气干云地一拍胸膛，“九尾狐的法力，全在老子身上，虽说是不大听话，但终归也是力量。老子那一夜发疯的时候，你不也是活活地被老子压到了天亮吗？”

皓月听了他这一套理论，真有了点目瞪口呆的意思，没想到他发疯的毛病还成了本事。而九嶷站起身走到他面前，背手低头笑微微地看着他：“小狗儿，听明白了没有？”

皓月盯着他，良久不言语——疯狂绝不能算是武器，尤其是神智迷失的、自杀式的疯狂。他怀疑九嶷只是想要助自己一臂之力，否则山下没有壕沟栅栏，自己前脚离去了，他满可以立刻也浪迹天涯去，没有必要非得跟着自己回京城冒险。

“你不必如此。”皓月移开目光，轻声说道，“不必。”

九嶷一耸肩膀：“闲着也是闲着，再说我也没有白挨一驴蹄子的道理。我是坏人，睚眦必报，我得找驴报仇。咱俩顺路，一起走嘛！”

第十章
悠闲时光

北京城，白大帅府。

新年已经过了，但在白府之内，新鲜热烈的年味依然很浓厚地留存着，因为大帅身边的吕大师乃是一位富有生趣的人物，非常热爱人间繁华。好比今晚，他又往府内叫了个戏班子，锣鼓喧天地唱了一晚热闹好戏——唱得真是好，以至于大师看到一半，忽然开嗓子喊了一声好。这一嗓子响如雷鸣，震得戏台都一颤，台上的花旦立时就岔了声，台下的仆役们也跟着猛一哆嗦，茶壶热水泼洒出来，险些烫了脚面。

值此大师龙吟虎啸之际，在场还能够八风不动稳如泰山的人，唯有白大帅一个，于是众人不得不服，承认大帅到底是大帅，除了个头有限之外，果然处处高于常人。而白大帅似笑非笑地盯着戏台，一动不动一声不吭，并没有倨傲的表现，由此也可见他城府深厚，的确是个帅才。当然，白大帅的高明之处并非仅此一点，从年前到如今，他一直是和吕大师同居一室，再没和家中那帮莺莺燕燕扯过皮。女色这东西他都能说戒便戒，这就表明了他的果敢坚定；而对着肩宽背阔的吕大师都搂得下睡得着，更显出他品位超凡，已经不是平常人可以理解揣摩的了。

午夜时分，天寒地冻，一台大戏也谢了幕，吕清奇过足了爱热闹的瘾，带着白大帅回了卧室休息。卧室内部自然是富丽堂皇的，暖气烧得滚热，西式浴缸里也提前蓄满了热气腾腾的洗澡水。

很潦草地给白大帅洗了个澡，吕清奇又将自己也涤荡了一番。白大帅一双眼睛盯着吕清奇的背影，他的手脚忽然抽搐了一下，喉咙中的气流也乱了套。黯淡瞳孔中隐隐有了一点亮光，他向吕清奇伸出了一只手，同时五官全都抽筋一样地错了位，呈现出了个怒不可遏的狰狞面目。

然而在下一秒，盘腿坐在床尾的吕清奇回过了头。

他似乎并未动作，凭空便原地起飞落到了白大帅身旁。一手攥住白大帅的手，他紧盯了对方的眼睛，同时将另一只手也抬起来，劈头盖脸地捂住了白大帅的眼睛。口中喃喃地念诵了片刻咒语，他最后一抬手一低头，猛地直视了白大帅。

白大帅怔怔地望着他，眼中的亮光如同风中的小火苗，摇曳着暗了下去。

吕清奇很轻松地吐出了一口气，能够抵御他那迷魂术的人，世间大概还不存在，只是白大帅的灵魂实在是顽强不驯，竟然始终不肯安安分分地认命，隔三差五地便要闹上一闹；若没有他时刻监督留意着，白大帅真有自动恢复神智的可能。

但在他没有找到新傀儡之前，白大帅是绝对不可以回魂的。单手撑在枕旁，他居高临下地低了头，柔声说道："孝琨，睡吧。"

白大帅低低地答应了一声，随即果然乖乖地闭了眼睛。而吕清奇等他睡熟之后，重新盘腿打坐，长长久久地呼吸吐纳了一番。

与此同时，千里之外的皓月和九嶷走在大雪地里，已经出了深山地界。

月黑风高，天寒地冻。皓月走得茫茫然，不知道自己此行此举是否明智——铲除吕清奇，自然是明智的，但是是否应该带着九嶷，他就拿不准了。

他们已经在山外的小镇里停留过了一日夜，所以如今吃得也饱，穿得也暖。皓月有个整理皮箱的特长，那皮箱看着体积有限，打开来却是如同百宝箱一般，井井有条地存了无数东西。他从箱中取出一件夹袍穿了上，看着不穷不富，正像个中等人家的干净少爷；九嶷也得了一身崭新的袄裤，袄裤配着他那一脑袋短短的头发，让他看起来再无半分和尚气，不像和尚，也不像三教九流内的任何人，实在要把他归类，皓月冷眼看着，倒是感觉他这模样像个打手——人高马大，目光险恶，笑都不是好笑。九嶷拎着皮箱，他领着九嶷，两人手拉着手——他总不敢松，生怕九嶷忽然发了疯，再就近吃了活人。

他们是上过通缉令的人，虽然不知道那通缉令如今是否依然有效，但皓月加了小心，一路走得十分谨慎，又因为沿途天天都有军队开过，所以他们为了避免嫌疑，并不抢时间走夜路，天色一黑，他们便同平常的旅人一般，立刻找旅店安身。

这一夜，皓月眼看自己距离京城已经很近，而城镇之中并没见到自己的通缉令，一颗心就收入了腹中。天黑之后在一家小店内休息了，他正想和九嶷谈一谈今后的打算，哪知九嶷垂头抱肩蹲在角落里，却是病了一般，一言不发。

皓月坐在床边，静静地审视着他，同时收入了腹中的心缓缓往上吊，一直吊到了喉咙口。最后他轻轻起身走到九嶷面前，蹲下来小声问道："你怎么了？你是不是……"

九嶷抬起了头，呼吸是滚烫的两条小火龙，一张脸也是通红的，血管不知何时鼓凸了起来，一道一道蜿蜒在了额角上。眼皮沉重地合下去，他的睫毛颤动不止："小狗儿，去找根绳子……"他喘息着说话，"把我绑起来，快！"

皓月的确是预备了一条粗麻绳，可预备归预备，他见识过九嶷发疯时的力量，他若是真要行凶了，十根粗麻绳也捆绑不住他。双手握住九嶷的肩膀，他也慌了神："你忍一忍……这些天你都没有发作过，你不是说你能够控制得住吗？"

九嶷很艰难地从嗓子里挤出了一句话："骗你的……你快走……"

下一秒，他骤然抬了头。皓月正视了他，就见他直勾勾地紧盯着自己，眼中已经闪烁了凶险的红光。

如果要跑的话，那么现在就必须跑了，再不跑，就来不及了！

但皓月是不能跑的，皓月想自己若是跑了，九嶷大开杀戒，遭殃的便是旅店内外的无辜百姓。把牙一咬把心一横，他扯起九嶷的双臂往自己肩上一搭，随即向前一扑，紧紧地搂抱住了九嶷。

带着九嶷往地上一滚，他知道九嶷是舍不得杀了自己的。

虽然这样的做法过于冒险，因为九嶷尽管舍不得杀他，但在真发起疯时，被他搂在怀里的，很可能只是九嶷的一具躯壳，貌似九嶷，却又并非真正的九嶷。

可是事到如今，再无他路，皓月用两条手臂把九嶷勒了个死紧，同时极力地歪过头和九嶷贴了脸，又急切地低声说道："九嶷，醒醒，是我，你连我也要杀吗？"

九嶷也恶狠狠地抱住了他，口鼻之中喷出滚热的腥气。野兽似的在喉咙里低低地呜咽了，他露出了雪白的牙齿，失控一般地扭头要去啃咬皓月的面孔。

皓月紧闭了眼睛，想要躲又不敢躲。九嶷的唇舌紧贴在了他的脸上，触感黏湿而热，简直要让他竖起一身的寒毛。挣扎着抬手向上抚摸了九嶷的后脑勺，他小声说道："九嶷，我是小狗儿，你不认识我了吗？"

他慢慢地睁了眼睛向上瞧，结果看见了九嶷没有表情的脸。

像看不懂了一样，九嶷怔怔地注视着他，注视了良久之后，九嶷忽然把眼一闭把头一垂，压在他的身上不动了。

后半夜，九嶷恢复了神智。

他有点紧张，不知道自己是否伤害了皓月。然而未等他提问，皓月主动告诉了他："我没事。"

然后皓月拧了一把毛巾，主动给他擦了擦脸和脖子上的冷汗。九嶷有点疑惑："小狗儿，怎么变得这么孝顺了？你这是谢我不吃之恩吗？"

皓月没理他，只自顾自地又倒了一杯凉水，让他喝了睡觉。

皓月心中谨慎，行动利落，不出几天的工夫，他和九嶷便当真回到了北京城——进城的时候他们本来也是有些惶恐，可是越往城里走，越发现印着自己画像的通缉令早没了踪影，仿佛当初的追捕不过是一阵风，自己一失踪，那风也就渐渐停了。

但是皓月并不快活，因为他发现自己这一方虽然是暂时安全了，可满城的百姓们人心惶惶，已经有许多的人开始储存粮食和咸菜疙瘩。他装成外来的客商，和个街边的小伙计搭讪着聊了几句，得知这几个月来城里城外天天过大兵，远远近近的村镇里已经开过好几次大战，都说白大帅在城外的大部队要往城里进，而百姓们不怕过大兵，只怕大兵进了城会烧杀抢掠，故而各自备好食物，全做好了关严大门与世隔绝的准备。

皓月听了小伙计这一席话，心中又是愤懑又是感慨，无人的时候就对九嶷恨道："这全是吕清奇作得孽。他自己野心勃勃大杀大伐，城内还没遭过炮火，已经乱成了这样，城外那些打过仗的地方，还不知道是什么情形呢！"

九嶷对于天下苍生毫无感情，但是看皓月拧起两道长眉，嘴唇紧绷着抿成了一条线，是个认认真真在恼火的模样，就感觉很可笑，还有一点可爱："是啊是啊。"他心不在焉地调笑，"那驴真不是好东西，一会儿咱们去吃一顿驴肉火烧，先出出气！"

皓月瞪了他一眼："你还要闹？"

九嶷嘿嘿地笑："没闹，我这不是想哄你高兴嘛！"

皓月收回了目光，决定不理睬他。而九嶷看他迈步要走，便连忙跟上，又把一只手向前伸到了他的手旁，轻轻碰了碰他的手背。皓月这些天因为总怕九嶷忽然发疯，所以走到哪里都牵着他，此刻习惯成自然，他腕子一转，很利落地握住了九嶷的手。九嶷的手比他要大一号，手心挺软，总是热烘烘的温暖。皓月感觉这只手此刻很是老实，心中在惆怅之余，便也很安然。

两人如此走了片刻，九嶷忽然开了口："小狗儿，咱们去找吴秀斋怎么样？旅店里的伙食我实在是吃腻了，你又不肯请我下个小馆子。吴秀斋家有吃有喝，正好他还挺高看你的，你带着我去吃他几顿，想必他也不会有意见。"

皓月想了想，随即摇了头："不好，第一，那本不是吴秀斋家，那是吴秀斋的姐姐家，吴秀斋也只是寄宿在那里而已；其次，我们这一趟回来，为的是收服吕清奇，这件事情本身便带有很大的危险性，万一不成功，岂不是要大大地连累吴家老小？"然后他回头望向了九嶷，"你想吃什么？我给你买。"

九嶷笑了："我想吃一只小狗儿。"

皓月当即狠狠一攥九嶷的大手，表示不满和不屑："还闹？"

九嶷不再说话了，沉默片刻之后才又开了口："不知道阿四现在怎么样了，是不是一直跟着吴秀斋。要是知道我回来了，他非乐疯了不可。"

皓月没有说话——他对四脚蛇倒是没什么意见，只认为对方乃是一只非常无知无聊的小妖精，实在是不值一提。

九嶷也从来没把四脚蛇往眼里放，但是匀出了百分之一的心思，他燕子掠水一样，轻飘飘地想了想对方。想过之后，他觉得这四脚蛇自己是找也行，不找也行。

他现在跟皓月过得挺好，虽然他有时候看皓月也是只装模作样的小公狗。

皓月想给九嶷买点好东西吃，然而街上的店铺都不大开门，他又不肯太往远走，所以末了只买到了两屉热包子。

九嶷嫌那包子馅不合口味，所以只吃了两屉包子皮。皓月没想到九嶷这种野兽一样的东西，居然也会挑食，不由得很惊讶；而九嶷吃饱之后，又要喝酒，皓月听了，就不由得有了恼意："你这人倒是心胸宽广，难道我们是吃喝玩乐来了吗？吕清奇已经不是我们可以轻易打败的了，你说不准什么时候又要发疯，烦恼这么多，你还有心思喝酒！"

九嶷笑道："那等你这些烦恼全部解除了，咱们两个再好好地喝上一顿？"

皓月不接他的话，自顾自地往下说："我们现在根本无法接近吕清奇，这怎么办？"

这的确是个大问题，因为吕清奇和白大帅深居简出，等闲不肯露面，露面也露不到市井街头上去，想要对他下手，只能是夜探大帅府，混进去找机会。但话说回来，现在的大帅府，恐怕和先前的大帅府不是一回事了，先前的大帅府再怎么森严壁垒，里面活动的也都是人；如今吕清奇当了家，大帅府内是否还能和先前一样，皓月和九嶷都不敢打包票。

九嶷和皓月进行了长达三个时辰的谈话，谈到最后，皓月连连地点头，承认自己只能是铤而走险，试这个法子一试。

一夜过后，皓月拎着他的皮箱出门走了。

他前脚一走，九嶷后脚也出了门，直奔了吴宅。正如他所料，吴秀斋果然还逗留在姐姐家里，并且因为密斯吴带着老妈子回家乡，替弟弟出头找弟媳妇讨要家产去了，所以吴秀斋此刻还是孤家寡人。冷不丁地见九嶷来了，他先伸了脑袋往九嶷身后瞅："皓月师父呢？你回来了，他怎么没回来？"

九嶷一瞪眼睛："我回来不是一样的？"

吴秀斋瑟缩了一下："那怎么能一样？师父是师父，你是你。"

"我问你，我那阿四呢？"

吴秀斋抬手往厢房一指。

九嶷不再理他，直接迈步走向了厢房，哪知还未等他走到门口，房门忽然“咚”的一声从里向外开了，一个黑影子炮弹一般地冲了出来，且在半空之中张开四爪，狗皮膏药似的牢牢贴到了九嶷身上，同时一声刺耳的哭啼响了起来：“九嶷！我的宝贝九嶷，你终于回来了！”

九嶷张开双臂低头一瞧，随即咧了嘴骂道：“我不回来我死在外头？”

四脚蛇死死抓住了他的衣裳，不怕骂也不怕打，反正就是无论如何再不松爪。这些天他趴在厢房床底的角落中，冬眠一般地也不吃也不喝，一味只是思念九嶷。方才依稀听见院子里响起了九嶷的声音，他几乎以为是自己思人心切，有了错觉。而九嶷十分冷血，不但撕膏药一样把他从自己身上撕了下来，还拎着尾巴把他倒提到了自己眼前：“闭嘴，不许哭！我找你有事情，再哭吃了你！”

四脚蛇用两只前爪捂住大嘴，立刻不出声了。

在九嶷与四脚蛇重逢之时，皓月独自一人拎着皮箱，迎着寒风走到了白府正门前。

门前的卫兵早已经换了一茬，全是很陌生的新面孔。眼望着阔少爷似的皓月，卫兵们莫名其妙，猜不出他的来头，及至听闻他要面见吕清奇，卫兵们登时笑了，笑得不怀好意，因为都知道吕大师和白大帅是居同室寝同榻，两个人一刻也不分开，看不出吕大师那样人高马大的长毛货，装神弄鬼的居然还挺迷人，至少，是迷住了阅人无数的白大帅。而眼前这位细皮嫩肉的少爷，作为吕大师的朋友，想必也是有点本领的了。

皓月不知道卫兵们把自己看成了兔子——他心里藏着大事，顾不得旁人的眼光了。而在门外等了不过片刻的工夫，进门通报的卫兵一路小跑出来，在门槛后面对着皓月拼命地招了手：“过来过来，吕大师让你进去见他！”

皓月提起皮箱，先是做了个深呼吸，然后面不改色地跟着他往白府深处走去了。

在一间清幽的小客厅里，皓月见到了吕清奇。

吕清奇穿着一身黑色长袍，照例还是披头散发，头发和袍子黑成了一体；气色倒是好得很，先前苍白的一张脸，如今白里透了红，已经颇有几分血色。坐在靠墙的一把大太师椅上，他叉开双腿歪了身，一边胳膊肘支在椅子扶手上，另一只手向下垂，搭在了大腿上。微微地偏着脸望向皓月，他那脸上没有明确的表情，也说不准他是怒还是不怒，但嘴唇的确是厚于往常，可见他此刻大概是噘着嘴的，圆鼻子忽然也翕动了一下，可见他不但噘了嘴，还喘了一下粗气。

他不说话，皓月也不说话，二人大眼瞪小眼地僵持片刻，末了还是吕清奇先开了口："小师弟，怎么又回来了？"

他天生嗓门极大，如今尽管极力地压低了声音，但还是震得厅内起了嗡嗡的回响。皓月弯腰把皮箱往脚边一放，然后直起身看了吕清奇一眼，面沉如水，依然一言不发。

吕清奇冷笑一声，姿态潇洒地挺身而起，背着双手踱到了皓月面前："那个和尚呢？我看他对你情深意切，宁愿为了救你受我一脚，连命都不要了。你们二人躲到如今，怎么忽然分了家？还是你认准我不会杀你，所以单枪匹马地前来求情，想让我饶你二人一命？"

皓月微微地一扭头，低声说道："想多了。"

吕清奇一愣："啊？"

皓月深吸了一口气，然后不看吕清奇，只抬头对着前方说话："合则聚，不合则分。我与九嶷先前聚了，如今分了，并不是什么稀奇的事情。"

吕清奇围着皓月转了一圈，又抬手挠了挠后脑勺，最后停在了皓月身后，他盯着皓月那个一丝不苟的脑袋开了口："什么意思？发现那妖僧不是良人，想起了师兄的种种好处，所以恍然大悟，又跑回来了？"

皓月咽了口唾沫，低声答道："吕清奇，我还没有承认你是我的师兄。"

吕清奇听到这里，声若洪钟地笑了："哈哈哈！小师弟，你这样连名带姓地称呼我，虽然是生分了点儿，但是听着也很有趣。来，再叫一声让我听听！"

皓月侧过脸来，垂下眼帘说道："我不问亲疏，只看是非。九嶷虽然屡次救我，但他在外杀生害命，惹是生非，我看不惯，便不能再与他同行。"

吕清奇把个大脑袋伸了过去，鼻尖险些撞了皓月的脸："我呢？你既然肯主动登门来找我，想必是能看得惯我咯？"

皓月立刻把头转回了前方："我不知道我能否看得惯你。这一趟回来，也无非是为了确定这件事情而已。看得惯看不惯，总要仔细地再看看才知道。吕清奇，你说我这话对不对？"

吕清奇虽然法力高强，但因品行不端，所以在师门中一直不甚得意，后来尽管也兴风作浪地做了几番事业，可是回首往事，心中总有些说不清道不明的不足，及至见到了皓月，他双眼一亮，如同见了宝贝一般，这才略略地足了些许。小师弟不是吃素的，当真有几分好本领，自己若是得了他做左膀右臂，实是一桩幸事。

但话虽如此说，吕清奇理智尚存，并不肯被喜悦冲昏了头脑。颇有保留地审视着皓月，他轻飘飘地迈了步，一瞬间就绕到了皓月面前："那么，那个和尚呢？他让我的小师弟如此伤心，师兄我必要替你出了这口恶气。"

皓月抬头直视了他："吕清奇，九嶷虽然恶劣，但对我终究是有恩情。我与他分开，无非是因为志不同道不合，并无仇恨，他也并未伤了我的身心。"

吕清奇扬起两条浓眉，乌溜溜的大黑眼珠子里光芒一闪："哟，还护着他呢？"

皓月收回目光低下头，一弯腰把皮箱又拎了起来。这回抬头再次正视了吕清奇，他沉声说道："看来正如我先前所想的那样，你我二人也不是一对知音。我没有欣赏你这怪言怪语的兴致，你请另找听众吧，我告辞了。"

吕清奇一看皓月要走，登时一把抓住了他的腕子："慢！谁让你走的？你当我这里是茶馆，想进就进想出就出？"

皓月默然无语地望向了他，望了良久，最后一甩手："放开！"

吕清奇一张鼻孔，傲然答道："不放！"

话音落下，皓月一皮箱就抡了过去。只听一声闷响，大皮箱结结实实地砸到了吕清奇的头上——凭着吕清奇的硬骨头，当然是不怕这一砸，可是对着皓月睁大了眼睛，吕清奇在挨砸之后，竟是发表了一番异于常人的见解："小师弟，几个月不见，你变得越发活泼可爱了，竟然敢打师兄我！"

皓月听了这话，有些发愣，而吕清奇眉开眼笑地向他靠近了一步，压低声音说道："先前你在我面前，总是哭丧着脸，让我看着很不痛快；和那样子相比，师兄倒是更喜欢你这敢打敢骂的模样啊！"

皓月眨巴眨巴眼睛，没听懂吕清奇的道理。他本来没有抡皮箱打人的习惯，还是这些天和九嶷厮混久了，时常被九嶷纠缠得哭笑不得，才渐渐学会了动手。方才他一皮箱抡出去之后，心中后悔至极，简直以为自己是一时冲动坏了大局，哪知道吕清奇与众不同，还被他打美了。

"我——"他不由得张口结舌，不知道如何把下文接下去。幸而吕清奇兴致高昂，一张嘴像开了闸似的，根本也不打算给他机会说话："哈哈哈！小师弟，我只当你是个少年老成的性情，没想到你的本性如此刁蛮！你伪装得好，师兄这样冰雪聪明的人，也险些被你骗了过去。"然后他抬手一扭皓月的鼻尖，非常亲切地翻起厚嘴唇，露出大白牙，"小骗子。"

皓月站着没动，一脑袋短发则是险些突破生发油的束缚、一起立了起来。他本以为吕清奇只是邪恶，没想到隔了些许时日不见，这位师兄发展了新本领，在讨人厌一道上也有了进步，简直可以和九嶷匹敌了。

这时，吕清奇抬手握住皓月的肩膀，又低下头问道："小师弟，师兄其实是很喜欢你的，一直在等待你幡然悔悟重返师兄的身边，你知不知道？"

皓月眼睁睁地望着吕清奇，越是看得细致，越感觉九嶷漂亮。吕清奇心中喜悦，对着他嬉笑不止，两只鼻孔也扇个不休，于是如此又过了一分多钟之后，皓月回想起九嶷的音声笑貌，几乎感觉他是个可人儿了。

皓月是个力争上游的妖精，因为天生不是人，所以处处都要比人更像人，只要人格，不要天性。但在此时此刻，他感觉自己保持了许多年的人性绽了裂缝，不再是彻底的完美无瑕了。

他有了脾气。吕清奇在笑够了之后，把脸一板，开始向他索要内丹。他听了这话，直接答道："不给！"

吕清奇有些意外，因为记得小师弟即便在破口大骂之时，也要保持义正辞严的英姿，从来没有这样干脆地拒绝过。于是把一张长脸向下又沉了沉，他做出了一点怒容："小师弟，你总要向我表示一点诚意才行，否则我凭什么要重新接纳你？！"

皓月一扭头："不给！"

吕清奇狞笑一声："给不给的，怕是你说了也不算吧！"

皓月一甩袖子，言简意赅地答道："就不给！"

吕清奇开始揎拳捋袖："那我可抢啦！"

皓月也瞪了眼睛："那就看你能不能抢得到！还要看你是想要我的内丹，还是想要我这个人！"

吕清奇一看皓月要和自己拼命，反倒软了，转念一想，他又认为皓月既是自动送上门来的，想必没有说逃就逃的可能，既然如此，何必又要惹他恼怒？

思及至此，吕清奇昂首挺胸扬了扬长脸，作出堂皇的姿态："罢了罢了，小师弟，我这做大师兄的，怎能抢你小师弟的东西？方才不过是玩笑的话，你如今肯弃暗投明，师兄是很高兴的。等师兄打下江山当了皇帝，少不得也要封你当个铁帽子王。来来来，我这就让人安顿了你，你现在冷不冷饿不饿？"

皓月再次拎起皮箱，气哼哼地答道："不饿！"

皓月自住了一套小院落，房内陈设一应俱全。他放下皮箱，先去洗了手脸，然后关门闭户，也不理人。

傍晚时分，在开晚饭之前，他那房里来了客人。这客人两尺不到，通体乌黑，死气活样地撇着大嘴翻着白眼，正是四脚蛇。

四脚蛇这一路飞檐走壁，还钻了耗子洞，好不容易才找到了皓月。见面之后，他没二话，直接问道："哎，狗，九嶷让我来找你，你有什么话让我捎给他？"

皓月也不屑于看他，只轻声答道："你告诉九嶷，这里一切安好，我会见机行事。"

四脚蛇答道："噢。"

然后他趁着窗外天色黯淡，挤出窗缝便爬了个无影无踪。

天黑透了，白大帅房内的几盏大吊灯一起放了光，照得内外一片通亮。一条细长的大黑影子从屋檐下方翩然滑过，巡逻的卫兵从院内经过，漫不经心地扫了一眼，以为自己是看到了蝙蝠，然而现在这个季节，又还没到蝙蝠出没的时候。

卫兵们对于季节和蝙蝠都很没有兴趣，故而就整整齐齐地齐步走过去了。

皓月坐在一盏大吊灯下，心里乱得像是长了草，然而一张小白脸板得挂了霜，一丝表情都不露。九嶷一个人在外面，也不知道这几天有没有发疯，发了疯有没有杀生;他现在可以确定九嶷即便是发了疯，也不会伤害自己，但是对于别人，他想九嶷可就不会存有柔情和善心了。

这个念头让他有点窃喜，仿佛是自己慈悲为怀，感化了一个作恶多端的妖僧;同时又有点别扭，因为这场感化似乎成功得过了分，而他还没有做好和妖僧交朋友的准备。和九嶷在一起，他也说不清自己是喜还是恼，既然说不清，那就不说了。可是真不说了，他又忍不住的要思索。

除了九嶷这块心病之外，现实的问题也很严峻。他混入大帅府面见吕清奇，自然是别有用心，既然是带着目的而来，那么一切都不过是逢场作戏，似乎只要虚与委蛇的敷衍一番即可；然而吕清奇并不是那么好敷衍的。和九嶷的贫嘴恶舌相比，吕清奇另有一种孤芳自赏式的热情，隔三差五地就把皓月和自己一起赞美一番，也不知道他究竟是想夸谁，并且有点黏黏糊糊。皓月被九嶷歪缠了许久，自以为已经有了抵抗力，可是偷眼观瞧着吕清奇那张大说大笑的豪迈面孔，他的小分头时常就要直竖一下，像是半睡半醒时听了惊雷一般。

此刻扭头望向身边的小圆桌，皓月从亮晶晶的桌面上端起了一杯热茶，试探地喝了一口。他脚下踩着无边无际的大地毯，前方有一双雪白的大脚丫子来回走动，正是吕清奇在赤脚踱步。而隔着大脚丫子再远一点，是白大帅戎装整齐地坐在床边——整齐极了，连及膝的马靴都没有脱，两只戴着皮手套的手搭在膝盖上，白大帅正襟危坐，唯一不正的部件是他的军帽，军帽稍稍地有点歪了，帽檐歪斜的阴影下，是他那张面无表情的光滑面孔。失了魂落了魄的白大帅乍一看和先前并无不同，只是缺少了云淡风轻笑眯眯的权监气派。但他也并不是天天笑，所以旁人对他观察了又观察，虽然也感觉他近来有些怪，但又讲不出他具体怪在了哪里。

平时白大帅到了家，吕清奇不消旁人动手，自会主动地为他宽衣解带，伺候他舒舒服服地坐卧休息，但今天是个例外，因为今天白大帅在下午的军事会议上“表现不好”。

吕清奇知道白大帅意志坚强，自己一不留神，他便有可能凭着精神力量破了自己的迷魂术，所以对待白大帅，他是加了十二万分的小心，一旦发现白大帅有苏醒的苗头，他立刻对他再施一遍法术。可今天下午，吕清奇不知道是自己对白大帅的要求太高，还是白大帅越来越难以控制，白大帅居然在会场上发表了一篇前言不搭后语的演说，虽然演说的中心意思并未和军队目前的方针相左；但是他记得很清楚，自己今天绝没有要求白大帅在众人面前长篇大论，尤其他论得如此糟糕没水平，这不是故意地要招人怀疑吗？

吕清奇回到家后，颇想揍白大帅一顿，但是白大帅身为凡人，还是个岁数不小的凡人，绝对禁不住他那如神一蹄，故而他咬牙切齿地忍了又忍，又草上飞一般地在地毯上兜兜乱转了一百多圈。

及至转得皓月都要眼花缭乱了，他终于过了瘾，轻轻巧巧地停在了皓月面前。扯着大嗓门让仆人送进来了一瓶洋酒，他也不让人，自己攥着酒瓶的细脖子仰头灌了几大口，随即低头对着皓月长叹了一口气："唉！"

他嘴巴大，鼻孔也大，一口气叹向皓月，真有劈头盖脸之势。皓月没敢躲闪，只问："你不高兴？"

吕清奇放下酒瓶，拉过一把椅子坐到了皓月面前："小师弟，你也看出我不高兴了？没想到啊没想到，你竟是如此地体贴人意，一眼就看出了我的烦恼，真是蕙质兰心哇！"

皓月听了他这番赞美，不知为何，十分地犯恶心："唔，不敢当。"

吕清奇拉起了皓月的一只手，又把脸向前凑向了皓月——他是漆黑的长眉毛，漆黑的大眼珠，仅看上半张脸，倒也是个美男子："小师弟，你师兄我心怀天下，烦恼自然是少不了的。平时我也没个知音，如今正好你来了，我们倒是可以经常地谈一谈。"

皓月不是很敢看他，搭讪着把目光射向了床边的白大帅："你……我不懂政治和军事，你还是和白大帅谈吧！"

吕清奇也跟着回头看了白大帅一眼，随即意见颇大地哼了一声："孝琨？哼！"

白大帅先前一直是痴痴呆呆地坐着，见吕清奇停在近前了，他才缓缓地抬起头。对着吕清奇看了半天，他最后含糊地吐出两个字："清……奇……"

吕清奇将两道浓眉一竖："孝琨，你太不听话了！"

白大帅仿佛是没听懂，嘴唇动了动，并没有发出声音。

吕清奇恶狠狠地怒视了他："你若听话，我便让你长长久久地活下去，你不听话，我活吃了你！到了那个时候，孝琨，你可别怪我无情！"

白大帅这回没了反应，只是嘴唇微微地动，像是喃喃地要说什么。

他忽然一抬头一挺身，头顶的军帽随之滑落，然后又神情痛苦地皱了皱眉头，又像要抽风似的猛然一晃脑袋。

晃过之后，他委顿下去，又安静了。

在吕清奇与皓月纠缠不清之时，一道黑影无声地溜过帅府房顶，闪电一样的逃窜无踪。

片刻之后，黑影出现在了吴宅的厢房之中，房内的床上蹲着九嶷。黑影一头扑进了九嶷的怀里，然后娇声娇气地说道："九嶷九嶷，你肯定是让那狗崽子骗啦！那狗崽子现在在大帅府吃香的喝辣的！"

九嶷一把甩开了他，百无聊赖地背过手挠了挠屁股，他自言自语道："阿四，不要往我的枕头底下钻，赶紧滚到吴秀斋那屋里去！"

四脚蛇很失望地嘀咕道："九嶷，你又不要我了吗？"

九嶷不耐烦地一挥手："我不是告诉你了吗？我得了专吃妖精的怪病！听了你刚才的话，我现在心里很不痛快，肚子里也要发烧。现在我要一个人静一静，你快给我滚蛋！"

四脚蛇不情不愿地离去了，而九嶷盘腿打坐，使尽浑身的力量去压制丹田内的热流。他依然不是九尾狐那枚内丹的对手，但是控制一刻算一刻，他也管不得长远的事情了。

皓月按照事先的计划，在大帅府内住了五六天，这五六天内他吃得好喝得好，然而苦不堪言，从早到晚没有一刻是轻松愉快的。吕清奇大概对他的确是有好感，终日小师弟长小师弟短，围着他聒噪不休。他来了，白大帅也必定得来；他在皓月面前毫无忌讳地高谈阔论批评白大帅，而白大帅这时往往是神情呆滞地倾听着，皓月也不知道他能否听懂，偶尔特别留意地审视他几眼，也看不出他那感情有什么波动。

这一日傍晚，他将一张小纸条折叠了，交给偷偷潜入房内的四脚蛇。四脚蛇照例是对他没有话，叼了纸条就往外走，走出不远便钻了耗子洞，老练娴熟地进行了土遁。

如此过了一夜之后，他悄悄地写了一封信，只说师兄的盛情自己无福消受，所以自己在此还是告辞为好。

把这封信揣在身上，他在下午出了门，一路溜达到了白大帅的房屋里。他到达时，白大帅正独自坐在一张沙发椅上发呆，吕清奇不知所终，周围也没有仆人侍立。皓月见此刻时机正好，当即走到白大帅面前，弯腰拉起他一只手，又掏出信笺往他手中一塞：“劳你把它交给吕清奇。”

他认为白大帅如今如同傀儡一般，应该是不通人言的，之所以说了这么一句话，无非是出于习惯。哪知白大帅缓缓地合拢手指攥了信笺，同时慢慢地抬起头，翻着眼睛望向了他。

白大帅的目光很直，可瞳孔中的光芒却是很乱。皓月见了他的情形，几乎对他有些怜悯，可因并不通晓迷魂术，所以此刻也无力救他。转身迈步向外走去，他快步回到自己的院内，拎起皮箱走小门，利利落落地走到了大街上。此时还是初春天气，天黑得早，皓月故意慢慢地走，走出几步之后他拦了一辆洋车，声音不低地问道：“我要出城，你走不走？”

车夫遇了生意，自然是走，于是皓月拎着皮箱坐上洋车，就此慢吞吞地离去了。而在他离去不久，门内疯了一样冲出一个黑衣人，正是吕清奇。

吕清奇大门不出二门不迈，可是对于城内的情形，他是了如指掌。城门如今有开有关，全被重兵把守着，进城走哪条路，出城走哪条路，他全知道。汽车夫以为家里这位大师要出门，忙忙碌碌地要去开汽车，哪知大师并不劳他，只略一抬腿，便立时跑了个无影无踪。而在他狂飙之时，皓月已经赶在城门关闭之前，出了京城。

在京城外的一条土路上，他看到了九嶷。

这个时候兵荒马乱，加之早晚天气寒冷，城内城外都少有行人。九嶷静静地蹲在路旁草丛之中，一眼望过去，几乎不能发现。皓月目光如电，一眼瞧见了他，就见他抱着膝盖望着自己，正在不怀好意地笑。

皓月轻轻地呼出了一口气，手中的皮箱本是没有价值的，拎它出来无非是为了表明自己当真要走，这时便被他随手扔到了路边。空手大步走到九嶷面前，他开口便问：“你这几天还好？”

九嶷笑着问：“你真把那头驴引过来了？他不会走岔了路，追丢了吧？”

皓月想了一想，然后走到九嶷身边，拉着他一起蹲了下来：“你也看出来了，现在想要出城的话，就只能走这一道城门，他既然知道了我要走，应该不会追到其他地方去。”

九嶷扭头看着他：“万一，他根本没想追你呢？”

皓月沉吟了一下：“这……你当初不也认为他会追我？老实讲，我起初虽然对于这话不以为然，但是见了他这几天的表现，倒是不由得不信你的判断。”

皓月的耳朵动了动，听九嶷的声音有点颤，注视了他，又见他笑眯眯的并无异常。他重新问了一次：“你这几天还好？”

不等九嶷回答，他又补了一句：“说实话！”

九嶷望着皓月笑，笑着笑着，那笑容开始不甚稳定地闪烁了。

“不大好。”九嶷喘了粗气，从牙关中往外挤出话来，“驴再不来，我就要吃人了。昨天我差点儿咬了阿四。”他把皓月的手往自己怀里塞，“我这里……热得厉害。”

皓月伸手一摸，隔着紧贴身的一层小褂，他摸到了一颗咚咚大跳的心脏，小褂滚热的，可见九嶷此刻的体温很高。

正当此时，远方传来了杂沓混乱的马蹄声音。皓月一愣，觅声望去，就见夜色之中遥遥地奔来长长一队骑兵，看势头，正是要往城里冲。一边冲，骑兵们还在一边纷乱喊话，皓月带着九嶷伏低身体，就听有人高声大嗓地叫道：“营座，城里开火了吗？咱们这几个人这几条枪，真打起来可是不够用啊！”

营长立刻做了回应，声音比士兵高了好几度：“谁说城里开火了？急电上只说大帅让咱们赶紧进城，没说让咱们进城打仗！”

“怎么好端端地来了急电，非让咱们半夜进城？大帅在城里缺人手了？”

营长显然也是不明就里，只答：“谁知道！那边的混成旅不是也动身往城里去了？”

骑兵们连吵带喊带催马，一阵风似的刮过了土路。皓月和九嶷面面相觑，心想吕清奇难道为了追逐自己，竟然调动了京城内外的全部军队？不至于啊！

正当此时，九嶷如同受到了某种刺激一般，猛地向后一挺身。皓月慌忙伸手扶住了他，同时就见他抬手向前一指："来了！"

话音落下，一道黑影从土路上疾驰而过，草丛中的皓月只觉眼前一花，下一秒，他才嗅到了几丝妖气。妖气很淡，因为夜风急了，吹得草木全都哗哗作响。

"难道是吕清奇？"他问九嶷，"方才，你看到了没有？"

九嶷紧紧地闭了眼睛，身体开始哆嗦起来——他对于妖气是最敏感的，而吕清奇的妖气又是特别的强烈，对于此刻的他来讲，非常富有刺激性，简直要和他体内的内丹遥相呼应。

"是……"他喘息着要往起站，"我们快去追上他，再不动手，我怕我就要——"

话没说完，因为夜空中忽然响起了枪声。和枪声一起响起来的，是越来越近的喊杀声。皓月紧拽着九嶷趴回荒草丛中，就听一大队骑兵队伍从城中涌出，一边连珠炮似的向前策马开枪，一边吼着"打妖怪""别让他跑了"。

皓月这回先明白过来了，一颗心登时向下一沉："九嶷，这些人是来追杀吕清奇的，难道白大帅恢复神智了？"

九嶷低着头，没言语。

皓月又道："他们这些人绝对不是吕清奇的对手，我们走小路包抄过去，一旦吕清奇进了前面的大山，那可就不好找了！"

九嶷乖乖地起身，连连地点头，同时脑子里轰轰作响，眼前一阵一阵地发红。他知道自己的毛病，也知道自己这毛病发作起来会有多可怕。抬起右手将食指伸入口中衔住了，他感觉自己指尖灼热，只要稍一摩擦，就会燃起一簇业火。

那火，可是专烧妖精的！

为了保护身边这只妖精的狗命，九嶷屏住呼吸咬住手指，一味只是向前狂奔。满眼红雾之中，他能看见远方有个黑影在一高一低地跳跃，正是吕清奇以其独特的步法，将要逃之夭夭。

九嶷在心里骂："敢踢老子，饶不了你！老子今天宰了你，小狗儿非乐疯了不可。嘿嘿，连报仇带逗狗，你这头活驴，老子追定了！"

第十一章
对战

皓月感觉九嶷越跑越快，自己简直将要追不上他了。可若是连九嶷都追不上的话，想抓吕清奇就更是痴人说梦，所以气运丹田使足了力气，他不看吕清奇，专跟着前方的九嶷狂奔。后方的喊杀声远一阵近一阵，仿佛追兵是鬼，一路飘忽着跑。但皓月理智尚存，知道追兵绝对不会是鬼，不是鬼，声音却又忽远忽近，那么只能有一个解释：追兵不止一股，他和九嶷这样一路疾驰而来，兴许已经超过了好几队骑兵。而此刻月黑风高，他们跑得比兔子还快，想必他们没留意追兵，追兵们也根本没看见他们。

山路越来越崎岖狭窄了，皓月见九嶷的背影有了忽隐忽现的意思，便急得伸手要去抓他。可是未等他把手伸长，九嶷像后脑勺长了眼睛似的，忽然背过手攥住了他的腕子——攥了一秒钟，随即却又飞快地松了开。皓月则是惊讶地低哼了一声，因为九嶷巴掌滚烫，那一攥的巴掌宛如烧红了的铁箍，竟然让他疼了一下。

“九嶷……”他微微喘息着低声问话，“你怎么了？”

九嶷头也不回地答道：“没什么，就是想提醒你一件事。”

皓月拼命一般地加快了速度，想要和他并肩狂奔：“什么事情？快说！”

九嶷面朝前方，声音平平地答道：“地上全是牛粪，小心不要摔倒。”

此言一出，皓月没言语，只像要作呕似的，在喉咙里咕噜了一声。

九嶷又道："尽量跟上我，跟不上也没关系。区区一头驴，老子一个人足能降服。"

话音落下，他忽然加快速度。皓月只觉眼前一花，定睛再瞧时，他在心里叫了一声苦——九嶷方才那几步蹿得够狠，居然在一瞬间把自己落下了一大截子！

他不敢公然喊叫着让九嶷等待自己，因为前方的吕清奇和后方的追兵都还不知道他和九嶷的存在，一旦知道了，那逃的和追的一起受了惊动，只怕逃的会越逃越快，追的会越追越乱。

皓月使出吃奶的力气奔跑，不去看远方的吕清奇，只追随九嶷的足迹。而九嶷一路跑得头也不回，竟像是不打算再管他了一样。

九嶷的确是不想管他了——不止是不管，他甚至想要干脆地甩了皓月，独自去把吕清奇处理掉。皓月不是吕清奇的对手，一旦交了手，就有受伤的危险，偏偏皓月又是个死心眼，在邪魔歪道面前是特别的悍不畏死。而在另一方面，即便皓月不与吕清奇交手，一味只是跟着自己，那么也一样的不安全。自己是什么情况，自己最了解。九嶷此刻只觉着耳中隆隆的一阵阵轰鸣，周身鲜血滚烫到了将要沸腾的程度。他并不是故意地要跑成草上飞，是两条腿不听了使唤，非得狂奔着才舒服，一旦停下来，他那周身的力量汇聚成了胸中一只大火球，简直会让他活活地鼓胀爆炸！眼前的世界摇晃了，模模糊糊的像是随时要颠倒，天地或者地天之间上下跳跃着一个黑影子，正是正在逃命的吕清奇。

吕清奇身为一只驴精，不知为何，竟会不善奔跑，直上直下的只会向前跳跃。由此也可见他的力量的确是惊人，凭着这么个跳蚤似的跳法，居然速度极快，加之他穿着一身黑衣，三跳两跳便融入了夜色之中，令人无从辨别他的形迹。九嶷感觉自己的眼神是越来越不济，所以盯住了吕清奇的背影，他提起一口气，发疯似的猛冲了过去。

他这一冲，就把皓月彻底地抛在山路上了。皓月没有读心之术，不知道他是什么主意，只知道自己一眼照顾不到，他便消失在了黑夜里。放缓脚步回头看看，他看到了星星点点的火把马灯，扭过头再向前瞧，他张开嘴呼出了一口热气——前方什么都没有了。

星星和月亮也没有了，荒草随风摇曳，只是一片似有似无的黑影子。

皓月急了，开始压低声音轻轻地呼唤 :“九嶷？九嶷你在哪里？”

他弯着腰向前跑，两只手伸出去前后左右地乱摸，想要用手代替眼睛。可是回应他的只有风声。于是他强定心神停住脚步，索性完全地闭了眼睛。仰起头做了个深呼吸，他想要在空气中寻觅九嶷残留下的气味。鼻孔微微地翕动了，他果然不是一无所获。睁开眼睛定准了方向，他拔腿又跑了起来。

皓月一路且跑且嗅，九嶷的气味只嗅到了几丝，牛粪的臭气倒是吸了满鼻子。这臭气实在浓重，简直熏得他将要不辨东西南北，本来那吕清奇在大帅府内养尊处优，一身的袍子都洒了香水，说起来也是有迹可循的，可香水那人工的香气终究敌不过牛粪天然的臭气，皓月心想自己若不是对于九嶷特别熟悉，恐怕连九嶷的气味也分辨不出来了。

“这怎么办？”他渐渐地惶恐了，因为这些天一直是和九嶷共同行动，即便是前些天身在大帅府时，也有四脚蛇在他和九嶷之间传信。如今身边忽然少了个大活人，他像被人劈了一刀似的，虽然不疼不痒，然而总觉得少了些什么，心里空空落落的不踏实。后方的骑兵还在追，但速度显然是缓慢得多了。皓月心里一乱，鼻子居然也跟着乱了，接二连三地做了好几个深呼吸，他就只嗅出了一个臭。

他开始四面八方地乱走，脚下很快就没了路。披荆斩棘地继续向前，他竖起两只耳朵，能听见自己呼呼的喘息声音。他和九嶷联了手，才有可能打败吕清奇，现在两个人分了开，他自己此刻是安然无恙，可九嶷会不会和吕清奇狭路相逢呢？九嶷现在的确是有股子奇异恐怖的疯劲，可那股子疯劲来去不由人，万一面对吕清奇时他忽然又不疯了，可怎么办？

皓月越是思想，越是惶惑。他不敢停，没有方向也要走。一鼓作气不知走了多久，他蹲下来休息了片刻，然后起身，继续走。

这样的休息接下来又进行了两次，等到最后一次休息结束时，皓月站起身，发现整个世界显出了依稀的轮廓，而在山外山的远天边，有淡淡的光芒弥漫出地平线，竟是天要亮了！

借着稀薄的晨光审视了周遭风光，皓月发现自己已经进入了茫茫山中，起码放眼向四方望去，除了山峦，再无其他。夜风本来就寒冷，如今冷上面又加了急，几乎带了几分硬度。皓月茫茫然地喘了几口气，忽然感觉有点不对劲。

下意识地抽抽鼻子，突如其来的一股子妖气让他打了个激灵。猛地向后转了身，他随即瞪圆了眼睛，鼻子尖险些蹭上了吕清奇的下巴！

他不知道吕清奇是何时靠近自己的——真是不知道，甚至连一点预感都没有。而一双冰凉的大手无声无息地合在了他的脖子上，吕清奇居高临下地一垂眼皮，压低声音开了口："小师弟，没想到啊没想到，师兄还是小看了你呀！"

皓月没言语，因为知道自己没有胜算，所以也没有急于反抗。极力镇定了自己的情绪，他面无表情地仰视了吕清奇，静等着他继续往下说。

果然，吕清奇又开了口："小师弟，究竟是你太无情，还是孝琨太嫉妒，还是师兄我不够有魅力？"

皓月咂摸着他这后一句话，感觉他这话里另有一番深意，但那个深意是什么，自己一时还揣测不出。为了避免祸从口出，他不置可否地继续保持沉默，只因为疾风掠过面孔，让他忍不住眨了一下眼睛。

吕清奇冷笑了一声："小师弟，这个时候才想起对我眉来眼去，是不是晚了一点？你师兄我阅人无数，虽然对你是格外地偏爱一点，但还不至于为了你意乱情迷、失了理智。说吧，你是何时开始和孝琨串通起来的？"

皓月发现自己果然没有白白地沉默，听到这里，他隐约明白了那一番深意的意思。强忍着没有露出啼笑皆非的表情，他板着一张小白脸，正色答道："我并没有和白大帅串通过。"

吕清奇狞笑一声，紧接着一张黑洞洞的大鼻孔，从厚嘴唇中吐出雄浑声音："不说实话，信不信师兄掐断你的细脖子？"

皓月直视着他的眼睛，因为知道他误会了自己的举动，并且尚未意识到九嶷的存在，所以反倒是放了心："我和白大帅之间，当真没有任何关系。我无非是想离开大帅府而已。我走我的，他的一切举动，都与我无关。"

吕清奇一扬浓眉，双手微微地加了力气："这么巧？你前脚把我引了出去，他后脚就调了兵来追杀我。"

皓月背过一只手，暗暗地将力气运到了手上："吕清奇，你若一定不肯信我，我也无意多说。"

吕清奇一皱眉头："这就不说了？"

皓月将身后那只手攥成了拳头，同时移开目光，冷淡地答道："不说了。"

吕清奇从鼻孔中呼出两道热气流："小师弟，你应该能看出来，师兄还是挺愿意听你多说几句的。"

皓月勉强把头扭了扭："无话可说。"

吕清奇收敛笑容低下头，忽然竖起两道浓眉，变脸似的换了一副凶恶表情："我如今成了孤家寡人，正是需要臂膀之时，你既然落入了我的手中，我又怎能轻易地放了你？"

皓月本想虚与委蛇地敷衍他几句，骗他松手，可是此刻近距离地和他对视了，皓月眼力极佳，就见他脸极其长，唇极其厚，眉眼虽是尚且可观，然而鼻孔深不可测，鼻毛倒是郁郁葱葱，兴许是先前说话太多的缘故，他那厚唇的两角还堆了些许白沫。若从卫生的角度批评，吕清奇奔波一夜，此刻的情况本来不能算是很糟糕，况且皓月是和九嶷朝夕相处过的，吕清奇再邋遢，也比流浪时期的九嶷要好。可皓月怀疑自己大概是看惯了九嶷的缘故，九嶷再脏，他也能透过肮脏的表象看出对方的本质，隔三差五还会感觉对方相貌挺美；然而此刻对着吕清奇的鼻孔和大嘴，他却是产生了错觉，几乎以为自己是站在了牛粪堆中，正在和吕清奇一起缓缓地往下陷。

忍无可忍地挣扎了一下，他忽然生出了汹汹的怒意："你到底想要怎么样？有招数你便使出来！我没有兴趣和你站在这里吹风！"

吕清奇对着皓月一歪脑袋，声音很突兀地温柔了："我不要你死，我要你的内丹！你听话，我便让你活着；你若实在是不识时务，那我索性吃了你，你也算是一顿饱饭。"

话音落下，他把大嘴一噘，眯着眼睛凑向了皓月，"呜——"

皓月没有表情，也没有迟疑，在一刹那间挥了拳头，他一拳击中了吕清奇的面颊。只听"咔嚓"一声轻响，吕清奇的下巴当即一歪，两只大手也随之松了一松。皓月趁机纵身向后一跃，而吕清奇在短暂的惊愕过后，抬手握着下巴往原位一扳，又张嘴前后将下巴活动了一番。苍白面孔红了半边，他向皓月将一双眼睛越睁越大，鼻孔急速地扩了几扩，他忽然对着皓月一挥袖子。

一阵疾风当头劈来，皓月猝不及防，竟是被那疾风卷了个跟头。一翻身爬起来，他自知没有永远逃避的道理，可是未等他发出反击，吕清奇张开五指向他作势一抓，他身不由已地一晃，竟是被一股力量硬牵向了前方。一只大手重新锁住了他的咽喉，他把头一抬，就见一张大嘴气势汹汹地压将下来，另一只大手紧贴了他的小腹，在大嘴下压之际，那手向上滑动，而皓月丹田中的内丹像被那只手吸住了一样，竟是随着它向上去了。

皓月真急了，咬紧牙关挥出一掌，要打吕清奇的心口，可是巴掌拍上胸膛，吕清奇居然纹丝不动。眼看对方越来越近了，皓月情急之下张了嘴，对着吕清奇就要一口咬过去。

然而他的牙齿刚刚接触空气，身旁忽然响起了雷一样的一声怒吼："好你个混蛋驴！今天老子不把你的驴嘴切下来，你就不知道老子是你祖宗！"

皓月和吕清奇一起闻声扭了头，结果就见瑟瑟的荒草丛中，站着个人高马大的光头大汉，此大汉上身赤裸，不是旁人，正是九嶷！

皓月和吕清奇望着九嶷，说老实话，他俩全被九嶷吓了一跳。

九嶷露出了肌肉结实的上半身，自下巴始到肚脐止，周身一道一道黑红纵横，全是干涸了的血迹。在极短的头发下，青紫色的血管蜿蜒浮凸，虫蛇一样从额头向下延伸，不但和眼角相连，甚至红色血丝遍布了眼球，他连眼睛都是红的。除此之外，他颈部的筋脉也暴突了，仿佛直接通着心脏一般，筋脉竟然勃勃地一跳一跳。中气十足的吼完方才那句话后，他忽然闭了眼睛一晃，整个人随之明显地一胀，胳膊依稀像是粗了一圈。

恐慌过后，皓月率先反应了过来——九嶷这个模样虽然可怕，然而可怕之余，却也可喜。那股子邪劲正在支配着他的身体，这个时候他几乎是无坚不摧的，正好可以对付厉害的吕清奇。胸中随之有了底气，他知道自己的法术符咒对与吕清奇全是无效，故而干脆使用蛮力，对着吕清奇的面门又击出了一拳。

这一拳他是使尽了全力，哪知吕清奇对他看都不看，直接抬手用巴掌包住了他的拳头。皓月没犹豫，抬腿对着吕清奇又踹出了一脚，吕清奇轻飘飘地向上一跃，随即收回目光转向了他："小师弟，怎么，看你的救星来了，敢和我斗一斗了？"

话音落下，他手指用力一攥皓月的脖子，攥得皓月登时闭了气。皓月抬手还想反抗，可是气息断了，他不但不能继续行动，甚至听到了自己颈子关节的格格响声。而就在这时，一阵热风骤然冲撞而来，皓月下意识地一闭眼睛，同时感觉咽喉一松，睁眼再看时，却是吕清奇猛然后退了一丈多远，而九嶷一掌直劈向下，掌风正好掠过了吕清奇方才的立身之处。

皓月咽了口唾沫，来不及询问九嶷先前跑去了哪里，迈步就要去追吕清奇，哪知吕清奇并没有逃跑的意思。怒不可遏地纵身一跃，吕清奇一步蹿到了九嶷近前，随即双脚一跺腾空而起，他如同一团黑旋风一般急速旋转，一条长腿从风中踢出，脚背正好直奔了九嶷的脑袋。皓月吓得倒吸一口冷气，因见九嶷直勾勾的一脸凶恶呆相，便急得要拉九嶷躲避，孰料就在那只脚即将和九嶷的脑袋发生大碰撞之时，九嶷忽然一抬手，生生抓住了吕清奇的脚踝。然后顺势将空中的吕清奇抡起来向地上一掼，只听"昂"的一声大叫，正是吕清奇猝不及防中了招，一脸拍在了草丛里。而九嶷不等对方有所反应，抓着脚踝转身又是一抡,吕清奇张牙舞爪地在空中划了个半圆,"啪"的一声又合身被拍到了地面上。这回双手撑地支起了上半身，他知道九嶷必定还要发第三次力，所以干脆做了个鹞子翻身，同时将另一条腿横扫出去，结结实实地扫中了九嶷的脖子。

凭他的神力，他想九嶷从此就应该没脑袋了，谁想九嶷只顺势一甩头，不但脑袋还留在腔子上，而且脖子笔直的，也并没有骨断筋折的征兆。九嶷身上的异象让他隐隐地有点发慌，但他毕竟也是见多识广的，慌而不乱。九嶷攥着他的脚踝不松手，他索性趁机借力，就着九嶷的手蜷了腿向上一跃。皓月只见半空中黑袍一卷，竟是他灵灵巧巧地一转身，张开双腿骑上了九嶷的脖子。而九嶷抬手扶住他那垂下来的两条长腿，脸上没什么表情，只是眼中的红色又浓了一层，口水也顺着嘴角滴滴答答地流了下来。吕清奇垂手捧住了他的脑袋，正想把这妖僧的人头活活拔下来，却没想到未等他动手，九嶷却是自己扭了头，把鼻尖蹭到他大腿上嗅了嗅。口水渗透单薄的绸裤，他的大腿立刻就感受到了黏稠的湿意。难以置信地一咧嘴，吕清奇忍不住怒吼道：“秃驴！你好大的胆子！”

一句话未说完，忽然转成了一串凄惨的驴叫，驴叫声未止，吕清奇已然腾空而起，放开九嶷落了地。

九嶷咬了他的大腿，几乎咬掉了他一大块肉！

黑袍子垂下来，遮住了他染血的绸裤。皓月不明就里，单是快步走到了九嶷身边，伸手一推九嶷，下命令道：“去！别让他跑了！”

九嶷紧紧地一闭眼睛，又一晃脑袋。皓月的话他听见了，可是听得不真切，眼前的世界颠颠倒倒，他对一切也都看不真切，真切的只有他口中的血腥滋味——妖精的血，妖气非常的足，滋味非常的好，他恍恍惚惚地咂着嘴，想要再来几口。可是仿佛出于本能一般，他抬手从身旁搂过了一个活物，伸出舌头在那活物脸上舔了一口，他心里清醒了一瞬，告诉自己：“小狗儿。”

自从夜里和皓月分开之后，他的思想就分裂成了碎片。他不知道自己是什么时候丢了衣服打了赤膊，也不知道自己在“不知道”的时候都干了些什么。他想自己一定是杀了什么，吃了什么，否则不会沾染满身满脸的鲜血，可是究竟杀了什么吃了什么？完全没有印象，完全不知道。

嘴唇贴在温暖的皮肉上，他仿佛是在吮吸着熟悉的气味。这气味让他想起了许多的事，比如他们为什么来到这深山，为什么要对前方那头活驴穷追不舍。想起来了，精神也跟着来了，他忽然重新变得兴致勃勃，心想：“我得杀了那头驴，我杀了他，小狗儿就不能不服我了！”

仿佛对着皓月逞威风会是一件了不得的盛举，以至于九嶷在天旋地转中将怀里的皓月向旁一推，一个箭步便冲向了前方的吕清奇。吕清奇彻底瞧出了九嶷的异常，在摸清九嶷的虚实之前，他决定采取声东击西的招数。对着九嶷虚虚踢出一腿，他随即腾空一跃，却是一脚踢向了九嶷身旁的皓月。

小师弟再可爱，也没有自己的性命可爱。有伴儿自然是好，可孤家寡人的日子也一样能过。况且他自认为对小师弟已经仁至义尽，没有理由再饶他的狗命了。

脚是踢向了皓月，眼睛却是留意着九嶷，吕清奇倒要看看九嶷还有几分理智。而皓月冷不丁地受了袭击，想要躲避已经是不可能。险伶伶地向旁一侧身，他竭尽全力地向前一挥双手。

他挥出了一阵凌厉的劲风,甚至带动了地面的砂石。这是一股子真正的妖风,无色无形，然而力大无穷，非得有着极深的道行，才能掌握这呼风唤雨似的功夫。劲风化解了吕清奇这凌空一踢的力道，然而一块石头撞上吕清奇的脚尖反弹回来，却是正中了皓月的胸膛。

皓月没有死于吕清奇的一踢，却是被一块石头砸得向后仰了过去。方才那一阵风已经耗尽了他所有的力气，论本领，他想自己的确是比吕清奇差得远。

胸口的钝痛让他一动都不能动，他心急如焚，可是只能仰面朝天地喘气。神情痛苦地转动了目光，他想要去看九嶷，可九嶷偏偏不让他看。

九嶷一秒钟也不给吕清奇留，直接和吕清奇打作一团，翻翻滚滚地离开了皓月的视野。

九嶷不肯让吕清奇再靠近皓月，凭着直觉，他知道皓月没有死，但是也绝禁不住新的打击。怎么保护皓月？很简单，杀了吕清奇就是了。

他认为“杀吕清奇”应该是件简单的事情，因为他现在周身一阵一阵地发热发烫，鲜血在他的四肢百骸中奔突咆哮，现在不止是鼓胀和憋闷了，他已经感到了疼。

他的五脏六腑疼，周身每一寸皮肤也疼，针扎火燎的，让他想要满地打滚，一头撞到山石上去。撞山石是划不来的，而且一定会撞碎了脑袋，那么正好，他不撞山石，撞吕清奇。

然而吕清奇并不肯老老实实地站在那里等着他撞。他迷迷糊糊地乱踢乱打，耳中就听见一声一声的大叫，每一声都奇响无比，霹雳一样，震得他脑仁作痛。忽然肩膀上狠狠地震了一下，有个声音在他身旁响起：“混账！让你尝尝本尊的仙驴腾云腿！”

这个“腿”字让九嶷伸舌头舔了舔嘴唇，不知为何，居然刺激了他的食欲。眼前的世界是光怪陆离的，他眼神涣散，然而伸手向前一抓，他实实在在地抓到了东西。然后张嘴向前一咬，他咬出了一声惨叫：“昂！又咬本尊的腿！”

然后九嶷感觉头顶又是一震，闪电一般地抬手抓向上方，他这回只抓到了一只布鞋。随手把布鞋向旁一扔，他听见吕清奇又出声了：“好哇！看来不让你见识一下本尊的圣驴夺命踢，你就要对本尊冒犯到底了！”

九嶷完全没有理会他这句话的意思，心中只存着两个念头，第一是这驴嗓门奇大无比，并且是个话唠，真能吵死活人；第二是自己今天定要宰了此驴，好让小狗儿高兴一下，自己也好抖抖威风。这两个念头让他向前一扑，揪住对方的衣袖便往怀里拽。而吕清奇连着踢了他两下，一下是踢在肩膀上，一下是踢在头顶上，照理来讲，这两招中的任何一招都足以要了九嶷的性命，然而九嶷安然无恙，并且还能继续对着他死缠烂打，吕清奇口中不言，心里惊慌，恋战的心思随之淡了许多。冷不防地被九嶷抓住了衣袖，他躲闪不及，索性晃着肩膀向后一躲，只听“嚓”的一声响，衣袖齐肩而断，吕清奇的一条白胳膊随之见了天日。

吕清奇并不吝惜一条袖子，可是九嶷贪得无厌，未等衣袖落地，他的脏手已经又抓住了吕清奇的袍子前襟。吕清奇继续躲闪，结果嚓嚓嚓几声布帛裂响之后，吕清奇那上半身就只剩了一圈黑领子。抬手摸了摸颈上领圈，吕清奇平素最好体面，在地洞里坐牢时都是衣冠楚楚，如今忽然被九嶷撕成了半裸，将来连出山见人都成了问题，胸中怒火不由得便蹿起了大火苗子。既然逃是逃不得了，他一转念，决定干脆硬碰硬地恶斗一场，将这个龌龊的妖僧和给脸不要脸的小师弟一并宰了吃掉！

杀心一起，他的招式立刻就和先前有了不同。一脚接一脚地踢出去，他每一脚都能带出一阵刀子似的疾风。九嶷不知疼痛，但也感觉一步一步前进得艰难，并且耳中轰鸣日益响亮，把他那思想震得支离破碎。他知道自己马上又要彻底地“疯”了，在疯之前，他决定尽量远离皓月——自己要远离，吕清奇当然更要远离。

于是他扑向前方一把搂住吕清奇，带着对方向旁一歪，顺着山坡地势滚了下去。一边滚，他一边抬起了右手。右手的食指指尖闪烁了隐约的小火苗，火苗在吕清奇身上一掠，吕清奇如同受了酷刑一般，立刻直着喉咙大叫了一声。

九嶷真是怕了他的大叫，为了让他永远地闭嘴，九嶷用力摩擦了右手的五根手指，让业火的火苗笼罩了整只右手，然后一巴掌拍上了吕清奇的后背。吕清奇当即在他怀里做了个鲤鱼打挺，随即手脚并用地对他踢打起来。他在癫狂之时，真有碎金裂石的力量，九嶷硬扛了一阵之后，感觉自己将要抵挡不住；而双方滚到了一定的程度，地势缓和，也就无法再滚。吕清奇胡乱地打，九嶷胡乱地挡，忽然一巴掌拍出去，他把右手贴上了吕清奇的脸。

震耳欲聋的惨叫声当空响起，随即是“咔嚓”一声响，九嶷的手臂弯折下来，是被吕清奇生生击断了臂骨。踢开九嶷起了身，吕清奇红了眼睛昂然站立，半边面孔已成焦黑颜色。目眦欲裂地瞪着九嶷，他在一瞬间地愣怔过后，忽然疯了一般望天怒吼，紧接着大叫道：“你们竟敢损伤我英俊的面容！今天若不杀了你们，便堕了我一世的英名！”

然后他转身疾冲向上——九嶷实在古怪，折了胳膊依旧一声不吭。既然这个家伙一时半刻杀不死，那么他就先去解决了皓月，杀掉一个算一个！

可是他尽管自认为英明神勇，却可惜脑袋后面没有长眼睛，在疾冲的同时，没有留意到身后的九嶷正在静静注视着他。

而在下一秒，一阵热风席卷而来，正是九嶷如鬼似魅地追踪而来，从后方再次搂抱住了他。

这一回再交手，和先前就不一样了。九嶷喘息着呜咽着，千辛万苦地坚持到这一刻，方才臂骨断折的疼痛成了最后一棵稻草，短暂的疼痛过后，他终于失去了最后一丝理智。尚且完好的左臂紧紧勒住了吕清奇的咽喉，他忽然生出了酣畅淋漓的快活感觉。力气发散出去，热量发散出去，体内的一切都发散出去，他就清凉了，他就舒适了，即便立时死去，都是惬意的了。

所以，他要发散。

这也的确是很好的一场发散，从来没有这样好过。周身的毛孔全张开了，那些本不属于他的妖力喷涌而出，九尾狐的内丹在他体内熊熊地燃烧起来，仿佛要在这回一直烧到尽头、烧成灰烬。九嶷不知道自己正在痛苦而又欢欣地嘶吼，更不知道业火的火苗顺着他弯折了的右臂蔓延向上，瞬间弥漫了他的周身。他的衣物瞬间化灰，和衣物一起燃烧了的，是他怀里的吕清奇。

世间不会有人听过比这更高亢惨烈的哀号，吕清奇无论如何甩不脱身后的九嶷，只能是在烈火灼身的剧痛中拼命地挣扎踢打。他知道这火的来历——若是寻常的火，也奈何不了他！

两个人继续翻滚了，谁也没有留意到前方无路，有的乃是一道极深极险的山涧。而在两人将要滚到山涧岸边之时，吕清奇忽然向后一脚踢开了九嶷，得到了一次活命的生机。

可是九嶷随之起身重新拖住了他。两人这回扭打成了一团，已被烧得乌烟瘴气的吕清奇使出万钧之力，要速战速决地杀掉九嶷，可就在他坐在地上举起拳头的一刹那，九嶷一头拱向他的肚皮，同时口水淋漓地张开了嘴。

一声惨叫过后，吕清奇抱着九嶷的脑袋，九嶷的牙齿嵌入吕清奇的肚皮，两人就这么姿态扭曲地翻滚到山涧里去了。

皓月躺在山顶平地上，远方那一声声撕心裂肺的惨叫声音，他全听见了。

他辨得出那是吕清奇的声音，可是并未因此而放松丝毫。吕清奇叫得惨烈，可这也说明他的的确确是活着的，那么九嶷呢？九嶷怎么一声都不吭？

他想爬起来去参战，九嶷再厉害，也是个发了疯的状态，而吕清奇是有计谋的。可是想归想，他仰面朝天地躺在地上，竟然硬是一下都动弹不得。

他不许自己乱了方寸，呼吸吐纳积蓄力量，同时抵御胸口的疼痛。慢慢的，一只手能动了，一条胳膊也能抬起来了。胳膊肘点了地，他一点一点地支撑身体坐了起来。四脚着地地成了个走兽模样，他开始往山下爬。

爬的时候，他还能听见山下的狂呼乱叫，可是等他爬到可以看清山下情形之时，出乎他意料的，山下居然什么都没有了。

颤颤巍巍地站起身，他的小白脸又白了一层。跌跌撞撞地走向山下，他看到了一溜烧灼过的焦黑痕迹，痕迹很宽，正是一个人躺下时的长度，从山顶一路延伸向下，到了尽头戛然而止。

他慌了，开始出声地喊："九嶷？"

没有人回应。他连滚带爬地走到了山下尽头，东倒西歪地坐住了，他瞪着眼睛发起了呆。

因为他看见了前方是直上直下的陡峭山壁，那么深那么险，山壁之间夹着一道激流，是又狭窄又汹涌的河。那么急的水，是连鱼都无法停留的，他直勾勾地大睁着眼睛，看下方浪花雪白，没有一丝鲜血的痕迹。这一刻他忽然忘记了吕清奇，他只想："九嶷没了。"

然后他眼前浮现出了九嶷的脸，这个九嶷没有看他，没有做鬼脸逗他，单只是垂了眼帘不言不笑。他看着这个九嶷，像先前很多次一样，一边看，一边想他其实还是有好处的，他还不是不可救药的，他有时候看起来，还是很美好的。

他又想九嶷其实和吕清奇有什么关系呢？一点关系也没有，根本就是谁也不认识谁。是谁让九嶷非杀了吕清奇不可的？是自己，自己想要降妖除魔，可又不是吕清奇的对手，于是就撺掇九嶷去。九嶷本来只是个得过且过的浪荡子，和任何人都没有死仇的，但是对待吕清奇这样厉害的一位劲敌，他说要杀，就真去杀了。为什么？为了谁？当然不是为了他自己。

降妖除魔，降妖除魔，妖魔的性命就那么值钱，要让九嶷一命换一命？

皓月问自己：是不是错了？降妖除魔不是这样降这样除的，自己是不是全弄错了？

抬手抱住脑袋蜷成了一团，皓月发现自己此刻是无比地想念九嶷，他再坏再脏都无所谓了，只要能出现在自己眼前就好，只要还活着就好。他太想看他一眼了，太想摸他一下了。

就在这时，一只手轻轻搭上了他的肩膀。

他打了个激灵，立即抬头向后望去——看清楚之后，他骤然亮了的眼睛又恢复了黯淡。来者是张熟面孔，但不是九嶷，是白大帅。

白大帅是何时恢复神智的，他自己不说，那么就永远是个谜团。反正他现在双目炯炯有神，彻底退去了先前那一副傀儡模样。戎装笔挺地微微弯腰，他打了个招呼："你好哇！"

皓月没理他，自顾自地挣扎着站起身，想要找路走到山涧里去。白大帅这一拍还是有用处的，至少是让他从懊恼中醒了过来。单纯的懊恼是没有意义的，趁着现在身上有点力气了，他还得再去找找九嶷。

兴许能找到个活的回来呢！

白大帅这时又问："那个人呢？"

皓月，很奇异的，竟然领会了他的意思。很漠然地对着山涧一指，皓月告诉他道："九嶷带着他滚了下去。我要去找九嶷。"

白大帅笑了一下："好，我和你一起去，我也要去找他。"

说完这话，白大帅一抬手。窸窸窣窣的脚步声立刻连绵不绝地响了起来，不知道有多少士兵漫山遍野地跑了过来。其中竟然还有一位熟知山路的向导，听闻皓月要下到山涧里去，向导立刻指明了道路——原来是真有道路的，而且这条道路还总有人走，因为山涧是股活水，架一道渔网下去，便能拦住许多大鱼了。

一行人等拐弯抹角地走了许久，每一步都是往下去，最后皓月见了流水。一颗心忽然咚咚地大跳起来，像是有了某种预感一样，他骤然有了力气，能够顺着水流的方向一路小跑向前。

跑着跑着，他猛地收住了脚步。

在前方的河流之中，赫然立着一排渔网，而渔网纠纠缠缠地捆缚了一个人，那人赤条条的，正是九嶷！

低低地惊呼了一声，皓月拔腿就要往河里跑，他跑，白大帅下了命令，也有士兵涉水冲了过去。士兵此刻倒是比皓月更强壮一些，三下五除二地便从渔网上摘下了九嶷。九嶷被流水冲刷得很干净，可是四肢全都变了形状，是骨骼断裂，只剩了皮肉相连。双眼紧紧地闭了，任凭皓月怎么叫他，他也是毫无反应，两排乌黑睫毛覆下来，皓月是第一次看到他这样洁净。

士兵们就地取材，用树枝搭了个简易担架，把九嶷抬了上去，又用军衣盖了他的身体。皓月寸步不离地跟着担架，心里一阵一阵地犯迷糊。这一刻他也不悲也不喜，只急着赶紧把九嶷抬回去，非得抬回去了，才能算是真安全。然而白大帅并不肯走，因为士兵在河里又发现了新物件。

这新物件，是一头垂死的大毛驴。

大毛驴也被渔网缠住了，但是深陷水中，正好托起了上方的九嶷。九嶷没喝几口水，它却是灌了个饱。而令它垂死的并非是水，而是它肚皮上的大伤口——驴肚皮像是被什么野兽撕开了，连肠子都拖了出来。若是平常的驴，这时早咽了气；然而此驴天赋异禀，伤成这般模样了，竟然还有力气呼哧呼哧地喘。士兵们看它稀罕，因为不缺一口驴肉吃，所以只把它拖到了岸上，静等大帅发话。而白大帅围着这驴走了一圈，脸上却是浮现出了意味深长的笑容。

然后对着皓月一招手，他和颜悦色地问道："哎，皓月先生，劳你过来瞧瞧，这是他吧？”

皓月只淡淡地扫了那驴一眼，紧接着一点头：“是。”

白大帅笑嘻嘻地又问：“他怎么变成了这副模样？”

皓月走到毛驴近前，一眼便看出了门道：“他肚皮破裂，失了内丹，修行毁于一旦，身体也难再恢复健康，怕是后半世都只能是这般模样了。”

白大帅摸着下巴，饶有兴味地又问：“你的意思是——从今天开始，他就只是头驴了？”

皓月一点头：“是的。”

白大帅像听了大笑话似的，当即抚掌大笑，笑过之后下了命令，让士兵多砍些树枝回来，把这头大毛驴也一并抬走。

人多到底是力量大。大半天之后，白大帅班师回朝进了城，把昏迷不醒的一人一驴全部抬回了大帅府。

白大帅并没有当面向皓月道谢，但是两人都有点心照不宣的劲，白大帅请来名医给九嶷接了骨开了方子，又请来兽医给大毛驴缝了肚皮灌了药。

一夜过后，九嶷依然是昏睡，大毛驴却是苏醒了。伸着蹄子侧卧在大铁笼里，它半睁了眼睛向外望，看到了白大帅。

白大帅在笼子外负手而立，姿态甚是潇洒。大帅与驴相视片刻，毛驴低低地叫了一声，白大帅则是“扑哧”一笑，随即俯身从地上捡起一根长竹竿。从铁笼栏杆中伸进竹竿去，白大帅不碰它的肚皮，只捅了捅它的屁股：“清奇，你如今这副模样，倒是颇有你我相识之时的风采嘛！”

大毛驴虚弱地动了动尾巴，没甩起来，自然也更无法躲避白大帅的竹竿袭击。

白大帅收回竹竿，绕着大铁笼子走了半圈，然后再次伸入竹竿，敲了敲大驴脑袋：“清奇，你说我如今若是再牵了你去卖，能卖几个大钱？”

用竹竿尖端戳了戳大毛驴的鼻孔，白大帅嘿嘿笑道：“怕是值不了几个钱了，本来你这身肉倒也值得一吃，可人家若是知道了你的年纪，怕是嫌你肉老，连吃都不肯吃了。”

竹竿一转又拨了拨大毛驴的长耳朵，白大帅愉快地笑叹道：“痛快啊！想我待你这样好，你却设了诡计害我，结果终于是恶有恶报，后半世只能做畜生！不过也没有关系，我会天天来看望你的，毕竟是老朋友，你不仁，我不能不义，干草总是要喂一把的。”

说到这里，他对着笼子一探头，笑着问道：“我这话说得没错吧？”

大毛驴闭了眼睛，呼出两道粗气。

白大帅说到做到，果然日日都来戏驴。他有闲情逸致，耽搁在大帅府内的皓月却是愁云惨淡，因为九嶷依然没有醒来。

像是沉浸在了一个很深的梦里，九嶷长久地卧在床上，这一回他是非常的安静也非常的洁净了。

第十二章
日常生活

九嶷一直是睡。

他静静地躺在床上，一身结实的骨肉渐渐失去了温度与光泽，整个人像是在缓缓地脱水，被时间一点一点地熬干。皓月坐在床边长久地凝望着他，看棉被下露出了他半截胳膊，白布小褂的袖口卷上去，露出了枯瘦的腕子与薄薄的大手。晦暗皮肤松松垮垮地包裹着他的骨骼，他眼窝深陷，眼皮干涩，浓密睫毛东倒西歪地栽成一排，眼皮薄成了半透明，像一张皱褶了的羊皮纸。眼窝随之深深地凹陷下去，他显出了一种奇异的苍老。那苍老像是水下的岛屿，一直存在着，然而不露。

皓月始终不清楚九嶷的年纪，他只知道九嶷不应该是这样子的。九嶷很年轻，很高大，皮肉温暖，眼睛明亮，强壮得寒暑不侵，是人中的野兽。俯身将手指伸到九嶷鼻端，他一边感受着对方似有似无的微弱呼吸，一边问自己："怎么会是这样？"

怎么会是这样？吵着要降妖除魔的人是他，可为了降妖除魔几乎死掉的人，却是九嶷。他知道九嶷和吕清奇本可以是井水不犯河水，九嶷那一天几乎和吕清奇同归于尽，全是为了救自己——他不杀吕清奇，自己就要杀吕清奇，自己就会死在吕清奇的手下。

于是现在他可以安然无恙地坐在床边，那要杀他的人，露出原形成了牲畜；这要救他的人，一脚踏进鬼门关，不知何时才能退回人间。手指颤抖着收了回来，皓月转身把胳膊肘支在膝盖上，双手捧着脑袋深深弯了腰。

如果一切可以重来，他想，自己或许不会那么执著地要杀吕清奇了。

世上总会有祸害出没，不是妖，也是人，吕清奇也并不是天下第一的十恶不赦。为了一个吕清奇，牺牲一个九嶷，值不值得？

皓月想不清楚，不知道值不值得。往事不可追，他只盼九嶷早早醒来，这一回就算是九嶷重生为人，他不报答他，他只要陪伴他教导他，他要为这世上添一个好人。

他知道九嶷是可以好起来的，只要有自己在他身边，他一定可以活成一个好人。

这天夜里，皓月照例是躺在靠墙的一张小铁床上，似睡非睡地迷糊着。白大帅对于他们这一回的战绩十分满意，要拨出一队仆役专门服侍九嶷，但皓月宁愿亲自守着他。房内非常静，他也非常静，因为一旦吵闹了，他就会听不清九嶷的呼吸声。月光透过窗棂，洒在地上竟会有着一格一格的形状，皓月半闭着眼睛，看见九嶷光头赤膊，无声地从黑暗中走到月光下，依然还是先前健康的模样。缓缓扭头望向皓月，他忽然微微一笑，很大很深邃的双眼陷在阴影之中，但是皓月能看清他睫毛的形状。

皓月知道自己又做梦了，梦里的九嶷如同一只黑豹子，总在房内敏捷轻巧地来回走动，像在寻觅着什么，一举一动之间，光滑皮肤可以反射月光。皓月看他看得如此真切，可又像是依然和他分处两个世界，他想呼唤他，然而声音发不出；要起身触碰他，手也抬不起。

于是，皓月只能在心里问："九嶷，这是你的魂魄吗？"

但今夜的梦有些异常，因为九嶷在先前的梦中一直都只是自顾自地徘徊，从来不曾正视过皓月。可今夜他不但把脸转向了皓月，甚至还向他笑了一下，皓月便又喜悦又恐慌了，甚至怀疑这不再是梦了。

九嶷把脸又转向了房内的大床。床上躺着九嶷衰朽的躯壳。仿佛看不懂了似的，他双手叉腰，慢慢地对着大床歪了脑袋，做了一个探究疑惑的姿势。

然后他迈步向前，无声无息地走到床边，抬腿上床躺了下去。皓月眼睁睁地看他的身体融入那具躯壳之中，幻影一般消失成无影无踪。

“果然是梦。”皓月在心里想。

下一秒，他猛然睁了眼睛。

像是有所预感一般，他在睁眼的同时也坐起了身。扭头望向大床，他先是愣了两三秒钟，随即跳下小床，光着脚跑到了大床前。挟着疾风俯下身去，他几乎是一头撞向了九嶷。

然后，他当真和九嶷对视了！

没人知道九嶷是在何时清醒过来的，反正此刻他面无表情地睁开了双眼，皓月看他，他微微转动了眼珠，也能去看皓月。

“九嶷？”皓月压抑着狂喜，轻声唤他。

九嶷很迟缓地眨了一下眼睛。

皓月看了他的动作，终于确定了他的复生。狂喜是无论如何都压抑不住了，像是一枚小炸弹在脑子里爆开，皓月只觉头脑一昏，紧接着就发现自己竟然露出原形，变成了小白狗模样。四只爪子踩在九嶷的胸膛上，他用湿润的黑鼻头将九嶷满头满脸嗅了一通，然后感觉这还不够劲，干脆伸出舌头，劈头盖脸地把九嶷又舔了一遍。

舔完之后，他怔了怔，忽然感觉十分羞愧，没想到自己修炼这许多年，居然身上还藏着几分狗性。一个翻身滚下去，待他光着屁股坐到了床边时，他已经恢复了人形。

一边抓过裤子穿上，他一边面红耳赤地扭头望向九嶷：“你终于醒了。”

然而九嶷单是静静地垂眼看着他，没有表情，也没有语言。

九嶷是在三天之后，才说出第一句话的。

那是个阳光明媚的午后，皓月用小勺子一点一点地喂他参汤，他似乎忘记了怎样吞咽食物，一点汤进了嘴，要过许久才能向下进入肠胃。皓月喂过了一小勺，正在饶有耐性地等待，没想到会等来气若游丝的一句话。

九嶷问他："驴……死了吗？"

皓月一听这话，不知怎的，气息一颤，几乎颤出了眼中一滴泪："他失了内丹，而且身受重伤，法力早已全无，如今被白大帅关在大铁笼里，此生大概只能苟延残喘，再也无法恢复人形了。"

说完这话，他转向九嶷，直视着对方的眼睛说道，"谢谢你。"

九嶷轻声说话，声音太轻了，只剩了有气无力的口型："我很累。"

皓月将一小勺参汤小心翼翼地喂入他口中，然后低声说道："你别怕，我会留下来照顾你，直到你恢复健康。"

说完这话，他心下黯然，知道九嶷的情况并不比吕清奇更乐观，吕清奇现了原形，九嶷也现了原形；吕清奇法力尽失，九嶷更是连一口汤都咽不下去了。心中忽然一动，他起身将汤碗银匙放到桌子上，然后挽起左袖，走回床边单膝跪下，将一段白皙的腕子送到了九嶷嘴边："你不是说吃了妖精可以补充元气吗？"他用手腕蹭了蹭九嶷干枯的嘴唇，"那你喝我的血吧！"

九嶷转动眼珠，很虚弱地看了他一眼，然后张开嘴，咬住了他的腕子吮了一下。

随即他闭上眼睛，无力地笑了："不要……不喝狗血……"

皓月见他到了此时还要扯淡，急得起身走回桌边拉开抽屉，翻出一把小刀子，对着手腕便是一划。随即忍痛跑回床前，他让滚烫的鲜血滴上了九嶷的嘴唇："快，张嘴！"

然而九嶷却是答道："不……我慢慢地养……还要指望你……伺候我……"

皓月急得一捏他的下巴，硬让自己的鲜血滴入他的口中："血已经流出来了，不要浪费！没了这点儿血，我也一样能照顾你！"

热血淋淋漓漓地滴了九嶷一下巴，九嶷望着皓月，忽然气喘吁吁地笑了一下。

九嶷感觉自己如今是"空空荡荡"。

四肢百骸是空空荡荡，一点力量都没有；脑海中也是空空荡荡，仿佛变成了傻瓜，稍远一点的事情就想不起来。恃强凌弱捕猎小妖精的时光，仿佛已经是上辈子的事情，他想自己现在恐怕连阿四都打不过了。看着镜中的自己，他也发现自己老了——其实自己早就该老了，甚至早就该老死了，自己已经活了多少年？记不清了。

皓月忽然变得活泼了一点，偶尔会主动和他说话，他无力回答，皓月便自顾自地说给他听。皓月告诉他："吕清奇倒是比你恢复得更快，昨天他意图冲出铁笼去撞白大帅，结果白大帅下令让人摁住他，把他的驴尾巴剁掉了半截，以示惩戒。"

如他所料，九嶷轻轻地笑出了声音。

皓月认为自己的言语毫无格调，简直类似长舌妇传闲话，不过为了哄九嶷高兴，他还是继续说了下去："现在吕清奇正躺在铁笼里养伤，大概是可以安静几天了。"

皓月不知道应该如何让九嶷迅速恢复健康，白大帅已经是很够意思了，北京城内的好医生，大帅府一个电话就能叫来；至于府内的药品补品，更是应有尽有，随皓月取用。皓月知道若是离了大帅府，自己绝无力量布置出这样舒适的环境让九嶷养息，所以只要白大帅不下逐客令，他便厚着脸皮住了下来。

可受着这般优待的九嶷，身体却是始终不见起色，软绵绵地躺在床上，他的身躯依然长大，然而弱骨支离，是一副徒有其表的骨头架子。于是到了这天，皓月把心一横，蹲在床边小声问他："要不然……我出城进山，给你捉几只小妖精回来吃？"

九嶷慢慢地在枕头上扭过头来，脖子上挑起一把松皮青筋："你？"

皓月抬起双手扒着床沿，脸有些红，心里也知道方才那话有悖于自己一贯的宗旨，幸好九嶷此刻精神不济，否则他非将自己嘲笑一顿不可。

"是的。"他硬着头皮告诉九嶷，"众生平等，我并非不珍惜同类的性命，可你——可我——"

他打起了结巴，躲躲闪闪地垂下眼帘，又下意识地蹙起了两道长眉。九嶷看着他，心里却是恍惚了一下，为什么恍惚，不知道，也许是因为他如今太虚弱了，虚弱得连记忆和感情都遗失了大半，仅有的一点心力，全被他放到了眼前人身上。他很累，可是忽然感觉这样或许也挺好，一切过剩的，都消失了；未消失的，便是最可贵的了。

他心中从未这样清净过，宛如白玉瓶，静等着洁净新水注入，供养一朵莲花。

“不了。”他告诉皓月，“我懒得吃。”

皓月疑惑地抬眼看他，眼中忽然聚起了两道恐惧的光：“你怎么了？你不是最喜欢吃妖精的吗？我可以去给你捉，捉多少都可以！”

九嶷闭上眼睛，浅浅地笑了一下：“我想，我大概是要死了。”

皓月霍然起身，面色成了雪白：“你——”

不等皓月把话说完，九嶷奄奄一息地又开了口：“我现在只想和你待一会儿，皓月，你变成小狗陪陪我，好不好？我很喜欢看你变成小狗的模样。”

皓月迟疑了一下，随即低头开始解纽扣，又道：“我不会让你死的。”

两分钟后，小白狗仰面朝天，被九嶷当成枕头枕到了脑袋下。两只前爪轻轻搭在九嶷的脸上，他想到铜皮铁骨一般的九嶷方才竟会说出“我要死了”这种话，忍不住狠狠一闭双眼，从鼻子里挤出了“叽”的一声。

九嶷听到了这狗崽子特有的娇嫩声音，不禁慢慢抬手向上抚摸了对方的小狗头。干枯手指轻轻触及了濡湿的白毛，他想自己是摸到了皓月的眼泪。顺着眼泪在往下摸，他摸到了一张微微张开的狗嘴，正在抽泣一般，呼哧呼哧地向外喘热气。他把手指往那狗嘴里一探，手指肚正好划过了一颗小小的尖牙。而皓月用尖牙轻轻咬了他一下，又用湿漉漉的舌头舔了舔他的手指。

到了这时，九嶷终于是忍不住了。他有气无力地大笑起来，整个人顺着丝绸床单向床下滑去。皓月一愣，叼着九嶷的手指探头去看他，正当此时，房门一开，有人迈着大步走了进来，步伐铿锵有力，正是春风得意的白大帅。

白大帅每隔几天就会过来看望九嶷一次，所以他来得倒是不稀奇，问题在于九嶷和皓月此刻的状态都很稀奇，九嶷顺着床单向下翻滚，两只瘦骨嶙峋的膝盖结结实实地撞上了地面，皓月则是“刺溜”一声钻进了九嶷的被窝里。所以白大帅进门之时，就只看到九嶷向自己含泪拜倒。同时床上闪过了一道白光。快走两步停到九嶷面前，白大帅非常和蔼地弯腰伸手搀起了他：“哎，大师，不必多礼。你帮我出了一口恶气，我供养你也是应该的，何至于刚好了一些便要磕头？不至于，完全不至于！”

九嶷方才险些撞碎了膝盖，此刻疼得直眉瞪眼，一口气噎在胸口透不出来。皮包骨头的瘦屁股挨到了床边，他泪眼婆娑地望着白大师，半晌没能做出回答。白大师看了他这个热泪盈眶的劲儿，也有些发怔，因为记得这秃驴本不是什么好货，没有理由挨了顿暴打便转了性。背着手对他一探头，白大师被他闹糊涂了："大师，你没事吧？"

九嶷呻吟一声，随即仰面朝天地向后倒去。

白大师伸长了脖子，看他仰倒之后还是睁着眼睛的，并没有当场断气，便疑惑地又问："我说，你那个谁呢？"

九嶷慢慢地伸长手臂，把一只手伸进了暖烘烘的棉被堆里。手指摸索着攥住了一只小狗爪，他颤声答道："他……拉屎去了。"

白大师行云流水地向上一仰头，气派俨然地赞道："噢？好兴致呀！"、

问到这里他就不问了，对于皓月，白大师素来是不冷不热——没有理由对他冷，在治驴这件大事上，他和九嶷是一样的有功劳；可让他对皓月热，也属于强人所难，因为吕清奇当着他的面屡次夸奖皓月年轻貌美，而那时他正在从迷魂术中慢慢清醒，已经很能听懂人话。白大师感觉自己年轻时也是相当之美，所以对待皓月这种晚辈后生，他宛如前浪见了后浪，颇有几分嫉妒之心。

白大师告辞离去，皓月从被窝中钻出来恢复了人形。轻手利脚地穿好衣裤，他把九嶷那两条长腿搬到床上，又展开棉被盖到他的胸口。九嶷告诉他："我要睡一会儿。"

皓月对他没好气："睡你的吧！"

九嶷迷迷糊糊地睡了片刻，正是缠绵温暖得不舍得醒，然而一只冰凉的爪子在他脸上拍个不休，同时一张阔嘴凑到他耳边叫个不停："九嶷？九嶷？我的宝贝九嶷，你快醒醒啊……"

九嶷几乎要被这张阔嘴吵得梦魇，强打精神睁了眼睛，他面无表情地和四脚蛇对视了。

两人无言地相对片刻，末了未等九嶷开口，四脚蛇骤然张开四爪飞跃而起，让个大白肚皮从天而降，"啪"的一声拍到了九嶷脸上。随即四只爪子抱住了九

嶷的脑袋，四脚蛇一边乱挠一边哭道："九嶷，你坏死了！你在这里住了这么久都不告诉我，我还以为——我还以为——"

说到这里，他呱呱大哭，两只绿豆眼一挤一挤，泪珠子一对对地兵分两路往下滚。九嶷悄悄地斜了眼睛往一旁看，这才知道房里来了客人，除了四脚蛇之外，还有吴秀斋。吴秀斋面孔雪白、分头锃亮，手足无措地站在屋子中央，不是看看身边的皓月，就是看看大哭着的四脚蛇。

九嶷无力拉扯四脚蛇，所以只好由着他哭。听他哭得差不多过瘾了，才低低地开口说道："阿四，快给我滚下去吧！"

四脚蛇飞快地向后退了退，让他露出了大半张面孔。把个扁脑袋在他脸上脖子上乱蹭了一气，他亲热得像是要撒娇："九嶷九嶷，我听狗崽子说你受了重伤，你会养好的吧？会吧？"

九嶷转动眼珠追着他看，又笑了一下："不知道，养不好也没关系，大不了从人妖变成人，等着生老病死就是了。"

四脚蛇立刻抬了头："呸呸呸！你怎么会生老病死？你不会的！"

九嶷没言语，又笑了一下。

四脚蛇挨了他若干年的无数骂，如今忽然发现他竟变得斯文起来，心中便是一惊，用一只小黑爪子啪啪地拍打了九嶷的面颊，他急急地催促道："九嶷九嶷，你怎么总不说话？你看我打你了，你也打我呀！"

九嶷在枕头上轻轻地摇了摇头："阿四，我打不动了，我现在连一道符都画不出来了，最小最弱的妖精都可以欺负我了。"

四脚蛇听闻此言，瞪着眼睛张开了大嘴。

九嶷继续说道："我把你的尾巴揪掉过很多次，现在，你可以报仇了。"

说到这里，他慢慢地一眨眼睛，"我也没有力量保护你了，也没办法再带你走江湖了。"

四脚蛇一听这话，缓缓地闭了大嘴，眼泪珠子又滚了出来。但是他这回没有呱呱地号啕，而是静静地趴到了九嶷胸前。

九嶷也精疲力尽地闭了眼睛，就听吴秀斋犹犹豫豫地说道："活神仙，您看您已经降完妖除完魔了，那么您哪天收我为徒，传我个三招两式呢？"

此言一出，九嶷和四脚蛇没反应，皓月扭头看了看吴秀斋，随后很坚决地摇了头："秀斋，我自认为没有资格收徒。你若是遇了困难，我定会尽力相助，但收徒这种话，你以后还是不要再提了。"

吴秀斋听了皓月的答复，登时将两只小白手乱搓一气，穿着硬皮鞋的小脚丫也在地板上细碎地直跺："哎呀哎呀……活神仙您是有所不知，我这一次是非和您走不可了。古人有句话，叫作'量小非君子，最毒妇人心'，真是至理名言。远的不提，就说我姐那个自私冷酷的臭娘们儿，这才养了我几天呀，就嫌我碍眼了，成天对我鼻子不是鼻子眼睛不是眼睛的，我身为她唯一的亲弟弟，她不但不把家产双手捧到我面前由着我花，还把原来定好的零花钱全部取消，让我成天食不饱力不足，元气损耗得厉害，一走多了路，这心就怦怦乱跳。这还不算，她这些天越发不是人了，竟然偷偷联络我家里那个胖娘们儿，要把我遣返回家，受那胖娘们儿的荼毒。不是我说，像我这样花枝似的斯文男儿，哪里是那胖娘们儿的对手？您知道那胖娘们儿有多歹毒？她连一个小老婆都不许我讨哇！总而言之一句话，除非让我重当旅长，震得住那胖娘们儿，否则我是坚决不会回家的。"

皓月很认真地从头听到了尾，脸上一直没什么表情——不是他冷漠，是他真不通人间家务事，吴秀斋莺声呖呖地说了长长一串，他只勉强明白了一个意思：这人是要赖上自己了。

"秀斋。"他唤了一声，又沉吟了一下，最后还是正色做了回答，"你知道我的来历吗？"

吴秀斋迟疑着抬起手，用两根手指摁住了嘴唇，含糊答道："您……是……那个……"

声音越来越低，他终于还是没能吐出一个"狗"字，但皓月这回却是领会了他的意思。

"没错，我是妖精。"他告诉吴秀斋，"你愿意和一只妖精朝夕相处吗？"

吴秀斋慌乱地眨巴着眼睛，看了他一眼，又看了他一眼，然后像被风沙迷了眼睛一样，眼皮乱颤着垂下了头："我……我倒是没意见……"

此言一出，莫说皓月大吃一惊，连床上的九嶷都睁了眼睛。室内安静了一瞬，随即皓月摇了头："不行，秀斋。我接下来还有任务在身，你纵是跟了我，我也顾不上你。"

吴秀斋立时望向了他："您还有什么任务？那驴不是让您揍成驴了吗？"

皓月迈步向前，走到床边转向了吴秀斋，伸手一指床上的九嶷："我的任务是他。"

四脚蛇一把打开了他的手指，而皓月不以为意，继续说道："他是为了我才变成这般模样，所以在他恢复健康之前，我不能离开他。而他如今虚弱至极，我需要拿出全副精神照顾他。"

话音落下，床上的四脚蛇大叫出声："放狗屁！用不着你照顾！"

这一嗓子刚嚎完，一只大手软绵绵地推了他一下，随即九嶷的声音响了起来："阿四……你懂个屁……"

四脚蛇气得抬起两只前爪，擂鼓似的乱捶九嶷："你有我啊！我可以照顾你的！当初我说过我会陪你浪迹天涯的，你都忘了吗？"

九嶷咳嗽了一声："我浪不动了……你自己浪去吧。"

四脚蛇死气活样地趴在床头，想把皓月活活骂死，可又怕扰了九嶷休息，况且骂也是白骂，皓月从来都不搭理他。

吴秀斋也没走，靠着窗户喝茶嗑瓜子，一坐坐一天，不到天黑不回他姐姐家。纵是天黑回了，天一亮他便像上衙门当差似的，按时又来了。

皓月不管这二人，照例是该做什么做什么。扶着九嶷坐起身，他拧了一把热毛巾给九嶷擦脸。这些天不知是哪一味补品吃对了，九嶷一天好似一天地有了精神，并且是真正的好精神，绝对不是回光返照。皓月用剃刀给他剃了一回脑袋，剃得头皮铁青，剃头的时候九嶷不老实，一下一下地撩他，他生了气，"嚓嚓"两刀将九嶷的眉毛也剃了去，可是九嶷没了眉毛也不丑怪，并且只过了一天的工夫，他那两道眉骨上面便显出了青黑的淡影子。浓眉一淡，越发显得他眼睛大，黑眼珠子骨碌碌转向皓月，他像个无意作恶的邪神，只可惜缺少了一身虬结的筋肉，让他减了许多威风。

他不骚扰皓月的时候，皓月心里便很平静，仿佛和他是相识许多年的老朋友，将来还可以继续相处许多年下去。擦干净了一张脸，他问九嶷："要不要下地走走？"

九嶷点头答道："好。"

皓月觉得他这模样很乖，是个洗心革面重新做人的光景，心中便很满意。亲自蹲下去给九嶷穿上了拖鞋，他扶着九嶷正要起立，不料白大帅忽然驾到，而且还不是空手进门——他给了皓月一张支票。

支票是给了皓月，话却是对着九嶷说。双手交握于下腹部，白大帅对着九嶷一仰头，又威严又可亲地笑道："没别的意思，一点儿薄薄的谢礼。"

皓月低头看了支票的数目，随即将它递向了白大帅："心领了，但是这笔钱我们不能要，收服吕清奇本是我的本分，我——"

话未说完，九嶷不知从哪里来的力气，忽然一把夺过了支票："是你的本分，可不是我的本分！你不要，我要！"

皓月一皱眉毛："我有钱，养得起你。"

九嶷没使用过支票，但知道这东西能从银行换出钱来，就很仔细地把它贴身揣好："谁知道你会不会是狼心狗肺！再说久病床前无孝子，我现在可还是连路都走不动呢！"

皓月看了他这贪婪的模样，气得把脸一扭，闭口不言。九嶷也不管他，自顾自地问白大帅："我说，那头驴现在怎么样了？总不会比我更惨吧？"

白大帅将九嶷上下打量了一番，末了笑道："实不相瞒，那驴倒真是比你强壮许多，昨天还从栏杆里伸了蹄子要踢我呢，哈哈！"

九嶷听到这里，来了兴趣："那这一蹄子，踢中了你没有？"

白大帅背手仰头，朗声大笑，由此可见他的确是一位名副其实的武将，虽然人至中老年，但腰身柔软坚韧，依旧可以向后仰到五六十度，使得前方诸人可以清楚瞻仰他一整排的上牙。皓月疑心他要后翻过去，下意识地还伸手搀扶了一下，然而白大帅弹性十足地向上一直腰，恢复了他挺拔的英姿："我的大师，你若有力气的话，我就带你去看看它。"

九嶷二话不说，直接对着皓月伸了手："来，咱们走！"

皓月一点也不想跟他走，尤其是不想面对吕清奇，可念他在病床上卧了许久，实在是寂寞得可怜，只好硬着头皮把他搀了起来、扶了出去。

在一间小房子似的大铁笼前，九嶷看到了一头大毛驴。

大毛驴侧卧在笼子里，闭着眼睛轻轻地喘，大鼻子偶尔翕动一下，周身又散乱了许多干草。平心而论，这是一头挺体面的大毛驴，唯有一点不足，便是驴尾巴只剩了短短一截，原来他在笼子里每造一次反，当晚白大帅就要加餐一小碟驴尾巴肉。

九嶷对着大毛驴凝视许久，末了扶着皓月回了房，进门之后说道："小狗儿，以后你给我老老实实地待在家里，再也不许出去招灾惹祸了。"

皓月看着他，不知道他这话是从何而来。

九嶷抬腿上床，长叹了一声："修炼成人是多么不容易的一件事情，你既然成功了，就好好做人吧。万一哪天惹上了厉害家伙，再把你整治成吕清奇那般模样，我如今半死不活，也不能救你，那可怎么办？"

皓月这才明白了九嶷的意思。他认为九嶷这话明显是有点孩子气，不过这样的孩子气有种难得的善良可爱，所以他决定不反驳，只"嗯"了一声。

九嶷又道："姓白的给咱们这么多钱，是想打发咱们滚蛋吧？"

皓月答道："我们也的确是住得够久了。"

九嶷想了想，紧接着却是一笑："滚蛋就滚蛋，有了钱，哪里不能过日子？小狗儿，你打算去哪里？"

皓月被他问得没了话，因为当初立志四海为家，从来没想过找个地方"过日子"。

他没回答，九嶷也不催促，只自言自语道："哪里都行，买所好房子。真的，我也很多年没有过日子了。"说到这里，他仿佛是感觉很好笑，自己嘿嘿笑了两声。

吴秀斋静静旁听，把这二人的展望全部记在心中，一同旁听的是四脚蛇。四脚蛇万没想到九嶷当真会铁了心的和狗崽子过成一家人，一颗小心脏几乎因此气炸——他也不知道自己怎么会这么讨厌皓月，如果和九嶷一起过日子的人是吴秀斋，他兴许还不会这么生气。

于是私下里，在皓月和吴秀斋都不在的时候，他鼓足勇气变成人形，光溜溜地跪坐在了九嶷面前。

“九嶷九嶷……”他垂着头开了口，“你要是非和那只狗崽子好，我就要气得离开你了。”

九嶷靠着床头坐着，后腰垫了个大枕头。听了四脚蛇的话，他理直气壮地一点头：“那好，咱们后会有期。”

四脚蛇立刻抬头望向九嶷——望了片刻，他很难过地小声问道：“为什么？因为我比狗崽子丑吗？”

九嶷正在盘算如何挑选一所好房子，四脚蛇的问题对他来讲，正是左耳进右耳出：“不是你丑，是你我人妖殊途嘛！”

四脚蛇立刻含泪大声嚷道：“胡说八道，狗崽子不也是妖吗？”

九嶷心不在焉地摇了摇头：“他？不一样的，他是狗呀！”

四脚蛇气得一跃而起，在半空中恢复原形，然后跳下床去，飞快地爬走了。

四脚蛇气昏了头，也不辨方向，闭着眼睛向前爬，四只爪子简直要一起腾空。摇头摆尾地冲入夜色之中，他爬成了一道很暗淡的小闪电。不知何时天亮了，不知何时天又黑了，最后他实在是精疲力竭，只好把肚皮贴上潮湿的砂石，静静地停了下来。

眼泪是在路上就流干了的，他吐出半截分叉的细舌头，很想找点清凉的水喝，他甚至听到了身边潺潺的流水声，然而四只爪子成了摆设，他虚弱得一动都不能动。两只眼睛闭起来，过去那些好时候一幕一幕地在黑暗中闪现——其实也不能算是多么好，九嶷不是驱赶他去装神弄鬼，就是对着他连打带骂，但是、但是——

四脚蛇没想出“但是”后面的下文，仿佛昏迷了一般，他睡了过去。

四脚蛇不知道自己睡了多久，反正在似醒非醒的时候，他感觉自己口中渴得火烧火燎，从头至尾的皮肤却是清凉。慢慢地睁开眼睛向旁一看，他被几根柔韧的黑针刺了眼睛。

紧闭双眼一扭头，他这回睁了眼睛再看，发现那黑针不是针，而是一丛粗壮的胡须，顺着胡须再向上瞧，他忽然大叫了一声，因为看到了一枚乌黑湿润的狗鼻头。那鼻头下面的大嘴中拖着长长的红舌头，红舌头一甩一甩的，正在舔他的黑脊背。

他一叫，红舌头立刻卷回了大嘴中，狗鼻头向下一探，他看到了两只圆圆的狗眼睛。很好奇地看着四脚蛇，狗嘴说了话："你也是妖精吧？"

四脚蛇横着向旁蹿出了两尺多远："妈的！哪里来的大黑狗？"

大黑狗蹲坐下来，字正腔圆地继续说人话："哈哈，我就觉得你是妖精嘛！你身上有妖气的！我也是妖精，我已经修炼好几百年了。"

四脚蛇对于妖精倒是没有恶感，可对方是只黑狗，这问题就大了。黑狗是狗，白狗也是狗，白狗是王八蛋，黑狗定然也好不到哪里去。恶形恶状地瞪着大黑狗，他开口怒道："果然天下的狗崽子没有一个好东西，看你这副黑漆漆的丑样子，竟然敢趁老子睡觉，占老子的便宜！"

大黑狗很惊讶地一抬头："我丑吗？"

四脚蛇转头嗅了嗅自己的身体，随即骂道："臭野狗！舔了老子一身口水臭！你不丑谁丑？狗就没有好看的，尤其是你，黑漆漆的，要多丑有多丑！"

大黑狗脾气很好地答道："丑就丑吧。可你也是黑漆漆的呀！"

"老子肚皮是白的！"

"可是后背很黑呢！"

"我！愿！意！"

大黑狗听了四脚蛇歇斯底里的怒吼，伸出舌头一卷鼻头，不言语了。而四脚蛇摇晃着爬到河边痛饮了一场，然后在一团光芒中化成了个少年人形。抱着膝盖蹲在一块大石头上，他低了头去看自己水中的倒影，看到最后，他抬起手背一抹眼睛，忽然抽泣了一声："你说得对，我是挺丑的。"

大黑狗回头看了看他，忽然向上纵身一跃，再落下时就成了个体态修长的青年。踢着鹅卵石走到四脚蛇身边蹲下来，他很好奇地看了看四脚蛇的侧影，随即用温和的语气答道："是哦。"

四脚蛇登时扭头望向了他，就见他通体皮肤黑亮，脑袋上只有短短一层头发，生得圆眼翘鼻噘嘴，且有两只招风耳朵。

"唉？"四脚蛇哀鸣了一声，"怎么你也这么丑？"

大黑狗快乐地笑出了一口大白牙："不知道。"

四脚蛇一咧大嘴叉，一挤绿豆眼，对着河水哇哇地哭出了声音："漂亮的九嶷就能遇到漂亮的白狗崽子，丑陋的我就只能遇到丑陋的黑狗崽子！我和九嶷真的是有缘无分啊！"

大黑狗莫名其妙地看着他："九嶷是什么呀？人？妖？还是吃的？"

四脚蛇抽泣着摇头："我跟了他很久很久，可是，可是……他不要我了……"

大黑狗把脸凑到他近前去："为什么？你做错事情了？"

四脚蛇捂着脸，连脑袋带身体一起摇。

于是大黑狗又问："吵架了？"

四脚蛇这回摇不动了，只能是躲在巴掌后面上气不接下气地抽搭。

大黑狗抬手挠了挠头，思索着说道："那你去和他解释解释嘛，实在不成就道个歉。吵架没什么的，我想找个人和我吵架还找不到呢。本来这里有一只大刺猬，我们还能谈谈，可大刺猬最近不知跑到哪里去了——要不然，我陪你去找那个九嶷？"

四脚蛇暂停哭泣，愣了一愣，紧接着却是哭道："不，让他和狗崽子过去吧！他不要我，我也不要他了！"

在京城的某条胡同里，九嶷和皓月安了新家。

胡同是中等的胡同，不脏乱也不高雅；房屋也是中等的房屋，有几岁年纪，但又不至于旧。皓月像请老太爷一样，把瘦骨伶仃的九嶷从大门口搀进了上房堂屋，然而九嶷在太师椅上刚一落座，便歪着身子呻吟起来："哎哟，椅子太硬，硌得我屁股疼，快来给我揉揉。"

皓月没理会，只从卧室里找出一只棉垫子给他垫到了身下。

九嶷坐正了身体，又道："渴死了。"

皓月拎起一只铁皮大水壶，出门到胡同口买了一壶开水。这种生活他是第一次过，幸而他还存有些许人间常识，否则这开水就真不知道去哪里弄来。沏了一杯热茶送到九嶷面前，他站在屋子中央，双手叉腰环顾四周，不知道接下来该怎么办。

这时，九嶷又病怏怏地开了口："小狗儿，茶杯太重，我端不动啊！"

皓月一边思索着接下来如何收拾房屋，一边端起茶杯送到了九嶷嘴边。九嶷吹着热气喝了几口，又有了新问题："今天算是咱们的乔迁之喜，晚上得吃顿好的吧？"

皓月心事重重地一点头，无论如何不知道怎么把这日子过下去："对，吃好的，你想吃什么？"

九嶷打了个小小的哈欠："也不想吃什么，大帅府里的伙食相当不错，不过有日子没吃饺子了，吃顿饺子吧？"

皓月对于他的一切要求都是毫无意见："好，吃饺子，饺子——"

他忽然意识到了问题，"饺子在哪里？"

九嶷哼唧了一声，大脑袋在细脖子上前后左右地乱晃："你去馆子里买些现成的回来就行。我吃饺子，你呢？给你买些肉骨头啃啃？"

皓月瞪了他一眼："我吃素。"

皓月费了不少的事，买回了一锅熟饺子，然而九嶷连拿筷子的力气都没有，他还得继续喂他。

然后他发现九嶷吃饺子只吃饺子皮。

这可让他想不通了，他问九嶷："你这茹毛饮血的家伙，怎么忽然变得这样挑剔了？"

九嶷答道："茹毛饮血是没办法，有得挑，为什么不挑？一会儿你再出去给我买两个水晶肘子回来，我体虚，一天不补个十七八回的，真扛不住哇！"

皓月气得把筷子往桌上一拍："哪有吃肘子补体的？况且我们临走的时候，白大帅不是送了我们许多西洋补药吗？"

九嶷懒洋洋地望着皓月，望了片刻，忽然笑了："你变成小狗儿让我搂着睡一觉，我就不劳动你去给我买肘子了。"

皓月立刻将筷子又抄了起来："那我宁愿去给你买肘子！"

九嶷吃了一肚子饺子皮，又喝了几盅热酒。心满意足地躺在床上，他枕着双臂想心事。有意思，他想，自己和一只小狗儿过上了，过得还挺好，比先前领着阿四风餐露宿好多了。不过这日子也是来之不易，自己真是疯了，竟然为了一只狗崽子拼上了性命，如今性命没丢，法力道行却是全赔进去了，现在的自己，怕是连阿四都打不过——话说回来，阿四跑到哪里去了？爱哪哪去吧！他本来就是林中的小小野物，如今没了自己，他定然也能活。至于自己——他枕着双臂，很舒服地在热被窝里扭了扭——自己什么都不管了，先享它几天清福再说！

思索完毕的九嶷调整气息，故意发出颤巍巍的细声，半死不活地呼唤皓月。皓月闻声进门，就见九嶷慢慢地抬起了一只手："来……小狗儿……"

皓月看他举止异常，慌忙快步走到床边问道："什么事？"

九嶷忽然一弯手臂钩住他的脖子。

皓月这才知道自己中了计。用力掰开了他的胳膊，皓月红头涨脸地坐到床边怒道："你又胡闹！既然这么有力气，为什么还要让我喂你吃喝？"

九嶷仰面朝天地躺在床上，也有一点脸红："你欠我的嘛！"

"难道我还对你不够好吗？"

"我对你也不赖呀！"

"哪里不赖了？"

九嶷笑着向旁边挪了挪，掀开棉被拍了拍褥子。

皓月气得扭头就走，然而在午夜时分，他还是不情不愿地回了来，因为九嶷扯着嗓子，唱歌一般地呻吟不止，一会儿脑袋疼一会儿屁股疼，他若是再不出场，左邻右舍就都要被他吵醒了。

皓月花了半个月的工夫，终于在这小房小院中经营出了烟火气息，又过了半个月，他发现九嶷远不是表面上那样虚弱，换言之，这家伙装病。

他怒不可遏，当即要和九嶷算一场总账，九嶷装睡，硬是不算。拉锯战打了片刻，院门被人敲响了，皓月正要出去开门，九嶷醒了，坐起来问皓月："算啊！怎么不算了？"

皓月停下脚步，闭上眼睛做了个深呼吸，想要静心养气。在这一道上，他是颇有功夫的，几乎可以做到不喜不怒，然而此刻静了半天，却是毫无效果。九嶷算准了他急着去开门，所以故意的聒噪不止，逼他算账。

于是他双目如电地盯住九嶷，言简意赅地低吼了一声：“汪！”

然后他快步跑出去打开院门，迎进来了一位楚楚可怜的吴秀斋。

皓月对于吴秀斋其人，一直有种无可奈何之感。平心而论，这人身上没什么大毛病，尤其皓月和九嶷朝夕相处久了，如今看谁都是慈眉善目的挺可爱，但是，皓月对他有一点不便出口的意见：他这人的性情太柔软黏糊了。

皓月再不通人间事务，也看出吴秀斋像是投错了胎。凭着他的小手小脚小瓜子脸，凭他那个连说带笑的活泼劲儿，他若是个女人，会是个很合格的少奶奶。可问题在于他不是。而且他这人的人生目标似乎只有两样，一是升官发财，二是讨姨太太——也不怕他自己被人当成姨太太讨了去。

皓月搬家的时候没有带上他，也并没有盼着他来做客的意思，但他既然进了门，皓月也不打算把他撵走。挺和气地把他带进了堂屋坐下，皓月给他倒了一杯茶。吴秀斋端起茶杯抿了一口，随即将二郎腿一拧，又将口中唾沫一咽，对着皓月呲出了虎牙：“活神仙，我没办法，只能是来找你了。”

皓月面无表情地坐在一把太师椅上，静等着他往下说。

吴秀斋明显是有备而来，精神焕发地告诉皓月：“活神仙，我活不下去了，我姐姐已经给我太太打了电报，让她派我大舅子来接我回家。我的老天爷，这不是让我羊入虎口吗？我那大舅子，胳膊比我的腿还粗，我若是落进他的手中，这辈子就没跑了哇！所以今天我一声没吭就溜了出来，今晚儿我也不打算回去了，我大舅子一天不回文县，我就一天不走。”

皓月抬手摸了摸自己乌黑的小分头，然后抬头告诉他道：“我是狗。”

吴秀斋拖着椅子挪到了皓月跟前，伸手一打皓月的胳膊：“您就是狗，那也是个哮天犬，带着神仙味儿的！再说您是什么人，我还不知道吗？侠肝义胆古道柔肠，那说的就是您呀！就这么定了，饭桌上加我一双筷子就成！”

九嶷躺在里间卧室里，静静听着没吭声。来个吴秀斋似乎也不错，他想，要不然什么家务活都留给小狗儿干，真是的，简直要累坏了小狗儿的狗爪子。而他现在虽然失了元气，还没有个半大孩子强壮，但是修理一个娇滴滴的吴秀斋，还是手到擒来。

九嶷不吭声，皓月不好意思反对，所以吴秀斋便驻扎进了厢房之中，给自己铺了个软绵绵的厚被窝。一场好睡过后，他领到了他今天第一份差事——九嶷隔着窗户，命令他出门去买三人份的油饼稀粥回来。

吴秀斋对着皓月可以侃侃而谈，可是一听九嶷的声音就腿软。顶着晨风买回了早餐，他随即又被迫扶着笤帚扫起了院子。幸而九嶷也知道他身心脆弱，上午只让他做了这两件事情，还不至于累跑了他。而如此又过了一个月，吴秀斋干惯了这点轻活，并且还能从皓月手中领到一笔零花钱，一时间乐不思蜀，竟是彻底地长住不走了。

在春暖花开的时节，九嶷可以出门走动了。

他有了点精神，也有了点肉，这点精神和这点肉让他恢复了七八分原貌，讨厌的程度也同样恢复了七八分。皓月那修身养性的功夫全作废了，天天憋着要咬他一顿。然而九嶷十分奸猾，一看他真动了气，便立刻老实地缩回了床上，又眨巴着眼睛向他微笑。皓月明知道他是在装模作样，然而偏偏很吃这一套——他总认为九嶷微笑的样子，有点美。

而在九嶷与皓月时好时恼打发时光之时，远方的四脚蛇也在春风中定了主意。

"我还是很想念他。"他对自己新朋友大黑狗说，"要不然，我听你的话，再去找找他？"

大黑狗一脸敦厚地告诉他："找找就找找，反正现在天气很好。"

四脚蛇垂下了头："可是路途太远了，早知如此，我当初就不该跟着你乱跑。"

大黑狗无所谓地答道："我可以背着你去，反正你这么小。"

四脚蛇想了想，末了抬头说道："你趴下来，让我爬上去。我会抓住你的毛，但你也不要跑得太快。我们要向北走很远的路，但是只要他没离开京城的话，我想我就一定能找到他。"

一分钟后，大黑狗在草原上轻快地颠起了爪子，而四脚蛇趴在它的背上，心里想着九嶷，一颗小心脏就又扑通扑通地乱跳起来了。

《民国异闻录·妖僧》完

MIN GUO YI WEN LU

民国异闻录·妖僧

作者

尼罗

总策划

Tom.Li

选题策划

熊嵩

执行策划

罗晓琴

特约编辑

罗晓琴

流程校对

李徽

封面绘画

命若琴弦

封面设计

李婕

宣传营销

张栩

运营发行

常蓦尘

出版社

长江出版社

总出品

漫娱文化

平台支持

好漫画